생활속의 金剛經

부처님의
마음작용 경산 장응철 역해

생활속의 金剛經

부처님의
마음작용 경산 장응철 역해

초판 1쇄 발행 원기 85년(2000) 4월 10일
재판 1쇄 원기 94년(2009) 12월 19일
재판 1쇄 원기 94년(2009) 12월 22일
저자 장응철 / **펴낸곳** 도서출판 동남풍 / **펴낸이** 김영식

등록번호 제 66호.(1991. 5. 18)
전북 익산시 신용동 344-2 063)854-0784
ISBN 978-89-6288-002-1

생활속의 金剛經

부처님의 마음작용

경산 장응철 역해

DongNam
동남풍

머리말

석가모니 부처님의 핵심경전인 금강경을 교도님들에게 강의를 하고 그 것을 정리하여 책으로 펴내게 됨을 참으로 외람되게 생각합니다. 책을 펴내는 일은 언제나 미완성未完成된 것을 완성完成되도록 하기 위한 기도 의 과정이라고 생각합니다.

이 책을 펴내면서 새 부처님이신 소태산 대종사少太山 大宗師님과 정산 종사鼎山 宗師님과 대산 종사大山 宗師님 등 스승님께 충심으로 깊은 감사를 드립니다. 저는 참으로 하잘 것 없는 중생으로 헤매이다 이 법하法下에 입 문入門하여 스승님들의 일원상一圓相에 대한 간곡한 가르침에 힘입어서 진 리에 대하여 인연을 갖게 되었습니다. 그리하여 과거에 크게 깨치신 석 가모니 부처님, 공자님, 노자님, 예수님 등 인류의 스승님들 말씀을 연마 하게 되었습니다. 그중에서도 원불교에서 연원경전으로 소중하게 받드

3

는 금강반야바라밀경을 나의 깨달음의 계기로 삼기 위하여 교도님들에게 강의를 하고 그것을 재삼 음미하여 이처럼 부처님을 찬송하는 마음으로 책을 펴내게 되었습니다.

본래 금강경은 삼천여년 전에 인도말로 기록된 것을 중국어로 번역 한 것입니다. 이렇게 여러 차례 번역을 거듭하다보니 부처님의 진의가 글에 묻힌 경우도 있을 것이며, 언어의 변천으로 진의가 과장되거나 잘못 표현된 면도 있을 것으로 추론하여 봅니다.

저는 어떻게 하면 언어문자에 얽매이지 않고 석가모니 부처님의 가르친 본의를 잘 표현할 수 있을 것인가, 또 부처님께서 지금 오셔서 현대인에게 말씀하신다면 어떻게 가르치실 것인가를 화두로 삼아 이 일을 하였습니다.

금강반야바라밀에서 '금강'은 우리 인간의 마음에 갊아 있는 무너지지 않는 자성自性의 바탕을 표현한 말씀이며, '반야'는 그 금강자성의 바탕에서 한없이 우러나는 자성광명을 말하고, '바라밀'은 금강자성을 회복하는 것과 자성광명을 활용하여 지혜를 닦고 그 지혜로써 어리석지 않는 삶을 실천하는 자성의 행위를 말합니다. 이 금강의 체성과 반야인 광명과 바라밀인 실천을 표준하여 금강경을 연구하고 실천하기 바랍니다.

이 자성의 체성과 자성의 광명과 자성의 실천은 나에게만 있는 것이 아닙니다. 이 진리眞理는 우주宇宙의 삼라만상森羅萬象에 가득 차 있습니다.

그것은 이 우주를 지배하는 실체이며 요즈음 말로 천지만물을 운영하는 실체라고 할 수 있습니다. 이러한 일원상一圓相의 진리眞理를 깨달으려면 멀리 밖에 있는 이치理致는 찾아 알기가 어려우니 가장 가까운 내 마음속에 있는 금강경 도리道理를 찾아야 가장 손쉽게 알게 될 것이며 실천하기가 용이할 것입니다.

인간의 삶은 결국 마음 사용 여하에 따라서 행복과 불행을 만들게 됩니다. 그러므로 진리를 마음에서 찾아 마음을 훈련시키는 것이 가장 선결문제이며, 종교宗敎가 해야할 궁극적인 과제이기 때문에 먼저 마음에서 금강경 도리를 찾고 실천하면 결국 우주를 지배하는 섭리에 통달하게 될 것입니다.

끝으로 이 책이 나오도록 까지 물심양면으로 정성을 다하여 협조하여 주신 재가 출가 교도님과 출판을 담당하여 준 동남풍의 임직원 여러분께 감사를 드립니다.

馬山一隅 舞鶴禪室에서
張應哲 合掌

생활속의 금강경

목 차

제1장　나는 이와 같이 들었다
(法會因由分)

석가모니 부처님을 가장 가까이 모셨던 아란존자가 부처님께서
기원정사에 계시면서 금강경에 관한 법문을 하실 무렵 부처님의
일상생활 모습을 설명하였습니다. 이 장에서는 아란존자에 대하
여 알아보고 기원정사의 내역과 부처님께서 차례로 걸식한 뜻을
공부해야 하며 또한 평범한 부처님의 일상의 의미를 생각해 보
아야 하겠습니다. 그리고 이 장의 선적(禪的) 의미를 명상하기 바랍
니다.

말하라!
무엇이 있어서 여시아문如是我聞 이런가
영겁토록 아난에게 감추어진 그 한 물건이여
여여한 그 마음 지금 바로 여기에 있네
애석타 세존의 금강반야라는 때묻힘이여
흰 구름이 스치는 달빛 더욱 운치로워라.

원문과 해석

「이와 같음을 내가 듣사오니

한 때에 부처님께서 사위국舍衛國 기수급고독원祇樹給孤獨園에 계시사 대비구
大比丘들 천 이백 오십 인으로 더불어 함께 하더니 이 때에 세존께서 식때가
되어

가사를 입고 발우鉢盂를 가지고 사위 대성舍衛大城에 드사 걸식 하실새

그 성중에서 차례로 빌기를 마치시고 본처로 돌아와 공양을 마치시고 의발
을 거두시고 발 씻기를 마친신 후 자리를 펴고 앉으시니라.」

1. 如是我聞하사오니 一時 佛이 在舍衛國祇樹給孤獨園하사 與大比丘衆千二
百五十人으로 俱러시니.

2. 爾時에 世尊이 食時에 着衣持鉢하시고 入舍衛大城하사 乞食하실새 於其
城中에 次第乞已하시고 還至本處하사 飯食訖하시고 收衣鉢하시고 洗足已하
시고 敷座而坐러시다.

구절풀이

1. 如是我聞하사오니 一時 佛이 在舍衛國祇樹給孤獨園하사 與大比丘
衆千二百五十人으로 俱러시니.

> 나는(아란존자) 이와 같이 부처님의 금강경에 관한 법문을 들었
> 다. 그 무렵 부처님께서는 사위국의 기원정사에 계셨는데 1250여
> 명의 훌륭한 스님들과 함께 생활하셨다.

나는 이렇게 들었다

부처님의 10대 제자 중에 부처님을 가장 가까운 거리에서 모시고 또 제
일 많은 법문을 들었다 하여 붙여진 다문제일 아란존자多聞第一 阿難尊子가
"나는 이렇게 금강경에 관한 법문을 들었다"고 하는 말로 금강경은 시작
됩니다. 1250여명의 제자가 모두 법문을 들었으니 "혹 달리 들은 사람이
있다면 보충하여 주시오"라는 뜻으로 소박하게 생각할 수 있는 시작입니
다.

그 당시에는 필기도구가 발달되지 않아서 법문말씀을 하시면 듣는 순
간부터 주의를 기울여 머리 속에 암기하는 것이 발달되었던 시대입니다.
그렇게 머리 속에 암기하였던 내용을 구술해 기록한 것이 오늘의 이 경
전이라고 이해하면 되겠습니다.

오늘을 사는 사람들은 문자로 기록하여 두기 때문에 오히려 마음으로
새겨듣는 것이 부족하여 부처님의 법문이 나의 생활에 당하여 실천하기
가 더욱 어려워진 듯합니다.

법문을 다 외우기는 어렵겠지만 정말로 꼭 실천해야 할 중요한 법문은

반드시 마음속 깊이 외워 두고 일을 당하여 그 일을 처리할 때마다 법문을 상기하여 실천하는데 도움될 수 있도록 하는 것이 불법佛法을 실생활에 활용하는데 참으로 중요한 일이 될 것입니다.

여러분은 얼마나 많은 법문을 외우고 있는가 살펴서 나의 정신에 보감이 되는 부처님의 경문을 외우고 여가시간이 있으면 그 법문을 상기하여 옆 사람과 법문을 화제삼아 이해와 실천을 다지며 마음속 깊이 아로새기면 지혜로워지고 실생활에 빛이 날 것으로 생각됩니다.

여러분도 법높은 스승님의 법문을 열심히 듣고 외워서 한가로울 때에 들었던 법문을 다시 되새겨서 법문을 정확하게 이해하고, 그 법문을 내 나름대로 정리하고 기록하여 가까운 친지나 자녀들에게 읽도록 하여 자신 공부도 되고 교화도 되게 하시길 바랍니다.

기원정사祇園精舍에 계실 무렵

부처님께서 금강경에 관한 법문을 하신 무렵은 주로 기원정사에 머무를 때 입니다. 더위를 피해 시원한 나무 그늘에서 제자들에 둘러싸여 법문을 하셨을 것으로 상상됩니다. 기원정사의 본래 이름은 기수급고독원祇樹給孤獨園으로 이 정사가 지어지기까지는 재미있는 이야기가 전해집니다.

부처님께서 제자들과 함께 어느 곳을 거닐다가 숲 속에 아름다운 동산이 있어서 부처님께서 그곳에 절을 지었으면 좋겠다고 하셨습니다. 그때 그곳에는 고독하고 가난한 사람들에게 자선사업을 잘하여 급고독給孤獨이라는 별명을 가진 수달장자須達長者가 있었는데 부처님의 그 말씀을 흘려듣지 않고 그곳에 훌륭한 절을 짓기로 원을 세웠습니다. 그래서 땅 주인을 찾아보았더니 사위국舍衛國 국왕의 아들인 기타祇陀 태자의 땅이라는 것을 알고 찾아가서 부처님의 정사精舍를 지으려고 하니 팔라고 사정하였습니다. 그런데 땅을 팔 생각이 없었던 기타 태자는 금화金貨로 그 땅을 모두 덮는다면 몰라도 그렇지 않으면 팔지 않겠다고 하였습니다. 불심이 장한 수달장자須達長者는 곧 수레에 금화를 가득 싣고와서 동산에 온통 깔아 놓고 태자에게 팔라고 청했습니다. 이에 태자는 그의 불심에 감동하여 땅을 팔면서 그 땅위의 나무는 자신이 희사하겠다고 하였습니다. 그리하여 기타태자의 나무와 급고독원의 땅이라는 뜻을 살리어 기수급고독원이라는 정사가 생겼다고 합니다.

초기 불교 교단이기 때문에 기타태자의 뜻과 수달장자의 보시심을 길이 드러내어 부처님의 사업에 동참할 희사자를 권장하기 위한 방편을 느낄 수 있는 대목이라 하겠습니다.

여러분은 돈을 어느 곳에 쓰고 삽니까? 나와 내 가족만을 위하여 돈을 쓰는 것이 보통사람의 일입니다. 자기가 가진 재화를 가치 있는 곳에 쓰는 것은 세상을 훈훈하게 하고 자신의 인격을 고양시키는 일이 될 것입니다.

부처님의 일상생활

인도 말 중에 부다(Buddha)라는 말을 중국에서는 불타佛陀라고 번역하였고 우리나라 말로는 음역하여 부처님이라고 부릅니다. 부처님의 뜻은 우주와 인생의 진리를 깨달아 그것을 몸소 실천하신 성자聖者라고 알면 되겠습니다. 그러므로 누구든지 깨달아 실천하면 부처님이라고 이해하면 됩니다. 그리고 부처란 말은 우리가 흔히 말하는 진리 또는 도道라는 우주적이고 실존적인 존재를 가리켜 부처란 말로 쓰기도 합니다.

여기에서 부처란 약 2500여년 전에 인도의 작은 나라에서 태자로 태어나, 생로병사에 대한 의문을 품고 영원한 삶을 살기 위하여 태자의 왕위를 버리고 유성 출가하여, 많은 고행 끝에 우주와 인생의 진리를 깨닫고 그것을 실천하시고 불교를 펴서 한량이 없는 중생을 제도하신, 가장 이상적 인격을 이루신 역사적 실존의 인물人物을 말합니다.

원불교의 소태산 대종사님께서는 석가모니 부처님을 성중성聖中聖이라 하여 지금까지 인류역사상 나타난 성자 중에 가장 으뜸 된 성자라고 표현하신 바가 있습니다. 여기에서 부처님처럼 위대하신 성자의 일상생활이 너무도 평범하며 또 제자들처럼 걸식을 하신 모습 등은 이상하리만큼 평범함 그것입니다. 너무나 인간적이시며 우리 중생에 가까운 분이라고 느껴집니다. 그런데도 우리는 부처님을 너무 신격화시켰으며 비인격적인 분으로 형상화하였습니다. 그래서 우리는 부처님과 거리가 멀고 더구나 부처가 될 수 있다는 생각마저 갖기 어렵게 되었습니다.

우리는 금강경 첫 장의 말씀처럼 부처님의 인간적인 모습, 우리와 함께하는 평범한 성자의 모습으로 부처님께 다가서야 하겠습니다. 그러나 주의해야 할 점은 그 당시 부처님은 걸식하였으니 모든 종교 지도자도 다그래야 한다고 주장한다면 그것은 문제가 있는 발상입니다. 부처님이 지금 세상에 오셨다면 어떻게 처신하실 것인가를 생각해 볼 때, 결코 걸식은 하지 않을 것으로 생각됩니다. 물론 평범하고 평등하며 자애로우실 것은 틀림이 없으나 지금 세상에 알맞는 행동 양식을 찾을 것으로 생각됩니다.

구절풀이

2. 爾時에 世尊이 食時에 着衣持鉢하시고 入舍衛大城하사 乞食하실새 於其城中에 次第乞已하시고 還至本處하사 飯食訖하시고 收衣鉢하시고 洗足已하시고 敷座而坐러시다.

> 이때에 세존께서 식사시간이 되어 옷을 입고 발우를 챙겨 가지고 사위성에 가서 걸식을 하셨는데 걸식을 할 때는 가난한 집이나 부자집을 막론하고 반드시 순서대로 밥을 빌으셨다.
> 걸식을 마치고 처소로 돌아와서 식사를 하시고는 손수 옷과 밥그릇을 정리하셨으며 그리고 발을 씻고 자리를 펴고 앉으셨다.

걸식을 하신 뜻은

부처님께서는 왜 손수 밥을 얻어 드셨을까요? 그리고 왜 제자들에게 걸식하도록 하셨을까요? 이 장에서는 이것에 대해 알아봅시다. 인도에는 부처님이 불교를 만들기 전에 바라문교(힌두교)가 있었습니다. 그 바라문교의 전래된 풍습에 수도자들은 걸식을 하였는데 부처님께서도 그 풍습을 수용하였던 것 같습니다.

걸식에 대한 몇 가지 의미를 생각해 보면 걸식을 하면 여러 집을 방문하여 여러 사람을 만나게 되며, 만나는 사람과 인연을 맺게 되고, 결국 부처님의 법문을 전하는 교화의 의미가 있으며, 또 다른 하나는 걸식이야말로 굴기하심 겸양을 실천하는 중요한 수행의 방법이 되었을 것으로 여겨집니다.

수도하는데 큰 마장은 욕심이며 그 욕심을 극복하면 다음으로 기다리는 마군이가 있습니다. 그것은 자존의식 즉 아만심입니다. 이 아만심을 꺾는데는 걸식하는 방법이 참 중요한 방법이었을 것으로 여겨집니다.

　종교가 성장하여 성직자들이 신도에게 또는 사회에서 상당한 대접을 받게 되면 성직자들은 자기자신이 청정하고 고결하며 지혜롭다는 생각을 부지중에 하게 됩니다. 그래서 종교의 성직자들이 겸손과 거리가 멀어져서 오히려 오만한 성격을 만들어가기 쉽습니다. 성직자뿐만 아니라 신자들도 신자생활을 오래하게 되면 신자 사회에서 적절한 대접과 직함이 주어집니다. 이때에는 그림자처럼 따라오는 오만한 마음이 가슴에 자리잡아 결국 사회에 지탄을 받을 수도 있습니다.

　부처님처럼 위대한 성자도 걸식을 하셨다는 뜻을 깊히 새겨서 모든 성직자, 교도들은 남의 밥을 얻어먹는 굴기하심의 빈 마음과 겸손을 실천하여야 걸식의 의미를 잘 안다고 할 수 있습니다.

부처님은 차례로 밥을 빌으시다

　부처님은 밥을 빌으실 때 부잣집이나 가난한 집 순서대로 일곱 집에서 빌으셨는데 수도修道를 제일 잘하였다는 제자인 가섭존자迦葉尊者는 언제나 가난한 집만 골라서 걸식을 하였고 아란존자阿難尊者는 언제나 부잣집만 골라서 빌었다고 합니다.

　부처님께서 그 일을 알고 두 제자를 불러서 이유를 물으니 가섭은 지금 가난한 사람은 전생에 복을 짓지 아니하여 가난한 것이니 내가 걸식하므로 보시공양이 되어 그들에게 복짓는 기회를 주기 위함이라고 답하였고, 아난존자는 가난한 사람은 저희들 먹을 것도 없는데 내가 걸식하면 더욱 배가 고플 것 같아 부잣집만 빌었다고 대답했습니다.

　부처님은 두 제자의 이야기를 듣고 다 좋은 이유를 가졌으나 빈부를 가리지 말고 순서대로 걸식하는 것이 더욱 진리적이며 평등한 것이며 중도적임을 가르쳐 주셨다고 합니다. 우리는 언제나 무엇이 더욱 유리한가 하는 이기심이나 불평등한 마음, 극단적인 마음의 지배를 받고 삽니다. 평등심과 중도적인 행동이 가장 고귀한 행동임을 알아서 그렇게 행동해야 합니다.

일에는 반드시 순서가 있어야 합니다. 순서를 잘 지켜야 성공하는 일꾼이 됩니다. 불법을 실천하는 것은 일에 성공하자는 것입니다. 다시 말하면 포괄적인 뜻으로 잘 살자는 것인데 불법만 믿고 자기가 하는 일을 잘하려고 하지 않으면 불법을 잘 파악하였다고 볼 수 없습니다. 일을 잘하려면 일의 본질을 잘 알고 그 목적을 알고 또 일을 추진해 가는 순서공부를 반드시 미리 생각하여 차차로 일을 진행해야 합니다. 우리는 일속에서 살아갑니다. 언제나 일의 순서를 생각하고 순리로 할 줄 알아야 합니다.

봄 여름 가을 겨울 각각 다른 모습으로 얼굴하고
풍운우로 상설로 의중을 드러내네
이것 말고 숨겨진 비밀은 없으니
옷 입고 밥 먹고 때론 말하고 웃고
여기에 금강의 소식 낱낱이 드러났네
독자여 독자여 어허허.

제2장   마음공부의 기본인 두 가지 질문
(善現起請分)

수보리가 마음공부의 가장 기본이 되는 마음가짐과 그른 마음들을 항복받는 문제에 대하여 의문이 있어 부처님께 여쭈어서 법문을 청한 대문입니다. 이 장에서는 수보리라는 부처님의 걸출한 제자에 대하여 알아보고, 부처님께서 제자를 어떻게 가르치고 지도했는가에 대하여 공부할 것이며, 또한 우리 모든 인간은 왜 부처가 되어야 하는가에 대하여 주의깊게 생각합시다. 그리고 부처님의 인격을 이루고자 하는 사람의 기본적인 두가지 질문에 대하여 이해하기 바랍니다.

명창 고수 주고 받는 눈웃음
묘한 음률 서설되어 내리누나
아리따운 노래말 따로이 욀 것 없네
본래 우리 모두가 대답을 가지고 있지 아니한가.

원문과 해석

때로 장로長老 수보리須菩提 대중 가운데에 있어
곧 자리로 좇아 일어나 바른 편 어깨 옷을 벗어 엇메며 바른 편 무릎을 땅에 붙이고 합장 공경하여 부처님께 사뢰어 말씀하되
「희유하옵신 세존이시여 여래께서는 모든 보살을 잘 호념하시며 모든 보살에게 잘 부촉하시나니, 세존이시여 선남자 선여인이 아뇩다라삼먁삼보리심을 발한 이는 마땅히 어떻게 주하며 어떻게 그 마음을 항복 받으오리까.」
부처님께서 말씀하시되
「착하고 착하다 수보리야, 너의 말한 바와 같이 여래는 모든 보살을 잘 호념하며 모든 보살에게 잘 부촉하나니, 너는 이제 자세히 들으라. 마땅히 너를 위하여 말하리라. 선남자 선여인이 아뇩다라삼먁삼보리심을 발한 이는 마땅히 이와 같이 주하며 이와 같이 그 마음을 항복 받을지니라.」
「예 그러하옵니다 세존이시여. 원컨대 즐거이 듣고자 하나이다.」

1. 時에 長老須菩提在大衆中하사 卽從座起하사 偏袒右肩하시며 右膝着地하시고 合掌恭敬하사 而白佛言하사대 希有世尊이시여 如來善護念諸菩薩하시며 善付囑諸菩薩하시나니.

2. 世尊이시여 善男子善女人이 發阿耨多羅三藐三菩提心한이는 應云何住며 云何降服其心하리이꼬.

3. 佛言하사대 善哉善哉라 須菩提야 如汝所說하야 如來善護念諸菩薩하며 善付囑諸菩薩하나니 汝今諦聽하라 當爲汝說하리라 善男子善女人이 發阿耨多羅三藐三菩提心한이는 應如是住하며 如是降伏其心이니라 唯然世尊이시여 願樂欲聞하나이다.

🌀 구절풀이

1. 時에 長老須菩提在大衆中하사 卽從座起하사 偏袒右肩하시며 右膝
着地하시고 合掌恭敬하사 而白佛言하사대 希有世尊이시여 如來善護
念諸菩薩하시며 善付囑諸菩薩하시나니.

    그 때에 장로 수보리가 대중 가운데 있다가 자리에서 일어나 오
른쪽 어깨에 옷을 걸쳐 매고 오른쪽 무릎을 땅에 대고 공손히 합
장을 올리며 부처님께 말씀드렸다.
    희유하신 세존이시여! 여래께서는 보살을 알뜰히 보살펴 주시고
간절히 가르쳐 주십니다.

부처님의 제자 사랑

    수보리須菩提는 부처님의 제자弟子 가운데 공空에 관한 진리眞理를 가장
잘 이해한다고 하여 해공제일 수보리解空第一 須菩提라고 불리울 정도로 공
도리空道理에 대한 안목이 열린 분이었습니다. 이 분의 음역이 수보리須菩
提이고 뜻으로 전해지는 이름은 선현善現, 선길善吉이라고 번역하기도 합
니다. 또는 부처님 제자로 나이가 많은 분이라고 하여 구수具壽라고도 합
니다. 불가佛家에서는 나이가 많고 학덕이 겸비한 분을 존칭하는 뜻으로
수보리라고 합니다.

    부처님은 금강경의 주된 원리가 공空의 진리이며 그것을 활용하는 가
르침이기 때문에 이것에 대하여 가장 이해가 깊은 수보리를 청중 가운데
에 대화의 대상으로 하여 묻고 대답하면서 법문을 진행하였던 것으로 짐
작이 됩니다.

부처님은 우리 인류역사상 가장 이상적 인물로, 세속적인 모든 것으로 부터 벗어난 대자유인이며 가장 지혜로운 분이며 또 가장 자비로운 분이기 때문에 수보리가 부처님을 세상에서 가장 드물게 존경받는 분으로 호칭하였던 것입니다. 부처님을 세상에서 가장 존귀하신 분으로 세존世尊이라 호칭하기도 하고, 여여如如하신 진리 그 자체를 나타내신 분이라 하여 여래如來라고도 호칭하였습니다. 그러니까 여래如來란 호칭은 진리를 구현하신 분, 진리 그 자체의 인격자人格者라는 뜻으로 쓰이는 호칭입니다.

여래께서는 제자弟子중에서 부처님의 실력에 이르지는 못하였지만 부처님에 버금가는 보살들을 부처의 인격자人格者가 되도록 교육시킨다는 내용을 두 가지로 수보리가 부처님께 말씀 드렸습니다.

첫째는 호념護念입니다. 호념이라는 것은 마음으로 그 보살을 염려하여 주시는 것입니다. 아마도 부처님은 마음속으로 보살들의 공부정도를 잘 파악하고 계셨을 것입니다. 어느 보살은 '이것은 장점이고 저것은 단점이니 이것이 걱정이다'는 식으로 말입니다. 어떻게 하면 그 보살을 부처의 인격人格으로 진급시킬 것인가 하고 마음을 쓰시는 것입니다. 부모가 자녀를 키울 때 자녀에 대한 염려와 배려는 말할 수 없습니다. 그와 마찬가지로 부처님께서 그 제자들을 알뜰히 챙기고 보살피는 마음을 호념이라고 합니다.

부처님의 능력은 불가사의한 위력을 구비한 분입니다. 한 나라의 대통령은 그의 언행이 큰 권력행사가 되어서 일을 손쉽게 해 낼 수가 있습니다. 마찬가지로 진리를 소유한 부처님이 중생을 호념하여 주고 마음으로 축원하여 주면 그 법력에 의하여 중생의 앞길이 열리고 재액을 소멸시켜 주는 위력을 지니고 있다는 것을 잘 알아서 그분의 호념을 받는 수도인이 되기 위하여 정성을 들여야 합니다.

둘째는 부촉인데, 이 말씀은 보살을 직접 대하여 무엇을 어떻게 해야 한다는 격려와 꾸중을 하시는 것입니다. 나무를 키우는 정원사는 나무의 모양을 보고, 키울 가지는 키우고 없애야 할 가지는 잘라 버려서 언제나 나무를 균형있게 잘 키웁니다. 이처럼 부처님도 보살들의 마음과 몸가짐을 보시고 끊임없이 적절하게 가르치는 것입니다. 많은 제자들 가운데 부처님이나 스승님이 직접 말씀으로 가르침을 주시는 것은 특별한 경우입니다. 그 분의 얼굴표정, 그 분의 손짓, 미소, 말씀을 주의 깊게 살피고 살펴서 마음에 모시고 그 뜻을 정확하게 파악하여야 합니다. 경전의 말씀은 나의 정도에 꼭 알맞지 않을 수가 있으나 직접 하신 말씀은 나에게 가장 적절한 가르침이 되기 때문에 부촉하심을 입을 수 있도록 믿음을 돈독히 하여야 합니다. 종교적인 가르침 중에 가장 으뜸되는 가르침은 바른 구전심수口傳心受입니다. 구전심수하는 제자와 스승의 관계가 될 수 있도록 정성을 들여야 합니다.

우리 부모님들은 자녀를 뜨거운 사랑으로 성장시킵니다. 부처님은 보살들을 뜨거운 자비심으로 진급시켜 갑니다. 부모님의 자녀사랑은 자녀에 대한 집착 때문에 교육 효과가 적지만, 부처님은 제자에 대하여 집착심이 없이 바르게 보고 적절한 가르침을 베풀기에 더욱 교육의 효과가 크다고 할 수 있습니다.

여러분은 흠모하여 오매불망 닮아가려고 하는 표준 스승님이 계십니까? 계시다면 그 분의 호념을 느끼고 있으며, 또한 심사心師께서 칭찬하고 때로는 꾸중하면 그것을 자비심으로 느낍니까? 아니면 섭섭한 마음 또는 의심스런 마음으로 받아들입니까? 마음공부하는 사람은 호념과 부촉을 하여 주시는 스승님이 반드시 있어야 하며, 또한 의심없이 호념과 부촉을 수용하여야만 공부의 진척이 훨씬 빠르다는 것을 명심해야 합니다.

구절풀이

2. 世尊이시여 善男子善女人이 發阿耨多羅三藐三菩提心한이는 應云
何住며 云何降服其心하리이꼬

세존이시여! 무상대도無上大道에 발심한 남여 수도인이 어떠한 마
음표준을 가져야 하며 어떻게 그른 마음을 항복 받아야 합니까?

선남자 선여인善男子 善女人

세상 사람 중에는 종교를 갖지 않은 사람도 있고 종교를 가진 사람도
있는데 종교를 가진 사람도 여러 단계가 있다고 생각합니다. 먼저 종교
를 관습이나 의례적으로 믿는 사람이 있고 다음은 좀 더 깊은 각성을 가
지고 믿는 사람도 있습니다. 이렇게 깊은 각성을 가지고 종교의 진리에
다가선 사람을 가리켜 불교에서는 선남자 선여인善男子 善女人이라고 부릅
니다.

자기의 삶과 종교의 가르침을 결부시켜 새로운 인생人生으로 살아보려
고 열심히 신행信行을 하는 사람을 말합니다.

선남자 선여인이 더욱 정진을 하여 나가면 반드시 진리眞理에 대한 발
심을 하게 됩니다. 지금까지는 부처님의 가르침을 또는 종교의 가르침을
막연히 믿고 따르기만 하였으나 이제는 종교의 가르침을 자기화自己化하
려는 깊은 발심을 하게 됩니다. 이것을 수행修行이라고도 합니다. 마치 어
린아이가 부모님을 믿고 의지하고 시키는대로 따라서만 하는 신행信行의
단계에서, 이제는 아이가 자라서 자력이 생기듯이 진리를 자기의 것으로
만들려는 욕구가 생기는 것이 발전의 단계입니다. 이 과정은 발심을 거

쳐 수행의 단계로 진입했다고 말할 수 있습니다. 선남자 선여인 중에는 신행의 단계에 있거나 수행의 단계에 있거나 하는 사람을 일컫는 말입니다.

진리에 대한 발심

아뇩다라阿耨多羅는 무상으로서 가장 높은 위가 없이 높은 진리, 그것을 실천한 분을 뜻합니다. 삼먁三藐은 정편正遍으로 바르게 두루하는 진리, 바르게 두루하는 인격人格이며 삼보리三菩提는 정각正覺으로 바른 깨달음, 바른 도리, 바른 지혜의 인격人格을 의미합니다.

위가 없이 넓고 바른 깨달음을 완성하신 부처님을 뜻합니다. 그러니까 부처가 되어 중생을 제도하시는 위대한 부처의 인격을 가리켜 하는 말입니다. 이것을 한마디로 무상대도無相大道를 성취하신 분 또는 대원정각大圓正覺을 이루신 분이라고 말할 수 있습니다.

사람들은 잘 살아보려고 합니다. 그 잘 산다는 것은 무엇을 말하는 것입니까. 좋은 직장에 취직하여 결혼하고, 자녀 잘 기르고, 돈을 얻고, 명예 얻는 것 등을 말합니까. 이렇게 잘 살기 위해서 수많은 마음, 즉 고생을 해야 하고 이것들을 지키기 위하여 얼마나 많은 죄업을 지어야 하며 그리고 예고 없는 질병과 불행 속에 마음을 조여야 할까요! 이렇게 불안과 초조 속에서 얻은 자기의 소유가 날아가 버릴까 불안不安하기 짝이 없습니다. 그리고 죽음이라는 것이 서서히 다가옵니다.

삶을 진지하게 생각해 보아야 합니다. 참으로 잘 사는 것은 무엇인가를 다시 생각해 보아야 합니다. 부처님은 왕궁가에서 태어났기에 왕이 되는 것이 보장되어 있었습니다. 그러나 태어나고, 늙고, 병들고, 죽는 모습을 보시고 이러한 불행不幸을 면하는 영원한 삶은 없는가 하고 도道를 찾아나서는 발심發心을 하였습니다. 그 발심은 특별하여 왕위를 헌신같이 버리고 구도求道의 길에 들어 고행 끝에 도를 깨닫고 마침내 부처가 되었습니다. 이러한 특별한 발심을 할 수도 있습니다.

그러나 불법佛法을 믿는 여러분 혹 다른 종교를 믿는 분이라도 좀더 진지하게 그 종교의 진리에 접근하여 나도 저처럼 참으로 잘 살아 보아야겠다, 나도 고통苦痛을 벗어난 삶을 살아 보아야겠다고 마음을 내야 합니다.

금전으로 잘 사는 것, 자식 키워 잘 사는 것, 명예 얻어 잘 사는 것, 이것은 참으로 잘 사는 것이 아닙니다. 왜냐하면 언제 무너질지 모르기 때문이며 그것을 지키고 키우는 고통이 수반되기 때문입니다. 성자聖者들처럼 진리 즉 금강경이 가르치는 불법佛法으로 잘 살면 돈과 명예가 따라 옵니다.

구도자의 두 가지 질문

성불의 인격, 가장 잘 살려고 마음먹은 사람 또는 구도자求道者가 되려고 마음을 굳게 먹은 사람은 기본적으로 두 가지 의문으로 출발하여야 한다는 것입니다.

첫째는 마음을 어디에 머물러야 하는가 하는 문제입니다. 마음이 머문다는 것은 어떤 마음자세를 가져야 하는가 또는 마음사용의 표준은 무엇인가 하는 등으로 이해하면 됩니다.

둘째는 마음속에 끊임 없이 일어나 나를 괴롭히는 욕심과 번뇌망상의 그른 마음들을 어떻게 항복받아야 할 것인가로 이해하면 됩니다.

직장에 취직하여 평사원으로 머물지 않고 정상의 인물이 되어야겠다고 목표를 세운 사람은 반드시 마음자세를 어떻게 가져야 할 것인가를 고민할 것이며 또 나의 정상을 향한 길에 장애물을 어떻게 없애야 할 것인가

하고 고민할 것입니다.

부처를 이루려는 구도자求道者에게도 반드시 두 가지 기본적인 질문, 마음을 어떻게 사용하면 부처가 될 것인가, 부처가 되는 것에 방해되는 몹쓸 마음을 어떻게 퇴치할 것인가 하는 의문이 생길 수밖에 없습니다. 수보리 존자는 아마도 이러한 과정을 겪었기 때문에 청중의 가려운 부분을 알아서 부처님께 여쭙게 된 것입니다.

의문을 갖지 않고는 깨달음을 얻을 수 없습니다. 문제의식이 없는 조직의 책임자는 그 조직을 성장시킬 수 없습니다. 의두疑頭가 없는 사람은 결코 지혜로워질 수 없습니다.

신앙심만 가지고는 결코 부처를 이룰 수 없습니다. 신앙심을 바탕으로 하여 반드시 믿는 만큼 나도 실천해야 되겠다는 실천의 의지가 있으면 반드시 꼭 의심이 생기기 마련입니다. 만일 신앙심도 있고 그에 대한 실천의지도 있는데 의심이 없다면 그것은 신앙심이나 실천의지에 결함이 있다고 보아야 합니다.

성공하려는 강한 욕구가 있으면 그것을 막는 장애물이 가로 놓이듯이 불법을 강력히 실천하려고 하면 따라 다니는 것이 의심입니다.

여러분은 마음공부를 하시면서 무엇이 잘되지 않습니까? 경전공부를 하면서 모르는 것이 무엇입니까? 그것을 뚜렷이 하여 의두화疑頭化 하십시오. 그러면 깊은 진리를 깨닫게 됩니다.

머리에 의심이 없으면 언제나 남의 판단에 의존하고 돌머리, 석두石頭가 된다는 것을 명심해야 합니다.

구절풀이

3. 佛言하사대 善哉善哉라 須菩提야 如汝所說하야 如來善護念諸菩薩
하며 善付囑諸菩薩하나니 汝今諦聽하라 當爲汝說하리라 善男子善女
人이 發阿耨多羅三藐三菩提心한이는 應如是住하며 如是降伏其心이
니라 唯然世尊이시여 願樂欲聞하나이다.

> 부처님께서 대답하여 주시기를 「수보리야, 착하고 착한 질문을
> 하였다. 네가 말한 것 처럼 여래는 보살들을 잘 보살펴 가르치려
> 고 한다. 너희들을 위하여 말하겠으니 잘 들으라. 남여 수도인들
> 이 무상대도에 발심한 사람은 이와같이 마음을 머물며 이와같이
> 그른 마음을 항복받는 것이다.」
> 「예, 세존이시여! 기쁘게 법문을 받들겠습니다.」

이러한 마음으로 살고 그리고 이렇게 항복 받으라

  보살들의 고민을 알고 있기 때문에 부처님은 두 가지 질문을 기다리고
계셨을 것으로 생각됩니다. 금강경의 전체 내용이 수보리의 두가지 질문
즉 '마음을 어느 곳에 주住해야 합니까' 와 '나쁜 마음을 어떻게 항복받아
야 합니까' 에 대한 대답으로 구성되었습니다. 물론 두 가지 질문에 대한
이모저모의 대답을 우리는 완전히 알아내야 하겠습니다. 처음 단계의 이
해는 '내가 설명한 내용대로 마음자세를 지녀야 한다, 그리고 내가 가르
쳐준 대로 그른 마음을 항복받아야 한다' 라고 할 수 있으나 좀 더 깊이
공부하면 앞의 가르침만이 아니고 가르침 이전의 어떤 가르침에 대하여
유의해야 할 것입니다. "성불하려고 발심한 사람은 마땅히 '이와 같은'

마음에 머물도록 하라. 또는 마땅히 '이와 같이' 나쁜 마음을 항복 받으라"고 한 문장에 대하여 속깊은 성찰이 있어야 합니다. 이것은 선적禪的인 해석이라고 할 수가 있습니다.

"마음을 어디에 머물까요"하고 물으니 "마땅히 내 마음처럼 마음을 머물러라" 하고 대답하셨습니다. 이 말씀을 하셨을 때의 부처님의 마음은 어떤 마음이셨을까를 잠깐 생각해 봅시다. 부처님의 그 때 그 마음을 알아내야 합니다. 이와같이 내 마음처럼 마음을 머물러라 하셨습니다. 이 경지를 이심전심以心傳心으로 즉시 아는 분도 있을 것입니다. 모르는 분은 그때 부처님의 마음이 어떤 마음이셨을까 화두로 삼고 연마합시다.

"우리의 마음을 좀먹는 욕심과 번뇌망상 등 그릇된 마음을 어떻게 항복시켜야 합니까?"물으니 부처님은 분명하게 "지금 내 마음처럼 하면 항복된다"고 하셨습니다. 그 마음은 어떤 마음이기에 몹쓸 마음을 없애 버릴 수 있을까요?

우리가 자녀들에게 글씨를 가르칠 때 "아빠! 어떻게 기억, 니은을 써?" 하면 아빠들은 자기가 글씨를 써보이고 이렇게 쓰라고 할 것입니다. 마찬가지로 부처님도 말로 설명하기 전에 이 마음에 머물고 이 마음으로 항복받으라 하셨을 것입니다. 심안心眼이 열린 사람은 볼 것이요 알 것입니다.

사람들의 행동을 자세히보면 둥둥 떠서 정처가 없이 해매이며 삽니다. 불안하기 때문에 정을 붙이고 살지요. 가령 돈에, 자녀에, 권리와 명예에 탁근을 하고 삽니다. 그러다가 그 정 붙인 대상이 변하면 고통스러워합니다. 그러다가 다른 곳에도 또 정 붙이고 삽니다. 중생의 삶은 이렇게 정붙일 곳을 찾아 살다가 죽고 태어나는 중 윤회하는 삶입니다. 그런데 부처님은 평소에 어느 곳에 마음을 머물고 살으셨겠습니까? 변화 많은 대상에 정을 붙이고 살으셨겠습니까. 부처님이 24시간 동안 마음 머무는 곳, 그것이 어느 마음 일까요. 마음 고향은 어느 마음이겠습니까.

또 치연히 작용하여 나를 괴롭히는 번뇌망상, 그 마음의 억겁 수를 헤아리기도 어렵습니다. 보통은 삼독오욕이라고도 하고 백팔번뇌라고 합니다. 아마도 번뇌의 가지 수는 헤아릴 수도 없이 많지요. 그 마음을 하나하나 헤아려서 항복 받으려면 수 백생 동안 해도 다 항복받지 못할 것입니다. 이런 갖가지 몹쓸 마음을 일거에 없애는 그 한 마음을 찾아내야 합니다. 그래야만 금강경 공부를 잘한 것입니다. 부처님은 수억만 마군이를 이 한 마음으로 이와같이 항복 받아야 한다고 제시하였습니다.

이와같이 머물러야 할 마음과 항복받아야 할 마음은 둘이 아니고 하나의 마음입니다. 둘이 아닌 이와같은 마음을 찾아내는 것이 금강경 공부의 본의입니다.

물음에 대답도 메아리 뿐이요
알아서 가르침도 그림자 놀이라
연극막 내리며 끝나는 때에는
동녘 사람 동으로 남녘 사람 남으로
제 갈 길 고향으로 돌아가리라.

제3장

고쳐야 할 아홉가지 마음
(大乘正宗分)

인간이 가장 잘 사는 길은 부처의 인격을 이루는 것입니다. 그러면 부처의 인격을 이루는데 있어 방해가 되는 마음, 즉 몹쓸 마음을 항복받기 위해서는 어떻게 해야 할까요? 그것은 바로 일체 생령을 제도하겠다는 보살의 대서원을 세우고, 자신의 무명욕심과 사상四相을 없애는 공부를 하여야 합니다. 이 장에서는 부처가 될 원력에 대하여 공부하고, 우리들의 마음세계와 버리고 고쳐야 할 중생의 악한 마음 아홉 가지에 대해 공부해 봅시다. 또한 고급번뇌인 네 가지 큰 번뇌 사상四相에 대하여 공부해 보겠습니다.

큰 바다 깊은 속에 고기가 무한량이라
이 내 마음 구비구비 갖가지 번뇌망상
가보家寶로 전하여 온 금실그물 찾아내어
한 번 들어 던져보니 금고기가 퍼덕 퍼덕이도다.

원문과 해석

부처님께서 수보리에게 고하시되 「모든 보살 마하살摩訶薩이 마땅히 이와 같이 그 마음을 항복받나니라.

"이 세상에 있는 바 일체 중생의 종류 가운데

혹 알〈卵〉로 생긴 것과 혹 태胎로 생긴것과

혹 습濕으로 생긴 것과

혹 화化로 생긴 것과

혹 빛이 있어 된 것과

혹 빛이 없어 된 것과

혹 생각이 있어 된 것과

혹 생각이 없어 된 것과

혹 생각이 있지도 않고 생각이 없지도 않게 된 것 등을

내가 다 하여금 남음이 없는 열반에 넣어 멸도시키리라."

이와 같이 한량이 없고 수가 없고 가 없는 중생을 멸도하되

실로 중생이 멸도를 얻은 이가 없나니, 어찌한 연고인고.

수보리야, 만일 보살이 아상과 인상과 중생상과 수자상이 있으면 곧 보살이 아니니라.」

1. 佛이 告須菩提하사대 諸菩薩摩訶薩이 應如是降服其心하나니 所有一切衆生 之類에 若卵生과 若胎生과 若濕生과 若化生과 若有色과 若無色과 若有想과 若 無想과 若非有想非無想을 我皆令入無餘涅槃하야 而滅度之하라.

2. 如是滅度無量無數無邊衆生호대 實無衆生得滅度者니.

3. 何以故오 須菩提야 若菩薩이 有我相人相衆生相壽者相하면 卽非菩薩이니라.

구절풀이

1. 佛이 告須菩提하사대 諸菩薩摩訶薩이 應如是降服其心하나니 所有
一切衆生之類에 若卵生과 若胎生과 若濕生과 若化生과 若有色과 若
無色과 若有想과 若無想과 若非有想非無想을 我皆令入無餘涅槃하야
而滅度之하라.

　　부처님께서 수보리에게 말씀하시기를 모든 보살들과 훌륭한 보
살들은 마땅히 이와같이 그 그른 마음을 항복 받나니라. 이 세계
에 있는 일체 중생의 무리인
　　알〈卵〉에서 생긴 중생(미혹한 마음)이나
　　태胎에서 생긴 중생(습관에 얽매인 마음)이나
　　습濕에서 생기는 중생(침울한 마음)이나
　　화化로써 생기는 중생(취미로 사는 마음)이나
　　형색이 있는 중생(고집하는 마음)이나
　　형색이 없는 중생(비어서 아무것도 없다는 마음)이나
　　생각이 있는 중생(생각만 하고 실행할 줄 모르는 마음)이나
　　생각이 없는 중생(아무 생각을 없애는 것을 주로 하는 마음)이나
　　생각이 있지도 생각이 없지도 않는 중생(생각이 있고 없는 데에
걸려 있는 마음)들을 내가 모두 한량이 없는 불국 정토에 인도하
여 제도하겠다는 큰 서원을 세우고 스스로도 자심 중생인 아홉
가지 종류의 번뇌망상을 고요하고 밝고 자비로운 마음으로 전환
하도록 마음공부를 실답게 하여야 하나니라.

항복받아야 할 번뇌충들

수보리의 '저희들 선남자 선여인 그리고 상당한 공부를 한 보살들이 부처님 인격人格을 이루려고 발심한 사람은 마음을 어디에 머물러야 합니까' 하는 질문과 '몹쓸 마음들을 어떻게 항복받아야 합니까' 하는 두가지 물음에 대하여 부처님께서는 먼저 마음을 항복받는 방법부터 제시提示하였습니다. 아마도 마음을 항복받으면 자연히 마음이 머무는 곳을 알기가 쉽기 때문에 순서대로 설명하셨다고 이해하면 되겠습니다.

부처님께서는 먼저 중생들의 마음속을 늘 괴롭게 만드는 몹쓸 욕심, 번뇌망상이 구체적으로 무엇인가를 아홉 종류의 중생심으로 말씀하신 셈입니다. 이 구류중생심은 인간의 마음 세계를 번뇌의 농도에 따라 단계적으로 설명하셨고 또 그 번뇌 정도에 따라서 죽어서 생을 바꿀 때에 윤회 전생하는 현실의 생령生靈의 세계를 역시 아홉가지 세계로 전개됨을 설명하신 셈입니다. 실로 중생들의 마음속에는 한량이 없는 번뇌망상이 들끓고 있습니다. 마치 바다의 파도처럼 출렁이고 있습니다.

태생심胎生心

첫번째, 태생심胎生心입니다. 부모의 탯줄을 타고 세상에 태어나듯이 마음속 질기고 질긴 습관으로 길들여진 고집심을 말합니다. 이러한 고집심은 자기 자신을 지탱하고 방어하고 공격하는 구실이며 삶의 일상적 형태를 만든 것으로 이 고집심으로 인하여 언제나 자기를 괴롭게 만들고 주변과 충돌을 유발하게 되어 괴로운 삶을 삽니다.

이 고집심은 자기 자신의 새로운 삶의 형태를 바꾸는데 언제나 장애되는 마음이며 자기성장을 가로막는 욕심에 기반을 둔 고집심입니다. 본래 마음은 무심無心이며 허공인데 어떤 경계가 오면 자기의 고집심이 바로 나타나서 그에 기준하여 희로애락의 감정을 유발하게 됩니다. 이러한 고집심이 중심이 되어 살아가는 사람은 생을 마치고 다음 생으로 윤회할 때는 잘못하면 태생중생으로 윤회될 수 있다는 것입니다.

난생심卵生心

두번째, 난생심卵生心입니다. 언제나 정처가 없이 떠도는 마음입니다. 늘 마음이 분열되고 안정되지 않아서 불안하고, 무엇인가 모르지만 편치 못한 마음이 주가 되는 삶입니다. 이러한 난생심卵生心· 부유심浮游心은 고독과 외로움, 괴로움에 헤매이게 합니다.

이러한 들뜬 마음을 주로 하여 생활하는 중생은 다음 생으로 윤회할 때 자칫 잘못 난생중생으로 전환될 수 있습니다.

습생심濕生心

세번째, 습생심濕生心입니다. 마음이 늘 우울하고 가라앉아 어두운 마음에 싸여서 마치 햇볕을 보지 못한 음지에 사는 사람의 심정을 말합니다. 죄를 지었거나 전생의 업으로 인하여 밝지 못한 마음, 비관하는 마음, 원망하는 마음이 주가 되는 삶 그러한 행로로 사는 사람입니다. 이러한 사람은 구름 낀 암울한 세상이라는 생각으로 살고 있기 때문에 삶 자체가 고苦뿐입니다.

이렇게 어둡게 사는 사람, 그늘 속에서 늘 무엇인가 감추고 사는 사람은 이생을 마감하면 다음 생에는 잘못하면 습생중생으로 전락하기가 쉽습니다.

화생심化生心

네번째, 화생심化生心입니다. 환경에 따라서 마음이 일정치 못하고, 변화하는 생활을 하는 경우입니다. 공작새가 여러 가지 색깔로 단장하듯, 카멜레온이 정체성 없이 변덕스럽듯, 생각과 감정이 늘 일정치 않게 변화무쌍하여 희비와 고락이 늘 교차되는 생활입니다. 그러하니 마음은 늘 불안하고 주변과 불협화음不協和音이 끊이지 않는 삶입니다.

이렇게 감정의 변화가 심하여 변덕스러운 삶을 주로 하는 사람을 포함하여 모든 생령들은 윤회할 때에 잘못하면 화생중생으로 전락하기가 쉽습니다.

이상의 네 가지 마음을 주로 지니고 사는 삶을 욕계欲界의 중생이라고 합니다. 이러한 세계는 근본적으로 육신의 욕심이 주가 되면서 전생의 업력이 무거운데로 살아가는데 한마디로 욕심이 지배하는 세계로, 현실적으로 지옥, 축생, 인간들의 세계를 말합니다.

유색 중생심有色衆生心

다섯번째, 유색중생심有色衆生心입니다. 도를 깨닫지 못한 상태에서 현실의 어떤 법리法理나 천리天理만을 중시하여, 그것을 굳게 잡고 이러한 철학으로 인생을 살아야 한다는 강력한 집착심을 말합니다.

세상에는 경우 잘 따지고 원칙론만 주장하는 사람이 많이 있습니다. 이러한 사람의 마음을 주로 표현한 것으로 마음은 본래 색깔이 없는 것인데, 어떤 마음을 색깔이 있는 마음으로 주로 사용하기 때문에 유색중생심有色衆生心이라 표현하였습니다. 이러한 부류의 사람은 늘 정의 불의를 따지고 세상을 자기 철학, 자기 잣대로 재서 늘 괴로움을 안고 살아 갑니다. 흔히들 교양인에 속한다고 생각하면 됩니다.

무색중생심無色衆生心

여섯번째, 무색중생심無色衆生心입니다. 이것은 확실하게 깨닫지 못한 수도인들이 주로 범하는 함정이며 번뇌입니다. 이들은 세상은 결국 무無로 돌아간다, 허무한 것이다, 그러니 현실은 무의미無意味한 것이라고 생각하여 허무주의에 빠져 의식주 문화들을 부정하는 일종의 괴짜 생활을 하게 됩니다. 이러한 부류의 중생심이 주가 되어 살아가는 사람은 종교 주변에서 많이 볼 수 있습니다. 일종의 허무병, 즉 부처님 말씀을 오해하여 공자리를 잘못 해석하는 고상한 중생들이지요.

여기까지를 색계色界중생이라고 분류할 수 있습니다. 앞의 욕계欲界중생이 욕심이 주가 되는 생활이라면 어떠한 형태의 관념이 자신의 생활을 지배하는 삶의 형태를 말한다고 볼 수 있습니다. 욕계欲界중생보다는 고상하다고 할 수 있으나 괴롭기는 마찬가지며 잘못 살기는 마찬가지라고 생각하면 되겠습니다.

유상중생심有想衆生心

일곱번째, 유상중생심有想衆生心입니다. 확실한 무심無心자리, 진리자리를 깨닫지 못하고 관념이나 사량 분별로 부처님의 세계 성자의 세계를 말하고 글로 쓰면서 그것이 가치 있는 것으로 착각하거나 제일이라는 아집을 가지며, 남을 무시하거나 관념의 유희를 즐기는 사람의 부류입니다. 생각으로 극락 갈 수 없고, 생각으로 부처님의 인격을 이룰 수는 없습니다. 생각과 상상력으로 살아가는 중생들의 부류이니 반드시 벗어나야 합니다.

무상중생심無想衆生心

여덟번째, 무상중생심無想衆生心입니다. 부처님 마음은 생각이 끊어진 자리라고 잘못 깨닫고 생각이 없는 선정만 주장하며 그릇된 수도를 하며 살고 있는 사람을 말합니다. 흔히 부처님들은 이렇게 생각 없는 수행만을 고집하는 수행자를 무기無記에 빠졌다고 충고합니다. 공空 자리의 실상을 모르고 일종의 관념적으로 불심을 생각하고 생각이 없는 자리만 고집하는 것입니다. 이런 경우 마음은 살아있기 때문에 마음이 일어나면 괴로워하고 자기 자신이 어렵고 잘 안되기 때문에 부처님 인격을 현실적으로 불가능하다고 주장하기도 합니다.

비무상비유상심非無想非有想心

아홉번째, 비무상비유상심非無想非有想心입니다. 부처님의 마음자리는 흔히들 체體와 용用, 바탕과 작용作用으로 분류하여 가르치는데 그 자리를 확철대오하지 못하고 마음이 있기도 하고 없기도 하는 등의 애매 모호한 생각과 기준으로 살아가는, 정말로 고급중생을 말합니다. 그러니까 그림의 떡을 진짜 떡으로 착각하고 사는 것입니다. 수도에 정진한 분들이 잘못 들어가 안주하는 삶입니다. 그러나 이런 사람도 어딘가 마음 한구석에 확실하게 깨닫지 못하였기 때문에 미진한 번뇌의 그림자가 늘 따라다닌다고 할 수 있습니다.

이상의 중생세계를 무색계중생심無色界衆生心이라고 합니다. 마음을 굳게 먹어서 색깔을 낼 정도로 강력하면 무색계 중생이라 하고 이러한 고집과 집착은 떠났으나 희미한 생각으로 엷은 관념의 세계에 배회하는 생령들의 삶입니다.

나의 마음병은 무엇인가

유의해야 할 일은 중생들이 윤회할 때에, 즉 일생을 살다가 그 생을 마감하고 죽었을 때 어느 곳으로 향하여 다음 생을 시작하는 것이냐 하는 것입니다. 큰 원칙은 금생에 가령 난생심卵生心이 주主가 되어서 정처없이 떠도는 삶, 그리고 불안정한 마음이 주主가 되어 살아왔다면 다음생은 그 난생심卵生心이 원인이 되고, 현실적으로 난생卵生인 조류鳥類 등으로 태어날 확률이 높다는 것입니다. 중생이 윤회하는 모든 원인은 지금 생에 무슨 마음을 주로 하여 살았느냐 또는 어느 곳에 집착하였느냐에 있음을 명심하여야 합니다.

지금 여러분의 마음은 어떠한 마음이 주主를 이루고 있는가 깊이 생각해 보아야 합니다. 물론 여러 가지 중생심이 혼재하고 있습니다만 진한 욕심이 언제나 앞을 가로막는 사람은 태란습화 욕계欲界의 마음이고, 어떤 경우나 원리를 중심으로 사는 사람은 색계色界의 중생이며, 어떤 상相의 그림자를 떠날 줄 모르는 수도인은 무색계無色界 중생이라고 할 수 있습니다. 그러나 자기 자신의 마음 병을 잘 발견하여 그것을 제거除去하여 정당한 마음으로 변화시키려는 서원을 세우고 수도에 정진하게 되면 중생심을 노복같이 부려쓰게 됩니다.

사실 마음은 원만 구족하여 모든 것을 다 갖추고 무엇이든지 할 수 있기 때문에 이렇게 많은 마음을 만들 수가 있습니다. 마음은 참으로 재주꾼이기 때문에 한 마음이 구류중생심九類衆生心으로 변화합니다. 구류중생심을 잘 훈련시키면 부처님의 아홉 가지 마음으로 전환할 수 있으며 부처님의 아홉 가지 능력으로까지 전환시킬 수가 있습니다. 시방세계十方世界의 갖가지 물건이 있듯이 우리에게도 갖가지의 마음이 있습니다. 한 마음을 깨달아 갖가지 마음을 가치 있는 마음으로 길들이면 만가지 능력을

41

갖춘 부처가 되는 것입니다.

구절풀이

2. 如是滅度無量無數無邊衆生호대 實無衆生得滅度者니

> 설사 이와같이 한량이 없고 끝이 없는 현실적인 중생과 나의 중
> 생심을 제도하였다고 할지라도 모든 중생들의 본성은 모두 부처
> 이기 때문에 제도를 받은 중생도 없고 제도할 부처님도 실상 자
> 리에서는 없는 그러한 본성의 마음을 지켜야만이 또다른 고급스
> 러운 번뇌망상이 나오지 않는 것이다.

중생을 제도하겠다는 원願을 세우라

'어떻게 그른 마음을 항복 받을까요' 하는 질문에 대하여 아홉 가지로
중생들의 그른 마음을 우리에게 가르쳐 제시하여 주셨습니다. 이제부터
는 어떠한 방법으로 그 마음을 항복받고 길들여서 부처의 마음이 되게
할 것인가, 즉 나를 극락가게 하고, 지혜롭게 하고, 복 짓게 하고, 세상을
유익 주는 마음으로 훈련시킬 것인가 하는 것입니다.

부처님께서는 '이 세상의 일체 생령들을 모두 다 빠짐없이 구원하리
라' 하는 대서원을 세워야 한다는 것으로 가르치셨습니다. 이 서원이야
말로 마음을 항복받는 묘방입니다. 세상에서도 큰 인물이 될 뜻을 세운
사람은 자기 자신의 행동을 잘 관리합니다. 그러나 별스런 소망이 없고
고상하지 못한 사람은 자기 자신의 행동을 되는대로 하기 쉽습니다.

부처가 되어야겠다고 발심한 사람이 일체중생의 괴로움을 벗어나도록

해야겠다는 대원력大願力을 세우고, 사사로운 욕심이나 번뇌가 생기면 바로 '나는 구류중생을 건지는 부처님이 되어야겠다'는 자신의 큰 목적에 대조한다면 몹쓸 마음을 항복 받는데 반드시 큰 효과를 낼 것입니다.

불가佛家에는 부처님의 인격을 이루는 큰 서원으로 사홍서원四弘誓願을 권장합니다.

중생무변 서원도衆生無邊誓願度는 이 세상 중생이 끝이 없이 많으니 내가 맹세코 구제해야겠다는 서원이며, 번뇌무진 서원단煩惱無盡誓願斷은 내 마음속에는 다함이 없는 번뇌망상이 있나니 맹세코 이것을 없애리라 하는 서원이며, 법문무량 서원학法門無量誓願學은 부처님의 법문은 한량이 없으나 맹세코 다 배우리라 하는 서원이며, 불도무상 서원성佛道無上誓願成은 위가 없는 부처님의 능력을 맹세코 이루리라 하는 서원입니다.

이 사홍서원의 내용을 요약하자면 결국 자기자신의 인격을 부처로 가꾸자는 것이요 무량한 생령에게 유익有益을 주자는 것입니다. 이러한 원을 세우고 세워서 무너지지 않는 원력으로 기도를 통하여 뭉치고 뭉쳐야 됩니다. 그러지 않으면 작심삼일作心三日이 되어서 원하는 바가 곧 풀어지고 또는 조그마한 역경을 당하여도 곧 포기하게 됩니다. 번뇌에 시달리는 사람은 반드시 내가 번뇌로부터 자유로워지려는 간절한 소망이 뭉쳐 있는가 점검하여야 합니다.

국가나 민족을 부강케 하려는 큰 뜻을 지닌 선비는 마음에 사리사욕이 발동하여도 민족 앞에 부끄럽지 않기 위하여 조심하여 없애려고 할 것이며 또 몸조심을 하여 후일에 흠이 되지 않도록 노력하는 것이 자연스러운 일입니다.

큰 욕심을 가진 사람은 마음에 작은 욕심을 조복받을 수 있고, 자녀를 사랑하는 부모는 자녀사랑 때문에 부모 자신의 편안함을 추구하는 이기심이 자연히 없어지는 것입니다. 자녀를 사랑하는 부모는 자녀교육법을 배우지 않아도 자녀 사랑하는 뜻 때문에 자녀교육을 남모르는 가운데 받게 됩니다.

중생을 걱정하고 사랑하는 부처님의 뜻을 세운 사람은 자기의 번뇌망상을 빨리 항복 받아야 번뇌가 적을 것이며, 나아가서는 남의 어려움을 해결해 주는 지혜와 능력이 개발되는 것입니다. 내 마음에 번뇌망상을 제거하는데 게으름이 있으면 부처가 되는 서원이 약해졌다고 판단해도 될 것입니다.

무명번뇌가 지금 생기면 곧바로 '나는 부처가 되어야 한다' 는 목적을 굳게 하고 그 목적에 반조하면 십중팔구十中八九 망상이 없어질 것입니다.

본래심本來心으로 돌아가라

마음의 번뇌 충蟲을 열반으로 녹여야 합니다. 무명욕심은 내 마음을 불타게 하고 내 마음의 번뇌는 세균과 곤충·등 각종 병충해처럼 마음을 좀먹고 있기 때문에 우리는 본래 갖춘 낙원으로부터 쫓겨난 것입니다.

우리들의 마음에는 본래 갖춘 부처님의 극락처가 있으며 고요하고 밝고 자비로운 부처님 마음이 있습니다. 이것을 무여열반자리라고 합니다. 본래 열반은 욕심 등의 번뇌를 불꽃에 비유하여 그러한 불꽃을 불어서 꺼버리는 것을 말합니다. 일어나는 번뇌망상을 훅 불어서 꺼버리면 그 자리가 바로 극락이며 부처님 나라입니다.

번뇌가 내 마음에 일어나거든 곧바로 욕심이 발동하였구나 하고 그 마음을 없애거나, 번뇌가 없는 본래 마음에 대조하면 처음에는 없어지지 않지만 자주 대조하여 없애려고 정성을 들이면 번뇌는 힘을 잃고 소멸됩니다.

구류중생심이 설사 한량없이 많다 하여도 결국 정성으로 대조하고 대조하면 고와 낙을 다 놓아버린 본심本心 즉 극락 자리가 나타나는 것입니다.

초등학교에 입학하여 글씨를 배울 땐 서투르기가 짝이 없습니다. 그러나 계속 글씨를 연습하면 달필이 됩니다. 마음공부를 시작하여 꾸준히 하다보면 번뇌가 많음을 발견하고 놀랍게 생각하여 단념할까 생각할 수도 있으나, 단념하지 말고 다시 자성의 본래심으로 녹여내면 반드시 욕심번뇌를 항복받는 날이 있게 됩니다. 이것을 자성반조 공부라고 할 수 있습니다. 이렇게 자성 반조를 계속하면 다른 중생들의 마음을 헤아리는 능력과 그 마음을 항복시킬 수 있는 무한한 자비 법력이 생겨나게 됩니다.

중생과 부처가 없는 근본마음

"세존이 도솔천을 떠나지 아니하시고 이미 왕궁가에 내리시며, 모태 중에서 중생 제도하기를 마치셨다 하니 그것이 무슨 뜻인가"라는 의두요목이 있습니다. 영산선학대학교는 행정상으로 백수읍에 속해 있습니다 내가 영산선학대학에 근무하던 때, 영산선학대학에서 백수읍사무소까지 걸어간 적이 있습니다. 가다보니 마을이 나오고 아이들이 나무 밑에서 놀고 있기에 아이에게 읍사무소를 묻는다는 것이 별 생각 없이

"애야, 백수읍白峀邑이 어디냐?"

하고 물었습니다. 그러자 한 아이가

"여기가 백수읍인데요" 하는 것이 아닙니까?

백수읍에서 백수읍을 찾다니 내가 참 묘한 말을 들었다고 생각했습니다.

번뇌망상도 다 부처의 마음이고 중생도 다 부처입니다. 그렇기 때문에

처처불상이라 했습니다. 이 구절이 바로 그 말씀입니다. 부처가 많은 중생을 제도하긴 했어도 성품 자리와 이치의 자리에서 보면 중생이 따로 없습니다. 모두 다 성품을 떠나지 않았고 다 이치를 떠나지 않았다는 뜻입니다.

수운신사水雲神師께서는 어느날 한 제자가 와서 "한울님이 어디 계십니까"하고 물으니

"우리 며느리가 한울님이다. 저기 베틀에서 베 짜고 있지 않느냐"하고 답하였습니다. 제자는 말뜻을 알아들을 수 없었습니다. 이 이야기의 뜻도 이 구절을 이해하면 알 수 있는 것입니다. 중생과 부처를 따로이 구별할 수 없는 그 자리를 확실히 알아야 중생을 제도해 놓고도 제도했다는 상相을 없앨 수가 있습니다.

번뇌 망상에 시달리다가 나의 고뇌가 어디에서 나온 것인가 생각해 보면 나의 자성자리에서 나온 것입니다.

잡초는 우리 인간에 의해 필요 없는 것이라고 하여 붙여진 이름입니다. 사실 잡초는 양과 같은 동물에게는 훌륭한 먹거리인데도 불구하고 말입니다. 우리의 여러가지 마음도 때와 곳에 맞지 않아 문제이지 여러가지 마음이 다 필요한 것입니다. 자식을 키우기 위해서는 자식에 대한 사랑이 필요합니다. 문제는 그것에 집착하는 것입니다. 그래서 번뇌란 결국 때와 곳에 맞지 않는 마음이고 때와 곳에 맞는 마음은 보리심입니다.

마치 같은 집이라도 주인이 바뀌면 그 집의 용도가 바뀌듯이 내 마음의 주인이 바뀌어 부처가 되면 모든 번뇌 망상이 부처의 자비로 변할 것이요, 욕심이 주인이 되면 육신이 욕심의 노예가 됩니다. 부처 마음이 주인이 되면 나의 육신은 부처님의 육체가 됩니다.

구절풀이

3. 何以故오 須菩提야 若菩薩이 有我相人相衆生相壽者相하면 卽非菩薩이니라.

왜 그런가 하면 수보리야! 만약에 보살이 내가 존귀하다는 관념〈我相〉이 있거나 저 사람과 간격을 주는 관념〈人相〉이 있거나 열등하다는 관념〈衆生相〉이 있거나 자기가 제일이라는 관념〈壽者相〉이 있으면 부처에 버금가는 공부를 한 보살이라고 할 수 없나니라.

보살의 공부정도

보살은 부처님이 되기 이전의 단계에 있고 부처님에 버금가는 공부를 하신 분을 말합니다. 보살(부처님 되실 분)은 모든 중생을 제도하고 또 내 마음속에 있는 모든 번뇌망상을 제거한 뒤 내가 제도를 했다는 관념과 상이 있다면 그것으로 인해 불지佛地에 오를 수 없고 해탈을 얻을 수 없습니다. 그렇기 때문에 반드시 사상四相의 관념과 상을 놓아버려야 합니다. 그래야만 훌륭한 보살이 됩니다.

부처가 되는 공부를 몇 가지 단계로 설명할 수 있습니다. 먼저 욕심을 녹여가는 차원이 있는데 이 단계는 태·란·습·화胎卵濕化 사생四生정도의 욕계 중생심이라고 할 수 있습니다. 그리고 다음 단계는 집착심執着心을 벗어나는 공부입니다.

집착심은 자기자신이 좋아하는 것을 취하려는 습관으로 길들여진 마음이며 혹은 싫어하는 것을 미워하여 벗어나려는 등의 번뇌로 이것을 유색有色, 무색無色 등등 색계色界의 중생심이라고 할 수 있고, 다음 단계는 생각의 그림자가 있고 없는 아주 미묘한 번뇌들입니다. 이러한 중생심은 유상有想, 무상無想, 비유상非有想, 비무상非無想 등 무색계無色界의 중생심衆生心입니다. 이러한 중생심을 크게 두 가지로 대별하면 욕심의 차원에서 배회하는 정도의 번뇌는 정말 공부를 훨씬 더 많이 해야 할 저급 중생심이라고 할 수 있는데 이러한 거친 번뇌들이 많이 맑아지게 되면 다음으로 마음의 좋고 나쁜 가치가 있는가 없는가 또는 자기자신을 평가하는 등의 온갖 관념의 고급번뇌가 나타납니다. 이러한 고급번뇌를 사상四相번뇌라고 할 수 있습니다. 이러한 생각에 관련된 번뇌를 조복받지 못하면 진정한 보살이라 할 수가 없습니다.

구름이 없는 낮에 밖으로 나가면 모든 물체는 그림자를 갖게 됩니다. 빌딩 그림자, 가로수 그림자, 사람 그림자 등 이러한 그림자가 물체에 붙어 다니듯이 인간의 모든 마음작용도 마음을 사용하고 나면 그림자처럼 따라다니는 마음이 있습니다. 이것이 바로 사상四相입니다. 이 그림자는 실체가 없으며 불필요한 것입니다. 상당히 깊은 마음공부를 한 보살들도 이 그림자에 쌓여 있기 때문에 지혜가 어두워지고 큰 능력과 자비심이 샘솟지 못합니다. 이러한 집착심과 사상四相을 없애버려야만이 확연한 자유인이 됩니다. 착심은 그릇된 방향으로 바꾸는 것이고 상은 헛된 그림자를 쫓는 것입니다.

보살에게 따라 다니는 네 가지 그림자

아상我相이란 모든 것에서 자신을 중심으로 놓고 생각하는 것을 말합니다. 내 생각은 이렇다, 나의 입장은 이렇다, 우리들의 이익 등 이 세상 만사를 자기 안목으로 판단하고 행동하려는 번뇌입니다. 번뇌 중에 가장 넘기 어려운 번뇌입니다. 근본번뇌라고 할 수 있습니다.

인상人相은 아상에서 발현되어 저것은 남이다, 너희들 것이다, 너희들의 이익이다 등 나의 것과 남의 것을 지나치게 구분하려는 생각입니다. 근본적으로 보면 나라는 것도 남과 어울려서 존재하는 것이요, 지금은 남이라고 생각되는 것이 결국 나에게 이로움이 되기도 하고 나의 편이 되기도 하는 순환 무궁한 이치를 생각해 보면 나와 남이 없다는 것을 알 수 있으며, 또한 본성의 입장에서 볼 때에 우주대아宇宙大我라는 진리를 생각하면 남과 내가 없는 것입니다.

중생상衆生相은 중생은 가치가 없는 것, 부처를 이루지 못한 보잘것이 없는 것이라는 등 자기 자신을 비하하여 업신여기는 열등감을 말합니다.

수자상壽者相은 나의 삶은 너희들보다 가치가 있는 삶이며 실력을 갖추었고 깨달았으며 나이도 훨씬 많고 연조가 깊다는 등 우월감을 말합니다.

앞에서도 많이 말했습니다만 욕심이 치성한 단계를 벗어나서 욕심에 담박하다 하여 부처가 되는 것이 아닙니다. 네 가지 그릇된 번뇌가 기다리고 있으니 보살들은 이것을 없애는데 일천 정성을 들여야만이 자유자재의 부처가 되는 것입니다.

중생은 욕심에 장아찌가 되었고
보살은 자기 그림자로 꼬리를 치네
산 넘으면 산이요 물 건너면 물안개로다
부처도 없는 땅에는 그림자도 없더라.

제4장 부처님의 마음이 머무는 곳
(妙行無住分)

'어느 곳에 마음을 머물러야 합니까?'란 질문에 대한 대답으로 보살이 상없는 마음에 주하여 생활한다면 그 공덕은 한량이 없음을 가르치신 대문입니다. 가장 잘 사는 사람인 부처님은 평소에 마음가짐을 어떻게 할까? 또한 우리는 마음을 어느 곳에 집착하고 살까? 과연 어디에 마음을 머물러야 하는지에 대해 공부합시다. 왜 허공과 같은 마음에 머무는 것이 가장 큰 공덕이 될까요.

차가운 빈 하늘엔 무심한 저 달빛
어리석은 사람이 물 속의 달 찾으려 분주한데
눈 푸른 그 사람이 고개 들어 하늘 달 보라네
고요한 산천초목이 법화法華로 가득하여라.

원문해석

「또한 수보리야 보살은 법에 마땅히 주함이 없이 보시를 행하나니
이른바 색에 주하지 않고 하는 보시며 소리와 냄새와 맛과 부딪침과
법法에 주하지 않고 하는 보시니라.
수보리야 보살이 마땅히 이와 같이 보시하여 상相에 주하지 말지니,
어찌한 연고인고
만일 보살이 상에 주하지 아니하고 보시하면 그 복덕을 가히 사량하지
못할지니라.
수보리야 네 뜻에 어떠하냐 동방 허공을 가히 사량하겠느냐.」
「못하겠나이다. 세존이시여.」
「수보리야 남 서 북방 사유四維 상하 허공을 가히 사량하겠느냐.」
「못하겠나이다. 세존이시여.」
「수보리야 보살의 상에 주하지 않고 보시하는 복덕도 또한 다시 이와 같아서 가
히 사량하지 못할지니라.수보리야 보살이 다만 마땅히 가르친 바와 같이 주할
지니라.」

1 復次須菩提야 菩薩은 於法에 應無所住하야 行於布施니 所謂不住色布施며
不住聲香味觸法布施니라 須菩提야 菩薩이 應如是布施하야 不住於相이니.

2 何以故오 若菩薩이 不住相布施하면 其福德을 不可思量이니라 須菩提야 於
意云何오 東方虛空을 可思量不아 不也니이다 世尊이시여 須菩提야 南西北方
四維上下虛空을 可思量不아 不也니이다 世尊이시여 須菩提야 菩薩의 無住相
布施하는 福德도 亦復如是하야 不可思量이니라 須菩提야 菩薩이 但應如所敎
住니라.

1. 復次須菩提야 菩薩은 於法에 應無所住하야 行於布施니 所謂不住色布施며 不住聲香味觸法布施니라 須菩提야 菩薩이 應如是布施하야 不住於相이니

> 또 수보리야! 마음공부를 깊이 하는 보살은 물질적 정신적인 모든 것들에 얽매이지 아니하고 자비심을 베푼다. 예컨대 눈에 보이는 모든 색깔이나 소리나 냄새나 맛이나 감촉이나 관념들에 사로잡히지 아니하고 마음을 사용하여야 한다.
>
> 수보리야! 보살은 모든 관념에 사로잡히지 않는 즉 극히 자유로운 입장에서 행동하여야 한다.

마음은 어느 곳에 머물러야 하는가!

단어풀이에 나와있는 '법'에 대해 더 구체적으로 설명해보겠습니다. 불가에서는 만물을 법이라 했습니다. 부처님의 법문도 법이며 그리고 물질적인 만물 뿐만 아니라 마음속에 가지고 있는 관념들도 법이라고 말합니다. 심상心相도 법이고 물질적인 현상도 법입니다. 통틀어 법을 말하자면 모든 경계라고 할 수 있습니다.

그러므로 '어법於法에 응무소주應無所住하야 행어보시行於普施니' 라는 말은 이런 모든 경계에 주한 바, 없이 집착한 바가 없이 그 마음을 내라는 뜻이 됩니다. 좀 더 구체적으로 설명하자면

"마음을 어떻게 주해야 합니까?"

하는 질문을 설명하겠습니다. 이 질문은 "마음을 어떻게 사용합니까?"

또는 "마음은 어디에 표준을 두어야 할까요?"라고 바꾸어 말할 수 있습니다. 이것을 부처님들은 "허공에 마음을 주하라, 허공같이 마음을 써라" 하고 말씀하셨습니다.

중생들은 자기 자신을 지탱해 주는 관념들을 가지고 있습니다. 예를 들면 욕심이 주가 되어 사량심과 탐욕심 또는 나는 마음이 착하다, 나는 어디가 잘 생겼다, 나는 재능이 뛰어나다, 나는 가문이 양반이다 등등 이러한 마음에 주住하고 살아갑니다. 이러한 마음은 자기가 머무는 곳〈住〉을 다른 사람들로부터 훼손 당하면 화가 나고 반대로 칭찬 받으면 기분이 좋아집니다. 이렇게 어디에 주하여 있으면 언제나 밖으로부터 내가 조종 당합니다. 또 주한 바를 다른 사람과 비교하게 되므로 나의 마음은 늘 밖의 다른 경계들로부터 벗어날 수가 없어서 마음이 고요해질 수가 없습니다. 그러므로 여러분은 내 마음이 어디에 주로 집착하고 있는가를 자기 자신이 점검해서 그 집착에 의지하고 있는 마음을 옮겨 놓아야 합니다. 옮겨야 할 곳이 어디냐 하면 바로 여러분 한 마음이 나오기 이전의 본래 마음에 주소를 옮겨야 합니다. 그 본래 마음이 바로 열반의 마음이며, 또 허공마음이며, 무심無心입니다.

중생들은 욕주慾住하고, 수도인들은 상주相住하고, 부처님은 무주無住입니다. 여러분도 욕주慾住, 상주相住를 무주無住로 바꾸면 부처가 됩니다.

보시布施란 무엇일까?

사진을 찍을 때 영상이 나오기 이전의 필름 상태를 생각해 보십시오. 필름의 원판은 아직 아무런 그림이 없습니다. 그 원판의 마음을 보존하여야 합니다. 그리고 다음 단계는 아무런 생각을 하지 않는 것만 고집하면 이것 또한 구류 중생심 가운데 무상 중생심無想衆生心에 속합니다. 그러므로 무심한 마음이 필요할 때는 무심의 마음이 되고 일을 처리할 때는 일에 알맞은 유심有心한 마음으로 능히 걸림이 없이 사용하는 공부를 하여야 합니다.

일체 해탈이라는 것은 우선 허공에 주하는 것이고 또한 허공에 주한 바도 없이 주해야 하며, 그에 바탕하여 보시하는 마음을 내는 것입니다.

이 세 가지 단계를 잘 알아야 무주이주無住而住를 잘 아는 것입니다. 응무소주 행어보시는 금강경의 핵심입니다. 여기서 보시를 해석해 보면 보시란 조건 없이, 상이 없이 남에게 베푸는 것을 뜻합니다. 우리는 보통 인연이 있는 사람에게만 보시를 합니다. 하지만 부처는 유연중생이나 무연중생이나 계기가 되면 주는 것입니다.

오늘도 내가 남에게 손해를 끼치고 살았는가, 내가 있어서 주변의 생령들에게 이익을 끼치고 살았는가 생각해 봅시다. 우리에게는 남에게 이익을 끼칠 수 있는 갖가지 보배를 갖추고 있습니다. 나의 육체가 그것입니다. 이 육체로 남의 어려운 수고를 덜어 줄 수 있고, 나의 말로 남에게 희망을 줄 수 있고, 나의 마음으로 자비와 온정을 베풀 수 있습니다. 나의 재물로 남에게 도움을 줄 수도 있습니다. 언제나 어느 곳에서나 남을 도울 수 있고 미물과 곤충과 살아 있는 모든 생령에게 내가 가지고 있는 모든 것을 베풀어 쓸 줄 아는 사람은 보살이라고 하며 부처라 할 수 있습니다. 여러분은 자기의 가족, 자기의 인연을 위하여 보시합니다. 상당한 인물은 국가를 위하여, 더 큰 인물은 인류를 위하여 살아갑니다. 그러나 보살과 부처님은 모든 생령들을 위하여 보시를 하는 것입니다.

구절풀이

2. 何以故오 若菩薩이 不住相布施하면 其福德을 不可思量이니라 須
菩提야 於意云何오 東方虛空을 可思量不아 不也니이다 世尊이시여
須菩提야 南西北方四維上下虛空을 可思量不아 不也니이다 世尊이시
여 須菩提야 菩薩의 無住相布施하는 福德도 亦復如是하야 不可思量
이니라 須菩提야 菩薩이 但應如所敎住니라.

왜 그러냐 하면 보살이 주착함이 없이 자비행을 한다면 그 공덕
은 한량이 없는 것이기 때문이다.
수보리야! 동쪽 허공이나 남서북방 등 모든 허공이 얼마나 넓다
고 측량하겠느냐?
헤아릴 수 없습니다. 세존이시여!
수보리야! 보살이 자기의 고정관념과 생각에 얽매이지 않고 자비
를 베풀면 허공과 같이 공덕이 한량이 없을 것이다.
수보리야! 보살은 앞에서 가르친 바와 같이 마음 가짐을 허공과
같이 하여야 한다.

자유의 공덕

우리들 범부중생은 언제나 욕주慾住, 욕심에 마음이 머물거나 아니면
호주好住, 좋아하는 것에 마음이 머물거나 아니면 진리는 없는 것인데 '진
리는 이런 것이다' 라고 관념화하여 놓고 진리상에 머무는 상주相住 등 어
딘가에 마음을 매어 놓고 살아야 안심을 합니다. 그렇게 매어 놓은 줄을
과감하게 끊어버려야 해방이며 초탈, 자유입니다.

마음이 걸림이 없으면 사물을 바르게 판단하는 지혜가 나타납니다. 만일 마음이 자유로우면서도 지혜로운 판단이 없다면 그 자유는 방종이지 참다운 자유는 아닌 것입니다. 주한 바 없는 마음을 길들이면 마음의 자유와 지혜가 생깁니다. 이러한 공덕은 큰 공덕이 아닐 수 없습니다. 자유로움, 여유로움, 판단력은 결코 재물로는 살 수가 없고 권리로도 살 수가 없으며 또 교육과 독서로 되는 것이 아닙니다. 이것은 금강경 도리를 참답게 실천하다보면 나타나는 공덕입니다.

자유로움과 지혜로움은 반드시 자비로움을 만들어 냅니다. 만일 지혜로우면서 자비스런 사랑이 나오지 않는다면 그 지혜는 참다운 지혜가 아니며 그 지혜는 지식이거나 남을 해칠 수 있는 거짓 지혜입니다. 지혜는 자비심을 동반하도록 되어 있어서 반드시 불쌍한 이웃을 향하여 보시를 하게 합니다. 이렇게 보시공덕을 베풀면 보시공덕으로 인하여 다른 사람으로부터 복덕이 돌아오게 됩니다. 보시공덕으로 인하여 나에게 한량없는 복덕이 돌아오는 것입니다.

여러분! 지금 마음이 어디에 머물고 있습니까? '지금 이 마음'에 머무십시오. 제가 가르치는 이 마음은 어느 마음일까요? 여러분에게 늘 있는 마음이니 멀리 다른 곳에서 찾지 말고, 어렵다고 견성하기를 기다리지 말고 즉시 찾아내어 이 마음에 머무십시오. 삼세 부처님의 집입니다.

주한 바 없는 마음으로 갖가지 보시를 하면 한량이 없는 공덕이 나에게 돌아온다고 하셨는데 지금까지 설명하였지만 다시 부연하겠습니다. 욕심과 선악의 모든 마음이 없는 허공과 같은 금강심을 발견하여 그곳에 머물면 그때가 바로 극락입니다. 적정寂靜한 열반락입니다. 부처님께서 일이 없을 때에 사는 집입니다. 그러나 일이 있을 때는 사람을 만나고 일을 처리할 때는 반드시 인과보응의 이치에 바탕하여 보시를 행行하며 자비행을 합니다. 그러나 보시행도 자비행도 반드시 허공과 같이 주한 바 없는 마음에 바탕하는 것입니다. 불보살은 반드시 주한 바 없는 마음으로 안택을 삼고 자비심으로 공덕을 일궈 가는데 이 두 가지가 잘 이루어져야 부처가 되는 것입니다.

인생살이 욕심 채우는 재미로 살고
남보다 잘난 멋으로 살아가는데
재미도 멋도 놓아 버리면 어쩌란 말인가
부처의 한 깨침은 평지에 풍파로다
주리면 밥 주고 졸리면 베개를 주라
부처님의 유언은 이 말씀밖에 없노라.

제5장 변하지 않는 실상
(如理實見分)

우리가 상대하고 있는 만물의 모습(相)이 끊임없이 변하여 허망하다는 것을 확실하게 자각하면 여래의 실상을 만나게 될 것이라는 가르침입니다. 사람의 생활이란 게 자기 마음 사용하는 것에 대하여는 착안하지 않고 밖의 감각되는 물질에 집착하여 살기 때문에 괴롭고 즐겁고 합니다. 즉 물질의 노리개 생활을 하는 것이 중생입니다. 우리가 집착하고 있는 물질은 늘 변화하는 헛것입니다. 그것이 헛것임을 자각하면 진리에 눈을 뜨게 될 것입니다. 이 장에서는 변하지 않는 마음을 깨닫는 공부를 하겠습니다.

시장의 매매는 시세대로 하노니
정다운 밀어에 속지나 말지어다
때론 산이 물이요 때론 산은 산일 뿐
안개 개인 날 허공 끝은 얼마나 되는가.

원문과 해석

「수보리야! 네 뜻에 어떠하냐.
가히 신상身相으로써 여래를 보겠느냐.」
「아니옵니다. 세존이시여.
가히 신상으로써 여래를 얻어 보지 못할지니, 어찌한 연고인가 하오면
여래께서 말씀하신 신상이 곧 신상이 아닌 까닭이옵니다.」
부처님께서 수보리에게 고하시되
「무릇 형상 있는 바가 다 이 허망한 것이니, 만일 모든 상이 상 아님을 보면 곧
여래를 보리라.」

1. 須菩提야 於意云何오 可以身相으로 見如來不아 不也니이다 世尊이시여 不
可以身相으로 得見如來니 何以故오 如來所說身相은 卽非身相이니이다.

2. 佛이 告須菩提하사대 凡所有相이 皆是虛妄이니 若見諸相이 非相하면 卽見
如來니라.

구절풀이

1. 須菩提야 於意云何오 可以身相으로 見如來不아 不也니이다 世尊이
시여 不可以身相으로 得見如來니 何以故오 如來所說身相은 卽非身相
이니이다.

> 수보리야! 너는 부처님의 거룩한 몸매〈身相〉로 진리마음인 여래를
> 볼 수가 있느냐?
> 볼 수가 없습니다. 세존이시여!
> 부처님께서 말씀하신 부처님의 장엄한 몸매도 영원하지 못하고
> 변화하기 때문에 몸매〈身相〉로 여래를 볼 수는 없습니다.

부처님의 훌륭한 용모

대개 종교의 교조는 훌륭한 몸매와 잘 생긴 용모를 지니고 태어나기 마
련입니다. 보통 중생들은 인격이나 심법을 보기 전에 용모를 먼저 살피
기 때문에 종교의 최초 지도자의 경우는 특별히 사람들의 이목을 집중시
킬 정도로 대단한 용모를 지니게 되는데 부처님의 경우는 다른 성자에
비하여 더욱 훌륭한 용모를 지녔던 것 같습니다. 그래서 믿고 따르는 제
자들이 용모가 좋으면 부처인가 하는 착각을 할 수 있고, 또 더 나아가서
는 부처님의 용모와 진리의 마음인 여래를 동일시 할 수도 있을 것 같아
서 직접 용모와 여래자리는 다름을 가르쳐 주셨습니다.

부처님의 잘생긴 얼굴이라는 것도 현상입니다. 이 현상이란 변화하기
마련입니다. 부처님의 인격이라고 하여도 결국 경우에 따라서 다른 모습
으로 나타날 수가 있습니다. 우리는 더욱 더 근원적 문제를 생각해야 합

니다. 그것은 부처는 어떻게 이뤄졌을까, 즉 부처님 마음에 일관적으로 나타난 여래라는 진리성입니다. 이러한 진리성은 뿌리이며 제불제성의 영원한 교과서입니다. 삼라만상의 자연현상을 그렇게 되도록 하는 이치가 있습니다. 마음이 끊임없이 변화하고 희로애락의 감정이 교차하는 현상 뒤에는 여래라는 진리가 있습니다. 그 여래라는 진여의 마음을 잘 생긴 얼굴과 동일시 하여서는 안됩니다.

수보리는 여래라는 부처님의 진리적 마음을 알고 있기 때문에 아무리 잘생긴 모습이라도 그 육신과 법의 몸인 법신하고는 다르다는 것을 말씀드린 셈입니다. 아무리 가치가 있는 현상이라도 그것은 진리적 존재와는 다른 것입니다.

구절풀이

2. 佛이 告須菩提하사대 凡所有相이 皆是虛妄이니 若見諸相이 非相하면 卽見如來니라.

수보리야!
무릇 유형 · 무형의 모든 존재는
모두 실다움이 없이 허망하도다.
만약 삼라만상森羅萬象이 실상이 아님을 알면
곧바로 여여하여 허공같은 부처를 보게 되리라.

번뇌의 낙엽지면 마음 땅이 드러난다

진리에 대한 노래형식의 법문을 사구게四句偈라고 합니다. 우리 여기서 본체의 마음, 본심을 알아내야 합니다. 앞장에서 '어떻게 마음을 항복 받을까요' 할 때에 여래인 이 마음을 깨달아서 번뇌가 없는 마음으로 번뇌를 녹여내야 한다고 대답하셨고, '어느 곳에 마음을 머물러야 합니까' 할 때 영원히 변화하지도 않고 시작도 끝도 없고 더하지도 덜하지도 않는 여래자리에 마음을 머물러야 한다고 대답해 주셨습니다. 이 장에서는 확실하게 부처님 마음을 깨달아야 합니다.

밖으로 현상적인 모든 것은 허망하게도 쉬지 않고 변화하여 갑니다. 돈, 명예, 권리, 너와 나 사이로 사실은 쉬지 않고 다른 모습으로 허망하게 변화합니다. 우리는 어떤 의미에서 변화하는 기차를 타고 여행하는 것과도 같습니다. 우리들의 마음도 끊임없이 변화하여 갑니다. 어느 때는 이런 사람이 좋더니 세월이 가면 다른 유형의 사람이 좋아지고, 음식도 즐기는 것도 주의 주장도 달라져 갑니다. 밖에 있는 존재들을 물상物相이라고 한다면 내 마음 안은 심상心相이라고 할 수 있는데 물상도 심상도 모두 허망합니다. 사람들은 허망한 물상과 심상에 속아서 살고 있습니다. 봄, 여름에 무성하였던 모든 풀, 나무들이 가을되면 떨어져 대지에 딩굽니다. 그러나 변함이 없는 대지는 영원합니다. 갖가지 마음이 출몰합니다. 생각은 어느 곳에서 태어나서 어느 곳으로 돌아갑니까. 생각이 나오기 전의 마음은 어떤 것일까요.

데카르트는 '생각하므로 나는 존재한다'고 하였습니다. 그런데 생각은 어디로부터 나왔습니까? 생각이 나온 심지心地 즉, 마음 땅이 있습니다. 이것을 여래如來라고 하고 법신法身이라고도 합니다. 그 한 소식을 얻으십시오.

어렵고 어렵도다

찾으면 찾을수록 멀어져만 가고

쉽고 쉽고 쉽도다

놓으면 놓을수록 명백하게 드러나네

하하 허허로다.

제6장 말법세상末法世上에 대한 예언豫言
(正信希有分)

수보리가 부처님의 깊고 깊은 금강경에 대한 법문을 듣고 자신
들은 직접 부처님께 들어서 깨닫는데 이후 말세가 되면 어떻게
되는 것인가 하는 걱정이 되어 말세末世 수도인들이 경전만 보고
도 신심을 내겠느냐고 질문하였습니다. 이에 대하여 부처님께서
말세에도 무상의 진리를 믿고 실천하는 사람이 있을지니 그 사
람은 숙세에 많은 부처님 회상에서 선근을 심어온 특별한 불제
자임을 예언하신 대문입니다. 이 장에서는 말세가 어느 때인가
를 생각해 보고, 지금 수도에 발심한 분들이 그 동안 어떤 공부
를 하였을까를 생각해 봅시다.

아름다워라 영산의 만남이여
달빛 빛나니 법석 더욱 정겨워
집착이려니 말세未世 걱정이로세
쯔쯔쯧 수보리여 달지면 해 뜨는 것을.

원문과 해석

수보리 부처님께 사뢰어 말씀하되

「세존이시여! 혹 중생이 있어 이와 같은 언설 장귀章句를 듣고 실다운 믿음을 내리이까.」

부처님께서 수보리에게 고하시되

「이런 말을 하지 말라.

여래 멸한 후 후 오백세에 계행을 지키고 복을 닦는 이가 있어서 이 장귀에 능히 신심을 내어 이로써 실다움을 삼으리니,

마땅히 알라. 이 사람은 한 부처 두 부처 서너 다섯 부처에만 선근을 심었을 뿐 아니라,

이미 무량 천만 부처님 처소에 선근을 심어 이 장귀를 듣고 내지 한 생각에 청정한 믿음을 낸 사람이니라.

수보리야! 여래는 다 알고 다 보나니 이 모든 중생이 이와 같이 한량 없는 복덕을 얻나니라.

어찌한 연고인고. 이 모든 중생이 또한 아상과 인상과 중생상과 수자상이 없으며 법상法相도 없으며 또한 법 아닌 상도 없기 때문이니라.

어찌한 연고인고. 이 모든 중생이 만일 마음에 상을 취하면 곧 아 · 인 · 중생 · 수자상에 집착할 것이니,

어찌한 연고인고. 만일 법상을 취하여 아 · 인 · 중생 · 수자상에 집착하며 만일 법 아닌 상을 취하여도 곧 아 · 인 · 중생 · 수자상에 집착하리라.

이런 연고로 마땅히 법도 취하지 말며 마땅히 법 아님도 취하지 말지니,

이러한 뜻인 고로 써 여래가 항상 말하되

너희들 비구는 나의 설법을 떼배와 같다고 비유함을 알지니,

법도 오히려 마땅히 놓을 것이어든 어찌 하물며 법 아닌 것이리오.」

1. 須菩提-白佛言하사대 世尊이시여 頗有衆生이 得聞如是言說章句하고 生實信不이까 佛이 告須菩提하사대 莫作是說하라 如來滅後後五百歲에 有持戒修福者-於此章句에 能生信心하야 以此爲實하리니 當知하라 是人은 不於一佛二佛三四五佛에 而種善根이라 已於無量千萬佛所에 種諸善根하야 聞是章句하고 乃至一念生淨信者니라.

2. 須菩提야 如來-悉知悉見하나니 是諸衆生이 得如是無量福德이니라 何以故오 是諸衆生이 無復我相人相衆生相壽者相하며 無法相하며 亦無非法相이니라.

3. 何以故오 是諸衆生이 若心取相하면 卽爲着我人衆生壽者니 何以故오 若取法相이라도 卽着我人衆生壽者며 若取非法相이라도 卽着我人衆生壽者니라.
是故로 不應取法이며 不應取非法이니 以是義故로 如來常說호대 汝等比丘는 知我說法을 如筏喩者니 法尙應捨어든 何況非法이리오.

구절풀이

1. 須菩提-白佛言하사대 世尊이시여 頗有衆生이 得聞如是言說章句
하고 生實信不이까 佛이 告須菩提하사대 莫作是說하라 如來滅後後五
百歲에 有持戒修福者-於此章句에 能生信心하야 以此爲實하리니 當
知하라 是人은 不於一佛二佛三四五佛에 而種善根이라 已於無量千萬
佛所에 種諸善根하야 聞是章句하고 乃至一念生淨信者니라.

수보리가 부처님께 말씀드렸다.
먼 훗날 부처님이 계시지 않을 때 중생들이 상相이 없는 마음공부
에 대한 법문을 듣고 지금 저희들과 같이 신심이 나겠습니까?
부처님께서 수보리에게 말씀하시기를 그런 걱정을 하지 말라. 여
래 열반 후 2500여년 후에도 계율을 잘 지키고 복덕을 쌓아가는
사람이 있어서 이러한 무상의 진리에 대하여 참다운 신심을 내서
무상진리를 실다웁게 실천할 사람이 있을 것이다. 마땅히 알아
라. 이런 사람은 한두 부처님에게 선근을 심은 사람이 아니라 숙
세에 무수한 부처님을 뵙고 가지 가지 많은 선근을 심은 사람이
다. 이런 사람이라야 무상법문을 듣고 순일한 신심을 발하게 될
것이다.

수보리가 말세未世 걱정을 하다

수보리須菩提는 부처님에게 질문한 그른 마음을 항복 받는 문제와 마음
머무는 곳에 대한 해석을 듣고 아마도 대중과 함께 깊은 감명을 받았습
니다. 지금은 부처님께서 친히 말씀해 주셔서 공부 길을 잡고 있지만 부

처님께서 계시지 않는 먼 먼 훗날에는 중생들이 어떻게 부처님의 깊은 법문을 받들까 하는 생각이 들었습니다. 그래서 말세가 되어 "부처님께서 계시지 않을 때는 중생들이 어떻게 불법을 깨닫고 공부하겠습니까"라는 질문을 했던 것입니다.

여러분도 말법시대未法時代에는 반드시 새로운 성자가 나타난다는 것을 알아야 합니다. 중국 역사를 보면 춘추전국시대를 가장 난세라고 합니다. 이때에 공자님이 나오셔서 새로운 유교운동을 벌여 민중에게 희망을 주고 교화를 하였습니다. 인도에서도 부처님이 나오셨을 무렵이 사실은 난세였으며, 예수님이 나타나셨을 때도 가장 어려웠던 난세亂世라고 할 수 있는데 그 때 예수님이 나오셔서 복음운동을 하게 되었던 것입니다. 이러한 몇 천년 뒤의 역사변화에 대한 안목이 수보리須菩提에게는 없었던 것 같습니다.

여러분! 지금은 어느 시대입니까? 천지가 개벽될 정도로 급변하는 시대입니다. 분명하게 난세亂世이며 위기입니다. 이때야말로 미래세상未來世上에 알맞는 교리로 세상을 구원할 새로운 성자가 나온다는 것을 확신하여야 합니다.

단어풀이에 여래가 열반한 '후후 오백세後後 五百世'를 보면 해설이 잘 나와 있습니다. 또 부처님 후의 시대를 정법正法, 상법像法, 계법季法으로 구분하는데, 정법시대는 약 500년으로 보고 불법이 잘 되는 시대입니다. 상법은 지엽시대라고 합니다. 1000년간 지속되며 해석을 잘하고 문자를 많이 내는 시대입니다. 이를 교리문서시대라고 합니다. 그 뒤 1000년은 계법시대로 바뀌어 가는 시대, 형식과 장엄불교시대라고 합니다. 이렇게 2500년 설이 됩니다.

안으로 계문 지키고 밖으로 복 짓는 불자들

계문을 잘 지키고 복을 짓는 사람에 대하여 생각해 봅니다. 모든 종교에는 계율 즉, 금기사항이 있습니다. 국가에도 금지사항이 있습니다. 금기사항이란 이것을 범하면 자기 자신을 괴롭게 하고 남을 해치고 사회를 어지럽게 하는 일입니다. 이것을 철이 없는 어린이는 잘 분간하지 못합니다. 그러나 성인이 되면 해야 할 일과 해서는 안되는 일을 자각하게 됩니다. 그러나 종교의 교조되시는 분은 한 차원을 더 높여서 인간의 심성을 근본적으로 해쳐, 먼 훗날까지 벌을 받을 수 있고, 사회와 이웃에게 크게 폐해가 되는 것을 미연에 막기 위해 계율戒律이라는 것을 신자에게 지키도록 권장합니다. 이 계율은 지키기가 어렵습니다. 그러나 이러한 계율을 지키면 자기 자신의 방탕한 생활을 벗어나 참다운 자유를 갖게 됩니다. 이러한 계율을 마음으로 받아 들여서 지키는 것이 바로 신앙과 수행의 행위입니다.

계율을 지키는 것은 바로 부처님과 내가 함께 한다는 뜻입니다. 계율을 잘 지키는 것은 그 사람의 인격을 고결하게 만드는 근본이라고 볼 수 있습니다. 그리고 계율을 지키는 것은 죄악으로부터 벗어나는 첩경이 되기도 합니다. 항구에 가면 거센 파도를 막기 위하여 방파제를 구축합니다. 이 방파제는 거친 물결을 막기 위한 것입니다. 계율을 잘 지키는 것은 우리들에게 죄악과 유혹의 물결을 막아주는 방파제가 될 것입니다.

다음은 복을 짓는 일입니다. 사람들은 가끔 오늘은 재수가 있다든가 혹은 재수가 없다는 말을 사용합니다. 왜 그러겠습니까 그것은 전생에 남들에게 도움을 주었던 것을 내가 다시 받는 것의 결과에 대해 모르기 때문에 하는 말입니다. 우리는 전생을 모르니까 재수가 좋아서 복 받는다고 하고, 반대로 남을 해치고 손해를 끼친 사람은 아무리 노력하여도 재

수 없이 손해보는 일이 많이 생기게 됩니다. 이것을 자업자득自業自得이라 하여 내가 업보를 지어서 내가 받는다고 합니다.

어느 종교나 착한 마음으로 이웃을 돕고 사회에 유익을 끼치도록 권장합니다. 이것은 모두 사회를 풍요롭게 하고 서로서로 사이좋은 사회를 만들고 자기 자신의 행복한 인생을 가꾸도록 하자는 것입니다.

부처님께서 말세가 되는 난세亂世에도 공부 중에 으뜸이라고 할 수 있는 무상無相의 마음공부를 하고 극락을 누리는 사람이 반드시 있을 것이라 하셨는데, 그 사람은 많은 생을 살아오면서 복을 지었던 사람이며 계율을 열심히 지켰던 사람이 되는 것입니다.

여러분은 부처님의 계문를 지키기 위하여 정성을 들입니까? 또는 남을 위하여, 사회를 위하여, 착한 일을 실천하고 있습니까?

이 두 가지 공부는 자기 인격을 만드는 기본적인 틀입니다. 내면의 진실은 결국 계율로써 이뤄지고 남에게 도움을 받는 행복은 남을 도와주었던 결과인 것입니다.

석존은 연등불을 잇고 공자는 요순을 등에 졌네
예수는 아브라함을 가슴에 모셨지
요즈음 못난 도인은 내가 제일이라고 떠들고
중생들의 신의는 일생가면 금석에 새기는데
앞의 성자 뒤의 성자 그 신성이 무궁하여라.

구절풀이

2. 須菩提야 如來-悉知悉見하나니 是諸衆生이 得如是無量福德이니라 何以故오 是諸衆生이 無復我相人相衆生相壽者相하며 無法相하며 亦無非法相이니라.

수보리야! 여래는 불제자들이 영생을 어떻게 거래하는가를 다 보고 다 아는 것이다. 신성이 독실한 제자들이 장차 한량이 없는 복덕을 누리게 될 것이다. 왜 그러느냐 하면 이러한 사람들은 사상四相과 법상法相과 비법상非法相 마저도 없애기에 정성을 다하기 때문이다.

불제자의 몇 가지 단계

부처님이나 종교로부터 구원받는 사람들이 겪는 몇 가지 단계가 있습니다. 처음은 인연을 맺는 단계입니다. 부처님의 훌륭한 소문을 듣고 막연히 부처님을 흠모하고 좋아하는 단계입니다. 이 경우는 병을 낮게 해주는 명의를 소문으로 듣고 친분을 맺어 가는 단계입니다.

다음은 부처님의 훌륭하심을 듣고 직접 지도를 받고 그의 가르침을 실천하고 그의 뜻에 동참하여 실천하려는 단계입니다. 이 단계를 신성信誠의 단계라고 할 수 있습니다. 이 단계는 병을 낮게 해주는 의사의 처방을 듣고 약을 직접 먹고 치료를 받는 단계입니다.

다음 단계는 자기가 직접 부처님의 법문을 실천하는 수행의 단계입니다. 신성信誠의 단계를 부처님의 말씀 그 위덕에 의존하여 타력으로 구원을 받고 있는 것이라고 한다면, 수행修行의 단계는 자기가 자기의 힘으로 주체主體가 되어 부처님의 법을 직접 실천하여 체험하고 부처님이 멀리 있다고 하여도 자기 자신이 자기 병을 진찰하고 자기병에 알맞는 처방을 할 수 있는 단계의 공부를 말합니다.

세번째 단계의 공부를 하고 있는 사람은 한 생에 부처님과 인연을 맺는 것으로 되는 것이 아니고 정말 수많은 전생을 살아오면서 성자의 법하에서 그들의 품안에서 불연의 단계, 신성의 단계, 수행의 단계를 넘나들면서 열심히 닦아 왔던 사람이라는 것입니다.

이러한 수행을 하였던 사람은 말세에도 혼란한 세상의 유혹의 물결과 거치른 세파에도 흔들리지 않고, 정법을 듣고 곧 이 법이 바로 내가 찾던 종교로구나 하는 오롯한 신심이 생겨서 높은 차원의 마음공부를 하게 된다는 것입니다.

부처님의 능력

부처님들에게는 다양한 능력能力, 즉 불가사의不可思議한 능력能力이 있는데 그 중에 누진통漏盡通이라는 것이 있습니다. 무엇이든 다 통하여 아는 것을 말합니다. 우리들은 세상의 변화를 알 수 없고 몇 천년 뒤의 일에 대하여 알지 못합니다. 우리들은 저 사람이 진급기進級期의 사람인가 또는 강급기降級期의 사람인가를 모릅니다. 이 단체가 내리막 길인가 오르막 길인가를 모릅니다. 그러나 부처님의 혜안慧眼은 모든 것을 다 아시는, 정말 우리로서는 상상할 수 없는 투시력이 있습니다.

그래서 이 장에서는 부처님은 신심있는 불제자들의 마음과 행동을 다 알고 다 보고 있다고 직접 말씀하셨습니다. 부처님들이 중생들의 마음을 다 안다고 공표하면 중생들이 부처님을 대하기가 두려우니까 모두 알면서도 모르는 척 하시는 경우가 많을 것입니다.

그런데도 여기서는 다 알고 또 본다고 구체적으로 말씀하셨습니다. 아마도 높은 차원의 공부를 하는 제자들이기 때문에 너희들도 이와 같은 실력이 있느냐, 지금하고 있는 공부에 만족하지 말고 더욱 정진하여 높은 차원의 지혜를 얻어야 된다는 일종의 경종으로 말씀하시지 않았을까 생각합니다. 우리가 하고 있는 마음공부는 무궁무진한 능력과 지혜를 갖추게 하는 일이 됩니다.

여러분도 잘 아는 고시조를 소개하겠습니다. 마음공부에 대조하시기 바랍니다.

태산이 높다하되 하늘 아래 뫼이로다
오르고 또 오르면 못 오를 이 없건마는
사람이 제 아니 오르고 뫼만 높다 하더라.

구절풀이

3. 何以故오 是諸衆生이 若心取相하면 即爲着我人衆生壽者니 何以故오 若取法相이라도 即着我人衆生壽者며 若取非法相이라도 即着我人衆生壽者니라.

是故로 不應取法이며 不應取非法이니 以是義故로 如來常說호대 汝等比丘는 知我說法을 如筏喩者니 法尙應捨어든 何況非法이리오.

이러니까 내가 너희들에게 기회 있을 때마다 말하되 너희 비구들은 내가 설하는 법이 강을 건널 때에만 쓰는 나룻배에 비유하였으니, 법도 오히려 버리거든 항차 법도 아닌 것에 얽매일 필요는 더더욱 없는 것이다.

이런 무상의 마음공부를 하는 사람들은 마음에 조그마한 상이라도 걸림이 있으면 결국 사상의 부림을 받게 되고 또 법상이나 비법상의 흔적이 있다고 하여도 육도윤회의 근본인 사상에 걸려드는 까닭을 알기 때문에 법도 비법도 취하지 않으려고 하는 것이다.

불법佛法에도 집착하지 말라

부처가 되는 마음공부를 하는 데 있어서 처음에는 부처님께서 가르쳐 주신 교리를 나침반 삼아서 교본대로 생명을 바쳐서 그 법칙을 지키는 공부를 하게 됩니다. 그러면 다음 단계는 교본의 근본인 진리를 깨닫게 됩니다. 그러면 이 진리라는 교본을 가지고 열심히 닦습니다. 진리란 마음에 있습니다. 바로 자기 마음이 자기를 지도하는 스승이 되는 것입니다. 이렇게 수행하면 상당한 능력이 생기고 지혜도 나타나게 됩니다. 이때부터는 대단한 인물이며 성인聖人이라고 할 수 있습니다.

다음 단계는 이러한 교리와 자기 마음속의 법으로부터 모든 구속을 벗어나 자유자재하는 능력을 기르는 단계입니다. 이때가 법으로부터 자유하는 무심無心의 단계이며, 어느 곳에나 그때에 알맞는 마음을 내게 되는 능심能心의 단계입니다. 이러한 무심·능심 단계의 공부를 하는 사람은 부처님의 가르침인 교리도 뗏목처럼 벗어나야 한다는 것입니다. 이 경지에 이르지 못한 사람이 불법을 뗏목으로 여기는 것은 죄악을 짓는 것이며 자기 자신을 타락하게 하는 것입니다. 오해가 없기를 바랍니다.

"너희들은 상을 갖고 살지 말라"는 것입니다. 거듭되는 당부 말씀입니다. 어떤 법사님이 말씀하셨습니다. "상이라는 것이 얼마나 끈질기게 따라다니는지 부처님도 부처의 상이 있다. 그러나 부처는 곧바로 지울 수 있기 때문에 그 상으로 인하여 어두워지지 않을 뿐이다" 조금 공부한 사람이라고 하여 상相없애는 데에 조심하지 않으면 곧바로 상相때문에 어두워진다고 하였습니다. 이 말대로 누구나 상을 갖고 사는 것입니다. 그러니 그것을 벗어나는 공부를 끊임없이 하라는 당부 말씀을 거듭하였습니다.

법상이란 단어풀이에 나왔듯이 내가 부처님의 가르침을 잘 실천하고 있다는 자기 관념을 말합니다. 그리고 비법상은 부처님의 가르침을 잘 실천한다고 자랑하는 마음도 벗어났다고 하는 자긍심을 가진 것을 말합니다. 없는 것에 대해 상을 가진 것입니다.

구류중생 가운데 유상·무상, 비유상·비무상 중생이 여기에 해당합니다. 절에 가면 나한전羅漢殿이 있습니다. 그 나한羅漢들은 한쪽 수행에 능합니다. 또 인연도 어느 부처님 한 분만 모시려고 합니다. 이들은 어느 일방에 있어서는 부처님보다도 실력이 낫습니다. 그래도 전체를 두루 할 수 있는 실력이 없기 때문에 나한전에 모신 것입니다. 잘못하여 법상에 걸리면 수행하여 실력은 있지만 나한전에 모셔지는 것이지요. 그리고 그른 마음 항복 받았다고 하더라도 확실하게 상을 벗어나지 못하면 또 다시 자기 그림자에 싸여서 지혜가 어두워지고, 어느 한 쪽으로만 능력이 고정되어서 반쪽 도인이 되고 영원히 주세성인主世聖人이 되지 못하기도 합니다.

중생은 어디에 붙어서 살아야 안심이요
조무래기 도인은 선근상善根相을 뿌리삼네
흰구름 의지처 없어 여러 모습으로 노닐고
부처는 놓을 곳도 없어서 천지를 잡고 살지.

제7장 무심無心을 바탕 삼아
(無得無說分)

우리 수도인이 깨달아 실천하고자 하는 최고最高의 진리인 무상 대도는 무엇이라고 한정 된 법이 아니므로 그 무상대도는 얻을 수도 없으며 또한 말로 다 할 수도 없음을 가르치는 대문입니다. 그 무상대도란 어떤 마음인가를 연구합시다. 그리고 무위법에 바탕한 어떠한 차별법을 내야 하는가를 공부하기 바랍니다.

말로는 할 수 없음을 어허 말로 하노니
가녀린 꽃 한 송이에 아쉬운 미소로세
양귀비 공연히 소옥이 부르는 소리
철이 든 이는 꿈보다 해몽이 좋다더라.

원문과 해석

「수보리야 네 뜻에 어떠하냐.

여래가 아뇩다라삼먁삼보리를 얻었느냐. 여래가 설법한 바가 있느냐.」

수보리 말씀하되「제가 부처님께서 말씀하신 뜻을 아는 바와 같아서는 정한 법이 있지 아니함을 이름을 아뇩다라삼먁삼보리라 하오며 또한 정한 법이 있지 아니함을 여래께서 설하신 바 법은

다 가히 취할 수도 없으며 가히 설할 수도 없으며 법도 아니며 법 아님도 아니니

어찌한 소이인가 하오면 일체 현성이 다 함이 없는 법으로써 차별이 있게 한 까닭이옵니다.」

1. 須菩提야 於意云何오 如來ㅡ得阿耨多羅三藐三菩提耶아 如來ㅡ有所說法耶아 須菩提ㅡ言하사대 如我解佛所說義컨댄 無有定法名阿耨多羅三三菩提며 亦無有定法如來可說이니.

2. 何以故오 如來所說法은 皆不可取며 不可說이며 非法이며 非非法이니 所以者何오 一切賢聖이 皆以無爲法으로 而有差別이니이다.

구절풀이

1. 須菩提야 於意云何오 如來-得阿耨多羅三藐三菩提耶아 如來-有所
說法耶아 須菩提-言하사대 如我解佛所說義컨댄 無有定法名阿耨多羅
三藐三菩提며 亦無有定法如來可說이니.

> 수보리야! 너의 생각에 여래가 무상대도를 얻었다고 생각하느냐
> 또는 여래가 가르친 법이 있다고 생각하느냐?
> 수보리 말씀드리기를 내가 부처님 말씀의 뜻을 알기에는 정하여
> 진 법이 없는 것을 이름하여 무상대도라 하며 또한 여래께서 본
> 래 법이 없는 법을 말씀하셨다고 생각합니다.

예쁘고 밉고 참마음 아닙니다

일정하게 정해지지 않은 법은 어떠한 것이며 어떠한 마음일까요. 고운
마음, 미운 마음, 괴롭고 즐거운 마음들은 그 마음의 상태를 말로써 글로
써 표현할 수가 있습니다. 그런데 있다고도 할 수 없고 없다고도 할 수 없
는 우리들의 본래 마음은 무엇이라고 개념화 할 수 없고 형상화 되지 않
는 마음입니다. 이런 마음을 부처님은 여래라고도 하고 여기서는 무유정
법無有定法이라고 하였습니다.

대종사님은 이 마음을 원만구족한 마음, 즉 모든 것을 두루 갖춘 마음
이라고도 하셨으며, 언어言語로 표현 길이 끊어진 지극히 고요한 마음이
며, 있고 없는 것을 다 초월한 마음이라고 하셨습니다. 노자老子는 도道라
고 말할 수 있는 도道는 참다운 도道가 아니라고 도덕경 첫머리에서 밝혔
습니다〈道可道 非常道〉

옛날에 설봉雪峰스님이 계셨습니다. 원숭이들이 노는 것을 보시고는 "원숭이들이 제 각각 옛 거울을 가지고 논다"라고 하였습니다.

이에 삼성스님이 "숱한 세월에 그 고경古鏡이라는 것이 이름이 없었는데 고경古鏡이라고 부릅니까?"

그러자 설봉스님이 "아이고 흠이 생겼네" 하였습니다.

모든 사람은 거울을 하나씩 가지고 있습니다. 그것이 쳐다보게 하고, 생각하고, 웃고 말하게 합니다. 여러분이 지금 나의 강의를 듣고 있는데 무엇이 있어서 강의를 듣습니까? 귀가 듣는다고 말하는 사람도 있겠지요. 여러분의 마음 거울心鏡이 있어서 나의 강의를 듣습니다. 그 마음 거울, 얼굴이 없는 마음 거울 그것을 무엇이라고 부르는 것이 가장 적절하겠습니까? 그것을 부처님은 무유정법無有定法이라고 하였습니다.

구절풀이

2. 何以故오 如來所說法은 皆不可取며 不可說이며 非法이며 非非法이니 所以者何오 一切賢聖이 皆以無爲法으로 而有差別이니이다.

왜 그러냐 하면 여래가 말씀하신 법은 다 취하여 얻을 수가 없고 말로 다 할 수도 없으며, 또 법이 없으며, 법이 아닌 것도 아닌 법입니다. 그러므로 일체 성현이 다 이 무위법을 바탕하여 차별하는 마음을 내고 들입니다.

부처님의 차별 두는 기준

하염없는 마음 즉 무엇이라고 한정되거나 틀 잡혀 버리지 않는 마음이

85

무위법인데, 이 하염없는 마음을 본성本性이라고 하고 바탕이라고도 합니다. 이 하염없는 마음에 바탕하여서 경계를 만나면 그 대상에 알맞게 분별을 일으켜 작용하는 것을 이유차별而有差別이라고 합니다. 유교의 중용中庸에는 중中이란 희로애락喜怒愛樂의 마음이 아직 나오기 이전을 중中이라고 하였고 이 중中에서 절도에 알맞는 마음을 일으키는 것을 화和라고 하였습니다. 그러므로 무위법無爲法은 중용의 중中에 해당하고 이유차별而有差別은 화和에 해당합니다.

부모가 자녀를 사랑할 때 현실적으로 언제나 똑같이 사랑하기는 어려운 것입니다. 불행한 자녀에게 먼저 안타까워하고 사랑하는 마음이 날 것입니다. 그 다음으로 말 잘 듣는 자식입니다. 이렇게 차별이 두어지는데 차별이 나쁜 것만은 아닙니다. 자식들에게 돈을 똑같이 나누어 주는 것도 차별이 없는 것이지만 그 형편따라 나누어 주는 것이 형편에 맞는 것이고 공정한 것입니다. 그러니 무無 자리에 바탕을 해야 공정하게 보아서 형편에 맞게 차별을 할 수 있습니다.

부처님께서 차별을 두는 기준이 있습니다. 바로 인과에 표준을 둡니다. 인과보응되는 이치에 표준을 두고 그것으로 잣대를 삼아 차별하시는 것입니다. 결국 부처님들은 무無 자리에서 인과라는 기준으로 차별을 두십니다. 원불교의 무시선無時禪편과 비교해보면 "진공으로 체를 삼고"라는 말은 "무위법으로 체를 삼고"가 되는 것이고 "묘유로 용을 삼으라"는 것은 "묘유로 표준하여 일체 차별을 내라"로 말할 수 있습니다.

삼세의 수도인이 마음공부를 할 때에 무위법無爲法을 깨달아 실천하기는 비교적 쉬우나 사실은 경계에 맞게 일에 알맞게 분별심을 내어 즉 차별심差別心을 내어 일을 성공적으로 처리하기는 어렵습니다. 그러므로 공부의 차원이 높아지면 언제나 무위법에 바탕하는 것은 기본이며, 상대에 따라서 알맞게 불공을 하는 것이 참으로 힘든 일이며 끊임없이 공들이는 일이 됩니다.

　대종사님께서 한 제자를 크게 꾸중한 일이 있었습니다. 뒤에 찾아뵈온 제자가 혹 나에게도 꾸중하시지 않을까 걱정하였는데 예상과는 달리 방금 전에 꾸중하였던 무서운 얼굴은 금방 화기롭고 자비로운 모습으로 변하여 시종 따뜻하게 맞아 주셨다고 합니다. 이것이 무위無爲의 마음이 바탕이 되어서 사람 따라서 일 따라서 꾸중도 하고 칭찬도 하는 등의 알맞는 차별심을 내는 것입니다.

　　　　평양은 손님대접 냉면으로만 하고
　　　　덕산은 스님대접 몽둥이로만 하네
　　　　법신法身은 만물을 사시 절로 어루나니
　　　　남산南山은 여기 있고 한강은 저 길로 가누나.

제8장　불법을 버려야 참 불법이다
(依法出生分)

　　모든 부처님이나 모든 수도인의 공부표준이 금강경에서 나왔으
나 진정한 불법〈금강경〉은 불법이라는 것에도 얽매이거나 걸림
이 없어야 참다운 의미의 불법이라는 것을 말씀하신 장입니다.
이 장에서 물질로 남에게 보시하며 얻은 복덕과 금강경의 가르
침을 깨달아서 남에게 가르쳐 준 공덕의 차이를 배우고, 또 금강
경의 원천이라고 하는 본래 마음을 깨닫기 바랍니다.

본래 모래로는 밥을 짓지 못하는 일을
사람들은 허구 헌 날 모래를 씻어 대누나
부처님 자비로워 당연한 말씀하노니
아아 오직 밥은 쌀눈으로 짓는 거로세.

원문과 해석

「수보리야! 네 뜻에 어떠하냐.

만일 어떠한 사람이 있어 삼천대천 세계에 가득찬 칠보로써 보시에 쓰면

이 사람의 얻는 바 복덕이 정녕코 많다 하겠느냐.」

수보리 말씀하되 「심히 많나이다 세존이시여.

어찌한 연고인가 하오면 이 복덕은 곧 복덕성福德性이 아닐새 이런 고로 여래

께서 복덕이 많다고 설하셨나이다.」

「만일 다시 어떠한 사람이 있어 이 경 가운데 내지 사구게四句偈 등을 받아 가

져서 다른 사람을 위하여 말하여 주면

그 복덕이 저 복덕보다 승하리니,

어찌한 연고인고 수보리야! 일체 제불과 제불의 아뇩다라삼먁삼보리법이

다 이 경으로 좇아 나오는 까닭이니라.

수보리야! 이른바 불법이란 것은 곧 불법이 아니니라.」

1. 須菩提야 於意云何오 若人이 滿三千大千世界七寶로 以用布施하면 是人의
所得福德이 寧爲多不아 須菩提─言하사대 甚多니이다 世尊이시여 何以故오
是福德은 卽非福德性일새 是故로 如來說福德多니이다 若復有人이 於此經中
에 受持乃至四句偈等하야 爲他人說하면 其福이 勝彼하리니.

2. 何以故오 修菩提야 一切諸佛과 及諸佛의 阿耨多羅三藐三菩提法이 皆從
此經出이니라 須菩提야 所謂佛法者는 卽非佛法이니라.

구절풀이

1. 須菩提야 於意云何오 若人이 滿三千大千世界七寶로 以用布施하면 是人의 所得福德이 寧爲多不아 須菩提-言하사대 甚多니이다 世尊이시여 何以故오 是福德은 卽非福德性일새 是故로 如來說福德多니이다 若復有人이 於此經中에 受持乃至四句偈等하야 爲他人說하면 其福이 勝彼하리니.

> 수보리야! 어떻게 생각하느냐? 우주에 가득찬 칠보七寶를 써서 남에게 보시를 한다면 그 사람의 얻을 바 복덕이 많다고 하겠느냐? 수보리가 말씀드리기를 굉장히 많다고 하겠습니다. 세존이시여! 그러나 이 복덕은 복덕의 원천이 되지는 못하기 때문에 부처님께서도 그 복덕은 헤아릴 수 있게 많다고 하셨습니다. 만약 다른 사람이 금강경 중에 핵심이라고 할 수 있는 사구게四句偈인 무상도리無相道理를 실천하고 남을 위하여 전하면 그 복덕이 칠보七寶 보시보다 훨씬 높다고 할 것입니다.

물질을 풍요롭게 하는 원천을 찾아라

인간이 살아가는데 있어서 물질의 힘이란 대단히 중요한 의미를 가집니다. 특히 자본주의 사회에 있어서의 경제력이란 인간을 저울질하는 척도이기도 합니다.

이 장에서 부처님 당시 물질의 극치라고 할 수 있는 칠보의 보물을 우주에 가득하게 소유하고 또 다른 사람에게 그처럼 보시하였다고 할지라도 그러한 경제적으로 부유한 것은 인간으로 하여금 궁극적으로 행복하게 할 수 없다는 것을 확실하게 선언하였습니다. 그러면 무엇이 인간을 궁극적으로 행복하게 하여줄 것인가 하면 바로 마음바탕을 깨달아 그것을 소유한 사람이 가장 행복해질 수 있으며 가장 가치 있다는 것을 가르쳐 주셨습니다.

우선 물질의 풍요로운 것은 쓰고 또 쓰더라도 유형한 것이기 때문에 한량이 있으며, 또 물질에 싸여서 탐닉하면 결국 타락하고 교만해지며 또한 물질로 인하여 윤회의 고통을 받기 때문에 궁극적으로는 절대적인 가치라고 할 수 있는 성스러운 가치와는 더욱 멀어질 수밖에 없습니다.

물질적인 풍요로움은 어디서 나왔는가를 따져서 생각해 봅시다. 한 인간이 물질적 경제적 부를 축적한 것은 처음부터 그렇게 된 것은 아닙니다. 아마도 먼저 남의 부에 대한 부러움이 씨가 되어 부자가 되겠다는 굳은 결심을 하였을 것입니다. 그래서 부지런한 마음, 아끼는 마음, 참는 마음, 돈에 대한 정성스런 마음을 갖게 되었을 것입니다. 결국 마음이 물질적 부를 축적하게 하였을 것입니다. 다시 더 깊게 생각해보면 그런 돈을 벌게 하는 갖가지 훌륭한 마음, 훌륭한 생각은 어디에서 나왔습니까? 그러한 훌륭한 선근善根은 바로 우리들이 다 갖추고 있는 마음바탕, 즉 마음의 진리성眞理性에서 나왔습니다. 마음의 진리성眞理性을 여기서는 복덕의 원천〈福德性〉이라고 하였습니다.

그러므로 거듭 거듭 추구해 보면 사람들 개개인이 물질의 풍요로움을 누릴 수 있는 것은 결국 복덕성에 기인한다는 것입니다. 그런데 보통 중생들은 마음의 원리를 알지 못하고 관심도 없이 현상적인 한정이 있는 물질을 추구하면서 그 물질의 노예가 되어 불행해진다는 것입니다.

가치의 끝이라고 할 수 있는 물질에 함몰되어 정신을 잃기 때문에 물질적 풍요로움만을 추구하지 말고 그 근원인 마음의 진리성을 추구하여 마음작용하는 원리를 소유하게 되면 물질의 풍요도 누릴 수 있고 그 물질을 자유롭게 운전할 수 있는 능력도 생기며, 복덕성을 계발하면 물질적 풍요로는 도저히 알 수도 경험할 수도 없는 -모든 괴로움을 벗어날 수 있는- 극락과 천상락을 누릴 수도 있습니다.

가난하고 배고픈 사람에게 빵을 수 만 개 주는 것보다는 빵 만드는 기술을 가르쳐 주는 것이 가난을 영원히 극복하게 하는 길이며 그러한 기술을 가르쳐 주는 것이 빵을 수 만 개 주는 것보다도 공덕이 훨씬 크다는 것을 우리는 깨닫게 되었습니다.

구절풀이

2. 何以故오 修菩提야 一切諸佛과 及諸佛의 阿耨多羅三藐三菩提法이 皆從此經出이니라 須菩提야 所謂佛法者는 卽非佛法이니라.

> 수보리야! 왜 그러냐 하면 일체의 모든 부처님과 무상대도의 교법이 모두 다 이 금강경에서 나왔기 때문이다.
> 그러나 수보리야! 불법이라고 하는 금강경 도리도 그것에 얽매이면 참다운 불법이 될 수는 없다.

경전은 마음이 만들었다. 그 마음은 어떤 마음인가

인류 역사상 위대한 종교를 창설하신 모든 주세성자主世聖者들은 진리를 깨쳤습니다. 그리고 앞으로 다가올 시대를 예견합니다. 또 미래세상未來世上에 인간사회에 알맞는 교리를 제정하여 따르는 사람들에게 가르칩니다.

이러한 교법 중에도 근기가 가장 높은 수행자들의 교본이라고 할 수 있는 것이 금강경입니다. 금강경의 내용을 수지독송受持讀誦하여 깨달음을 얻고 실천하는데 공을 들이면 부처님처럼 인류의 스승이 될 수 있습니다. 그리고 가장 잘 사는 사람이라고 할 수 있고 언제나 진정한 행복감 속에서 삶을 영위할 수가 있습니다.

만일 수많은 뛰어난 불제자佛弟子들이 금강경을 교본 삼지 않았다면 부처님처럼 높은 경지의 성자가 되었을까 생각해보면 참으로 금강경에 천배 만배의 경배를 올려야 합니다. 그런데 금강경은 무엇을 가리켜주는 그림인가, 어떠한 존재를 가리켜 주는 손가락인가를 생각해 봅시다. 문자와 언어란 반드시 글 자체를 말한 것이 아니라 무엇을 지칭하는 안내자의 의미입니다. 돈이라는 말이 돈을 가리키는 말이지 돈 그 자체는 아닙니다. 여러분, 금강에 담겨져 있는 진리를 참으로 잘 읽을 줄 아는 수승한 근기의 사람은 문자가 가리키는 복덕성福德性을 취하여 길들이는 공부를 하게 됩니다. 그리고 더욱 수승한 근기자는 복덕성에도 걸리고 막히지도 않아, 모든 것 즉 불법佛法에도 구애받지 않는 참 자유인이 되는 것입니다. 여러분, 금강경은 어느 마음을 그린 그림입니까? 그 그림을 찾으십시오.

욕심에서 나오면 번뇌망상이요
공심에서 나오면 정의롭다고 하는데
장차 어느 곳에서 나오면 금강경이라고 하는가
불자佛者여 번역서와 원서는 무엇이 다른고?

제9장　네 가지 마음공부의 단계

(一相無相分)

최고最高의 진리를 체득하기 위하여 최고最高의 마음공부인 상을 없애는 공부의 단계를 네 가지로 밝혔는데, 그 시대가 정신수양을 중심으로 하기 때문에 여기서는 공부의 단계를 정신을 수양하는 단계로 밝혔다고 할 수 있습니다. 그리고 이 네 가지 단계를 소승사과小乘四科라고도 합니다. 여기에서 밝힌 네 가지 마음단계를 각자의 공부에 견주어서 공부하기 바랍니다.

나의 도는 하나로 꿰어 있노라 하신 말씀
층층마다 산수풍광 아름다울시고
대나무 숲의 밤마다 허공을 쓰는 소리
그래서 하늘은 푸르고 별은 빛나누나.

원문과 해석

「수보리야! 네 뜻에 어떠하냐. 수다원須陀洹이 능히 이러한 생각을 하되 "내가 수다원 과果를 얻었다" 하겠느냐.」

수보리 말씀하되 「아니옵니다. 세존이시여. 어찌한 연고인가 하오면 수다원은 성류聖流에 들었다 이름하오나 들어간 바가 없사오니 빛과 소리와 냄새와 맛과 부딪침과 법에 물들지 아니할새 이를 수다원이라 이름하나이다.」

「수보리야! 네 뜻에 어떠하냐. 사다함斯陀含이 능히 이러한 생각을 하되 "내가 사다함 과를 얻었다" 하겠느냐.」

수보리 말씀하되 「아니옵니다. 세존이시여. 어찌한 연고인가 하오면 사다함은 한 번 왕래한다 이름하오나 실은 가고 옴이 없을새 이를 사다함이라 이름하나이다.」

「수보리야! 네 뜻에 어떠하냐. 아나함阿那含이 능히 이러한 생각을 하되 "내가 아나함 과를 얻었다" 하겠느냐.」

수보리 말씀하되 「아니옵니다. 세존이시여. 어찌한 연고인가 하오면 아나함은 오지 않는다고 이름하오나 실은 오지 않음이 없을새 이런 고로 아나함이라 이름하나이다.」

「수보리야! 네 뜻에 어떠하냐. 아라한阿羅漢이 능히 이러한 생각을 하되 "내가 아라한 도道를 얻었다" 하겠느냐.」

수보리 말씀하되 「아니옵니다. 세존이시여. 어찌한 연고인가 하오면 아라한이 이러한 생각을 하되 "내가 아라한 도를 얻었다"고 하면 곧 아·인·중생·수자에 집착된 것이옵니다.」

세존이시여. 부처님께서 제가 "무쟁삼매無諍三昧를 얻음이 사람 가운데 가장 제일이라 이는 제일 욕심을 여읜 아라한이라"고 말씀하셨사오나 저는 이러한 생각을 하되 "내가 이 욕심을 여읜 아라한이라" 하지 아니하나이다.

세존이시여. 제가 만일 이러한 생각을 하되 "내가 아라한 도를 얻었노라" 하면

97

세존께서 곧 "수보리가 이 아란나행阿蘭那行 = 無諍行을 즐기는 자라"고 말씀하지 아니하시련마는 수보리가 실로 행하는 바가 없을새 "수보리가 아란나 행을 즐기는 자라"고 이름하신 것이옵니다.」

1 須菩提야 於意云何오 須陀洹이 能作是念호대 我得須陀洹果不아 須菩提-言하사대 不也니이다 世尊이시여 何以故오 須陀洹은 名爲入流로대 而無所入이니 不入色聲香味觸法일새 是名須陀洹이니이다.

2 須菩提야 於意云何오 斯陀含이 能作是念호대 我得斯陀含果不아 須菩提-言하사대 不也니이다 世尊이시여 何以故오 斯陀含은 名一往來로대 而實無往來일새 是名斯陀含이니다.

3 須菩提야 於意云何오 阿那含이 能作是念호대 我得阿那含果不아 須菩提-言하사대 不也니이다 世尊이시여 何以故오 阿那含은 名爲不來로대 而實無不來일새 是故로 名阿那含이니라.

4 須菩提야 於意云何오 阿羅漢이 能作是念호대 我得阿羅漢道不아 須菩提-言하사대 不也니이다 世尊이시여 何以故오 實無有法일새 名阿羅漢이니이다 世尊이시여 若阿羅漢이 作是念호대 我得阿羅漢道라하면 卽爲着我人衆生壽者니이다.
世尊이시여 佛說我得無諍三昧하야 人中에 最爲第一이라 是第一離慾阿羅漢이라하시나 我不作是念호대 我是離慾阿羅漢이라하나이다 世尊이시여 我若作是念호대 我得阿羅漢道라하면 世尊이 卽不說須菩提-是樂阿蘭那行者라하시련마는 以須菩提-實無所行일새 而名須菩提-是樂阿蘭那行이라하시나이다.

구절풀이

1. 須菩提야 於意云何오 須陀洹이 能作是念호대 我得須陀洹果不아 須菩提—言하사대 不也니이다 世尊이시여 何以故오 須陀洹은 名爲入流로대 而無所入이니 不入色聲香味觸法일새 是名須陀洹이니이다.

수보리야! 너의 생각에 어떠하냐?
수다원이 내가 수다원 정도의 공부를 하고 있다고 뽐내는 생각을 하겠느냐?
수보리 말씀드리기를 그렇지 않습니다. 세존이시여! 왜 그러느냐 하면 수다원은 성인의 유에 들어갔으나 들어갔다는 생각에 사로잡히지 아니 하나니 여섯 가지 경계〈六境 : 色·聲·香·味·觸·法〉에 물들지 않는 정도를 수다원이라고 이름합니다.

처음 성인의 경지에 든 보살

수보리須菩提가 "몹쓸 마음을 어떻게 항복 받아야 합니까"하고 질문을 하였습니다. 그때 부처님께서는 모든 중생들의 몹쓸 마음을 구류 중생심으로 지적하시고 그 마음을 조복 받는 방법으로 두 가지를 제시하였습니다. 첫째는 모든 중생을 책임지고 제도해야겠다는 서원을 굳게 세우고 모든 욕심 번뇌가 나타날 때마다 부처가 되어야 할 사람이라는 서원에 대조하여 없애는 것이요. 다음 하나는 우리들 본래마음 자리에는 욕심 번뇌가 없으니 욕심 번뇌가 생길 때마다 본래 자성에 대조하여 없애버리라는 즉 자성自性을 반조하면 그른 마음을 항복 받을 수 있다고 가르쳐 주었습니다.

이러한 서원 반조와 자성 반조 공부로 마음을 항복 받는 공부를 쉬지 않고 하면 그 정성에 따라서 네 가지 단계로 결과가 나타나게 됨을 부처님께서 지적하였습니다.

이 글을 읽는 분은 다른 사람의 이야기로 간과하지 말고 본인들의 공부 정도에 비교하면서 읽어야 참답게 공부를 하는 사람이 될 것입니다.

수다원須陀洹은 욕심을 항복 받은 정도의 공부를 한 사람입니다. 인간의 마음속에는 욕심의 불꽃이 언제나 불타고 있습니다. 그것을 본능이라고 합니다. 식욕, 색욕, 재물욕, 안일욕, 명예욕 등입니다.

이러한 욕심은 결코 반드시 나쁜 것이라고 할 수는 없습니다. 마치 원유原油와 같아서 잘 정제하면 아주 훌륭한 물질로 변합니다. 수도한다는 것은 근본적인 욕망을 잘 정제하여 훌륭하게 사용하는 능력을 길들이는 과정이라고 생각하면 되겠습니다. 그런데 이 근본적인 욕망은 잘 길들이지 않으면 나 자신을 망가뜨리고 사회와 이웃에 손해를 끼치는 물건이 될 수가 있습니다. 이러한 본능本能은 하늘에 먹구름과도 같아서 나의 지혜를 어둡게 하고 동물적으로 살게 합니다.

앞에서 말씀드렸던 자성반조 공부와 서원반조 공부를 반복하여 욕심을 극복하는 공부를 하게 되면, 첫단계로 욕심을 마군魔軍이나 악마로 여기고 그것을 이기려는 노력을 절대적으로 하여야 합니다. 그래서 끝까지 싸우는 정신을 놓지 말고 마군을 없애려는 공부에 젖 먹던 힘까지 들여야 합니다. 그러지 않으면 마군의 지배를 받아 언제나 욕심의 영역을 벗어날 수가 없게 됩니다.

사람마다 금생과 전생의 즐기는 바가 다르기 때문에 마군의 성격이 다를 수 있습니다. 어떤 사람은 재물에 대한 탐욕이, 어떤 사람은 식욕이, 어떤 사람은 성적 욕구가, 또는 게으름이, 명예욕이 많을 수가 있습니다.

이러한 자기의 마군을 파악하여 거기에 알맞는 방법을 익혀야 하고 그러한 밖의 유혹을 처음에는 멀리하고 다음에는 경계 속에서 극복하는 등의 순서에도 유의하여야 합니다.

이 장에서는 여섯 가지 경계라고 하였는데 마음속에 욕심의 종자가 남아 있으면 밖의 여섯 가지 경계, 즉 보이는 것, 들리는 것, 냄새나는 것, 맛이 있는 것, 감촉 되는 것, 마음속에 즐기는 것 등을 만나면 마음속에 있는 욕심이 밖의 경계에 상응相應하여 불같이 일어납니다. 이때 이것을 못 일어나게 절제하거나 고급 욕심으로 승화시키거나 하는 등 수도를 하면 반드시 극복이 됩니다.

욕심을 항복 받으면 범부 중생의 부류에서 아주 초보인 성인의 부류에 들어가게 됩니다. 수다원이란 이러한 성인의 부류, 도인의 부류에 속합니다.

수다원을 역류逆流라고도 합니다. 왜 그러냐하면 일반적으로 세상 사람들은 욕심을 채우는 방향으로 흐릅니다. 예를 들면 큰 부자가 되면 축하하고 큰 명예가 오면 좋아합니다. 이것이 세상의 일반적인 흐름입니다. 그런데 수다원이란 이러한 세속적인 욕심의 물결에 합류合流하는 것이 아니라 욕심의 흐름에 역류하여 욕심을 극복하였다는 뜻입니다.

여러분은 욕심에 물들어 욕심 물결을 따라 흐르면서 그런 줄도 모르고 삽니까? 아니면 욕심의 물을 빼려고 노력합니까? 아니면 욕심의 물이 많이 빠져서 이제는 욕심의 머리를 돌려서 본성 자리를 주인 삼아 살고 있는 것입니까? 자기를 살펴보시기 바랍니다.

원불교 법위와 비교하기에는 어려운 점이 있지만 비교한다면 수다원은 원불교 법위의 항마위降魔位 정도에 오른 것입니다. 법강항마위도 욕심과 사상四相이 마음에 없지 않으나 그것이 주권을 잃고 정심에 눌려지내는 단계인 것입니다. 만약에 수다원위에 오른 분이 방심한다면 욕심에게 주권을 잃게 됩니다. 그러니 부지런히 수행적공하여 정심이 항상 주권을 사용하도록 힘을 모아두어야 합니다.

중생은 욕심의 강물 타고 아래로 흐르는데
수다원은 거슬러 거슬러 상류로 가네
거스름 길 가는 저 님아 쉬지말고 가고 가자
한 산마루 지나면 바로 그곳이 불지촌佛地村이니라.

구절풀이

2. 須菩提야 於意云何오 斯陀含이 能作是念호대 我得斯陀含果不아 須菩提-言하사대 不也니이다 世尊이시여 何以故오 斯陀含은 名一往來로대 而實無往來일새 是名斯陀含이니다.

수보리야! 너의 생각이 어떠하냐? 사다함斯陀含이 내가 사다함斯陀含 정도의 공부를 하였다고 뽐내는 생각을 하느냐?
수보리 말씀드리기를, 그렇지 않습니다. 세존이시여! 왜 그러냐 하면 사다함斯陀含은 경계를 따라서 한두 번 번뇌가 오고가는 정도이나 실지에 있어서 내가 일왕래一往來하는 공부 실력을 가지고 있다는 상이 없습니다. 이런 정도의 공부를 사다함斯陀含이라고 합니다.

간혹 욕심의 그림자가 오고간다

수다원須陀洹 정도의 공부를 한 수도인의 마음속에는 욕심의 불씨가 완전히 없어진 것이 아닙니다. 다만 욕심이 권리를 잃었기 때문에 언제나 정심正心이 주장이 되기는 하지만 욕심이 아주 없어지지 않아서, 욕심은 있으나 그 욕심의 부림을 받지 않는 정도입니다. 사다함斯陀含은 욕심이 거의 가셔 버려서 밖의 유혹이 있으면 한두 번 마음속의 욕심이 생겼다가 없어지는 정도의 공부를 한 사람입니다.

담배가 골초인 사람이 있었습니다. 건강이 좋지 않아 담배를 끊기로 결심을 하고 담배를 끊는데 굉장한 노력을 하였습니다. 그렇게 6년 정도 하였더니 요즈음은 몹시 신경을 써서 일하고 휴식을 할 때 친구들이 멋있게 담배 피우는 것을 보면 한두 번 마음이 움직이지만 결코 유혹에 빠지는 일은 없다고 합니다.

공부인이 공부하기 전에 오욕락을 즐기면서 중생의 울 속에서 살다가 불법佛法을 만나 발심을 하고 열심히 마음공부를 하게 되면 본성本性마음을 알게 되고, 그 본성마음을 회복하는데 정성을 들일 때는 주로 욕심과 아상我相과 전쟁을 하게 됩니다. 오랫동안 내 안의 욕심과 아상我相과 혈전을 하다보면 욕심을 이기고 아만심을 항복 받게 됩니다. 그러나 마음속에 욕심과 아만심의 불씨가 남아 있다가 가끔씩 나타납니다. 그런 것들은 수도를 열심히 하기 때문에 금방 없애버리고 보내버릴 수 있습니다. 사다함은 이러한 번뇌가 한두 번 내왕하는 정도의 보살입니다.

구절풀이

3. 須菩提야 於意云何오 阿那含이 能作是念호대 我得阿那含果不아

103

須菩提-言하사대 不也니이다 世尊이시여 何以故오 阿那含은 名爲不
來로대 而實無不來일새 是故로 名阿那含이니라.

수보리야! 너의 생각에 어떠하느냐? 아나함阿那含이 내가 아나함
과를 얻었다는 상을 가지고 있겠느냐?
수보리 말씀드리기를 그렇지 않습니다. 세존이시여! 왜 그러냐
하면 아나함은 번뇌망상이 전혀 생기지를 않습니다. 따라서 번뇌
가 일어났다는 생각은 더욱 없습니다.
이런 정도의 공부를 아나함이라고 합니다.

오직 중생을 건지려는 마음뿐

앞의 사다함斯陀含 정도의 공부를 한 분은 안에 욕심의 불씨가 조금 남
아 있기 때문에 밖의 경계를 만나면 간혹 욕심이 한두 번 생겼다가 없어
지는 정도의 공부를 한 사람이라면 아나함阿那含 공부를 하고 있는 분은
마음속에 욕심 자체가 전혀 없는 것입니다. 밖에 어떠한 유혹의 경계가
온다 하여도 마음속에 유혹을 받아 움직이는 욕심이 없다면 참으로 무심
無心이라고 할 수 있습니다. 이런 정도의 공부를 한 분이라면 세속의 욕심
경계 속에서 살지만 세속을 떠났다 하여 불환不還이라고 합니다.

앞의 수다원須陀洹, 사다함斯陀含은 게을리 하면 떨어질 수도 있습니다.
그러나 아나함은 월등한 실력을 쌓았기 때문에 중생의 세계로 떨어지지
않는 것입니다. 그러므로 불환不還이라고 합니다. 마치 로케트가 대기권
밖을 넘어섬과 같은 것입니다.

우리에게는 자기 울타리라는 것이 있는데 자기 집안이라는 울타리, 지
역, 학벌, 종교의 울타리, 민족, 종족 등의 영역을 벗어나지 못합니다. 그

런데 아나함阿那含 정도의 공부를 하신 분은 자기 자신의 주의주장, 영역 등을 완전히 벗어나서 세계 전체를 내 집 삼고 온 인류와 모든 생령들을 나의 권속으로 삼아서 만나는 모든 생령들을 이롭게 할 것을 생각하는 큰 성자聖者라고 할 수 있습니다.

아나함 정도의 공부를 한 분은 원불교에서는 출가위出家位라고 할 수가 있습니다. 자기 자신의 영역을 완전히 벗어난 것입니다. 자기 집단의 이익, 나의 이익, 나의 종족 등의 모든 권역으로부터 벗어나되 시방을 자기 집으로 삼고 인연이 있는 중생이나 인연이 없는 중생이나 모두 구원의 대상으로 여기며 살아가는 성인입니다. 이런 정도의 삶은 하늘사람이라고도 합니다. 우리가 잘 알고 있는 인도의 간디는 인도 사람만을 위하여 살지 않고 적국이라고 할 수 있는 영국 국민을 사랑할 줄 압니다. 슈바이처 박사도 역시 어느 민족을 떠나서 모든 인류를 구원하고자 하였습니다. 완전히 자기의 영역을 벗어나서 사랑을 베풀 수가 있는 사람의 경지입니다.

구절풀이

4. 須菩提야 於意云何오 阿羅漢이 能作是念호대 我得阿羅漢道不아 須菩提-言하사대 不也니이다 世尊이시여 何以故오 實無有法일새 名 阿羅漢이니이다 世尊이시여 若阿羅漢이 作是念호대 我得阿羅漢道라 하면 即爲着我人衆生壽者니이다.
世尊이시여 佛說我得無諍三昧하야 人中에 最爲第一이라 是第一離欲 阿羅漢이라하시나 我不作是念호대 我是離欲阿羅漢이라하나이다 世 尊이시여 我若作是念호대 我得阿羅漢道라하면 世尊이 即不說須菩

提–是樂阿蘭那行者라하시련마는 以須菩提–實無所行일새 而名須菩
提–是樂阿蘭那行이라하시나이다.

수보리야! 너의 생각에 어떠하냐?
아라한阿羅漢이 내가 아라한과를 얻었다는 상이 있겠느냐?
수보리 대답하기를 그렇지 않습니다. 세존이시여! 왜 그러느냐
하면 불법을 실천한다는 흔적도 없는 분을 이름하기를 아라한이
라고 합니다.
세존이시여! 만약 아라한이 이런 생각을 하되 내가 아라한 도를
얻었다고 한다면 곧 사상四相에 걸리게 될 것입니다.
세존이시여! 부처님께서 저 수보리를 무쟁삼매無諍三昧를 얻어서
수도인 가운데 제일이라고 하시고 또 모든 하고자 함을 떠난 아
라한이라고 칭찬하시지만 저 수보리는 내가 욕심을 떠난 아라한
이라고 상을 내지 않습니다.
세존이시여! 내가 만약 아라한 도를 얻었다고 생각한다면 세존께
서 수보리가 아란나 행을 즐긴다고 하시지 않을 것입니다.
그러나 이 수보리는 실지로 흔적이 없는 생활을 합니다. 그래서
수보리를 아란나 행을 즐긴다고 이름하셨습니다.

무심을 즐기는 사람

앞의 아나함阿那含이 무심의 경지에서 마음이 고요하고 일체 생령을 자
기의 권속으로 여길 정도에 든 성인聖人이라면 아라한阿羅漢은 그러한 공
부가 더욱 깊어져서 무심을 즐기고 남을 이롭게 하는 갖가지 마음을 일
으켜서 훌륭한 업적을 실현시켜 가는 능력의 소유자입니다.

언제 어느 곳에서나 마음이 평화平和롭고 고요하며 아무리 착한 마음이라도 선후를 다투거나 세상의 좋고 나쁜 것을 가려내는 등의 모든 상대심을 벗어나서 세상을 위하여 일하는 대보살이며 세상의 큰 일꾼입니다.

부처에게도 따라 다니는 그림자가 있다고 합니다. 그것이 바로 상相입니다. 내가 남에게 훌륭한 일을 하였다. 내가 내 마음을 살펴보니 깨끗하기 이를 데 없다. 나는 불도를 가장 잘 수행한 사람이라든지 하는 상相이 따라 다닙니다. 여기에 아라한 공부를 하는 분은 이러한 그림자가 발붙일 곳이 없는 완전히 상相을 벗어난 공부를 한 분이라고 하여 상相을 떠난 분이며 네 편 내 편 등의 편가름이 전혀 없는 근본적으로 마음속에까지 다툼의 그림자가 없는 분이라 하여 무쟁삼매인無爭三昧人이라고도 합니다.

대개 사람들은 많은 장벽을 가지고 삽니다. 네 종교 · 내 종교, 우리나라 · 남의 나라, 내 민족 · 네 민족 등으로 갈라놓고 그것에 의지하여 생각을 일으킵니다. 보리와 번뇌 또 성속聖俗의 문제도 이것은 성스런 것, 저것은 세속스런 것 등으로 분별하여 살아갑니다.

그것을 정의 또는 불의不義라고 생각합니다. 그것을 기준하여 옳다고 하고 그르다고 합니다. 그런데 아라한 공부를 한 사람은 이러한 편가름 성속聖俗 이원론적二元論的인 생각을 완전히 벗어난 상태 그 하나의 세계의 넉넉함을 즐기는 사람이며, 둘이 아닌 심정으로 세상의 참 주인이 되어 세상을 구제하는 일에 즐거움을 느끼고 사는 분의 경지라고 생각하면 됩니다.

부처님 당시는 정적靜的 사회, 비활동적인 사회이기 때문에 개인의 수행을 위주로 하고 계정혜 등 공부에 있어서도 정정靜定을 위주로 하여 공부의 단계를 밝혔다고 하여 소승사과小乘四科라고도 합니다. 여기에다 활동적이며 세상을 구원하는 쪽을 곁들여 설명하면 오늘날의 수도인에게 알맞다고 생각합니다.

한강수 넘실넘실 물바다
방울방울 몇 방울이나 될까
수많은 방울들이 모여서 모여서 흐르네
아라한의 넘치는 미소
한 때도 반 때도 그냥 보내는 일이 없이
마음 닦고 등불 밝히고 이익 주었네
중생의 천 날이 아라한의 한 시간이라
쌓고 쌓은 그 마음 정성으로 꿰었네
아아! 성도자成道者 아라한이여!
아아! 낙도자樂道者 아라한이여!

제10장 마음밭 가꾸는 공부
(莊嚴淨土分)

수도인이 순경 역경 등의 모든 경계를 당하여 그 경계를 처리하는 과정에서 밖의 모든 것에도 집착하지 않고 그 마음을 작용하는 것이 불토를 장엄하는 것임을 가르치신 법문입니다. 우리들의 마음은 무엇으로 장식이 되었는가. 어떤 마음을 장식하는 것이 가장 거룩한 장식이 될 것인가 연구합시다.

사람들은 남의 밭 김을 매느라 분주하네
자기 밭에 무성한 김은 부처님이 매주는가
갈 길 멈추고 돌아서 오거라 돌아서 오거라
봄이 오거든 시절 따라 복사꽃 능금꽃이니라.

원문과 해석

부처님께서 수보리에게 고하시되 「네 뜻에 어떠하냐. 여래가 옛적에 연등불燃燈
佛 처소에 있어 법에 얻은 바가 있느냐.」

「아니옵니다. 세존이시여. 여래께서 연등불 처소에 계시사 법에 실로 얻은 바가
없나이다.」

「수보리야! 네 뜻에 어떠하냐. 보살이 불토를 장엄하느냐.」

「아니옵니다. 세존이시여. 어찌한 연고인가 하오면 불토를 장엄한다는 것은 곧
장엄이 아닐새 이것을 장엄이라 이름하나이다.」

「이런고로 수보리야 모든 보살 마하살이 마땅히 이와 같이 청정한 마음을 낼지
니,

마땅히 색에 주하여 마음을 내지도 말며, 마땅히 소리와 냄새와 맛과 부딪침과
법에 주하여 마음을 내지 말고, 응하여도 주한 바 없이 그 마음을 낼지니라.

수보리야! 비유컨대 어떠한 사람이 있어 몸이 수미산왕과 같다 하면, 네 뜻에
어떠하냐. 이 몸이 크다 하겠느냐.」

수보리 말씀하되 「심히 크옵니다. 세존이시여. 어찌한 연고인가 하오면 부처님
께서 말씀하신 몸 아닌 것을 이 큰 몸이라 이름하나이다.」

1. 佛이 告須菩提하사대 於意云何오 如來-昔在燃燈佛所하야 於法에 有所得不
아 不也니이다 世尊이시여 如來-在燃燈佛所하사 於法에 實無所得이니이다.

2. 須菩提야 於意云何오 菩薩이 莊嚴佛土不아 不也니이다 世尊이시여 何以故
오 莊嚴佛土者는 卽非莊嚴일새 是名莊嚴이니이다.

3. 是故로 須菩提야 諸菩薩摩訶薩이 應如是生淸淨心이니 不應住色生心하며 不
應住聲香味觸法生心이요 應無所住하야 而生其心이니라.

4. 須菩提야! 譬如有人이 身如須彌山王하면 於意云何오 是身이 爲大不아 須菩提一言하사대 甚大니이다 世尊이시여 何以故오 佛說非身을 是名大身이니이다.

구절풀이

1. 佛이 告須菩提하사대 於意云何오 如來ㅡ昔在燃燈佛所하야 於法에 有所得不아 不也니이다 世尊이시여 如來ㅡ在燃燈佛所하사 於法에 實無所得이니이다.

> 부처님께서 수보리에게 말씀하시되, 너의 생각에 여래가 옛날 연 등부처님의 제자였을 때 법을 얻었다고 생각하느냐?
> 그렇지 않습니다. 여래가 연등 부처님 회상에서 수도하실 때도 얻은 바가 없는 그 자리를 표준하여 공부하셨습니다.

연등부처님은 누구실까

석가모니 부처님 이전에 여섯 분의 부처님이 계셨는데 그 중에 여섯 번째라는 부처님을 연등불이라고 합니다. 석가모니 부처님이 공부할 때에 이 연등부처님에게 대신성을 바쳐서 공부하였습니다. 어느 날 연등불을 모시고 가는데 땅이 질어서 걸어가기가 어려운 곳에 이르자 석가모니 수행자는 연등불의 발 앞에 엎드려 자기의 머리카락을 풀어서 연등불이 진땅을 건너도록 하였다는 일화가 있을 정도로 석가모니 수행인은 연등불에 절대적으로 신성을 다하였다고 합니다. 이때 연등불은 장래에 석가모니가 반드시 부처가 되어 주세불主世佛이 될 것을 예언한 적이 있을 정도로 석가모니 수도승은 일심적공을 하였습니다.

이때부터 석가모니 부처님은 하염이 없고 변함이 없는 본심本心자리를 표준하여 공부하였다는 것입니다. 음악 공부를 하는 사람이 스승을 정하고 공부할 때 스승의 소리를 열심히 따라서 하다보면 얼마 후에 스승의

인가를 받게 됩니다. 아마도 스승의 인가를 받은 경우를 득음得音의 경지라고 할 것입니다. 이러한 경우는 얻을 것도 있고 어느 정도에 못 미쳤다는 기준이 있는 것입니다.

그러나 마음의 진리는 언어로써 표현할 수 없고, 그것은 모양이 없고 알 수도 없는 그런 자리이기 때문에 이것을 무엇이라고 정할 수 없는 자리라고 합니다.

석가모니 부처님은 먼 옛날 연등불께 공부할 때부터 견성을 하여, 얻을 것이 없는 그런 마음자리를 표준하여 공부했다는 것입니다. 이러한 얻을 것도 없는 그 마음자리를 표준하여 공부하지 않으면 결코 성자가 될 수는 없는 것입니다.

여기서는 석가모니 부처님께서 얻으신 그 마음은 어떤 마음인가를 탐구해 봅시다. 착한 마음은 마음이 착한 마음이지 하는 알음알이가 있습니다. 그러므로 나의 착한 마음과 상대의 착한 마음을 비교할 수가 있습니다. 사랑하는 마음도 마찬가지로 내가 저를 이렇게 사랑하니까 저 사람도 나처럼 이렇게 사랑한다고 합니다. 그런데 부처님이 깨달은 마음이란 언어로써 다 말할 수 없고 생각으로 추측할 수 없는 마음입니다. 그것을 찾아 얻어야 합니다.

있다고 할 수도 없고
없다고 할 수도 없는 마음이며
검지도 희지도 않는 그것이여
크다고 작다고 할 수 없는 물건이여
어제도 그렇고 지금도 그렇고

내일도 그럴 마음이여

있다고 하여도 얻을 수 없고

없다고 해도 잃어버릴 수 없는 것이여

나도 그렇고 너도 그렇고

부처도 그런 마음이여

아아 그냥 그렇도다.

구절풀이

2. 須菩提야 於意云何오 菩薩이 莊嚴佛土不아 不也니이다 世尊이시여 何以故오 莊嚴佛土者는 卽非莊嚴일새 是名莊嚴이니이다.

수보리야! 보살들이 불토를 장엄하였다고 자랑하는 마음이 있느냐?

그렇지 않습니다. 세존이시여! 왜 그러냐 하면 보살들이 불토를 장엄하는 것도 자랑하는 마음이 없는 마음으로 장엄하기 때문에 참다운 장엄입니다.

마음밭을 어떻게 가꿔야 하는가

불보살들은 자기 자신의 마음나라를 훌륭하고 깨끗하게 잘 가꾸어 놓은 분들입니다. 밖으로 사찰이나 교당이나 교회를 보면 좋은 조각과 훌륭한 그림으로 꾸미고 도량을 청정하게 가꿔놓아서 신자로 하여금 마음을 고요하고 깨끗하게 갖도록 유도합니다. 그런데 불보살들은 밖으로 환경을 깨끗하고 훌륭한 시설로 장엄하기도 하지만 더욱 먼저 공들이는 것은 그 분들의 마음속을 장엄하는데 정성을 다하는 것입니다.

불보살들은 더러운 욕심, 증오심, 시기심, 거짓 마음, 속이는 마음, 게으름, 오만함 등 이러한 마음을 다 항복 받고 또 그러한 마음을 길들여서 신앙심, 남을 구제하려는 서원, 공부하려는 공부심, 겸양심, 남을 돕는 자비심으로 가득하게 합니다. 그리고 참으로 중요한 것은 이러한 여러가지 아름다운 마음들이 그림자 없는 때묻지 않은 무심無心이며 청정심淸淨心이며 고요한 마음이라는 것입니다.

여러분의 마음나라는 어떤 꽃으로 장식이 되었습니까? 사랑으로 장식한 사람도 있을 것이고 슬픔으로 장식된 사람도 있을 것입니다. 또 오기로 물들어 있는 사람도 있겠지요. 물론 가치 없는 마음으로 싸여 있다면 다 지우고 가치 있는 감사심, 배우는 마음, 자력의 마음, 공익정신으로 길들여야 합니다. 그리고 이러한 여러 가지 좋은 마음으로 길들였다고 하지만 나는 감사심이 많다는 등의 상相과 뽐내는 마음이 있으면 그것은 더러워진 마음이며 좋은 마음에서 나쁜 싹이 자라는 것입니다. 어느 경우에든지 아무리 좋더라도 무심에 바탕하여야 하고 청정한 마음에 바탕하여야 합니다.

그러므로 삼세의 수도인이 먼저하는 장엄이며 언제나 하는 장엄이 바로 청정심淸淨心입니다. 이 마음은 음식을 만들기 전에 손을 씻는 것과 같아서 아주 기본이며 언제나 해야 하는 기본적인 장엄입니다. 그리고 그 깨끗한 마음 위에 자비심, 감사심, 공부심 등을 부지런히 길들여야 할 것입니다.

앞 장에서 주한 바 없이 보시심을 내야 한다고 했습니다. 주한 바 없는 마음이 기본 장엄이며 그 위에 보시 등 갖가지 좋은 꽃 같은 마음으로 장엄해야 합니다. 공부 정도에 따라서는 깨끗한 마음만으로 장엄하고 보시심, 감사심, 배우는 마음 등의 갖가지 장엄이 부족할 수가 있습니다. 이것을 부지런히 해야 원만하고 풍성한 장엄이라고 할 수 있을 것입니다.

구절풀이

3. 是故로 須菩提야 諸菩薩摩訶薩이 應如是生淸淨心이니 不應住色生心하며 不應住聲香味觸法生心이요 應無所住하야 而生其心이니라.

> 수보리야! 그러니까 모든 보살들은 욕심과 사상이 없는 청정한 마음으로 생활할 것이며 밖의 색깔·향내·맛·감촉·관념 등의 경계에 얽매이지 아니하여야 할 것이니, 요령 잡아 말하자면 모든 경계를 접응할 때에 집착한 바 없는 마음에 바탕하여 일체 분별을 일으키는 마음공부를 하여야 한다.

불법佛法은 결코 어려운 것이 아니다

사람은 홀로 사는 것이 아니고 삶 자체가 모든 것과 어울려 살도록 되어 있습니다. 사람은 육근이라는 기관을 통하여 여섯 가지 경계를 대하고 그 경계마다 마음내어 판단하고 행동화하여 갑니다. 그런데 범부 중생은 순역의 경계를 당하면 자기의 욕심이나 선입견이라는 안경을 쓰고 판단을 하기 때문에 정확한 판단을 못하고 잘못된 판단 때문에 그릇된 행동을 하여 죄업에 싸여서 괴로워 합니다.

부처님께서는 여섯 가지 경계를 당하면 먼저 '마음을 허공과 같이 비워라. 곧 어느 곳에든지 집착하지 말라. 그렇게 무심이어야 한다. 그렇게 허심虛心이 되고 난 다음에는 그 경계를 정견하고 그곳에 알맞는 판단을 하고 그 판단대로 행동에 옮겨야 한다'고 가르치십니다.

손이 더러운 사람이 음식을 만들면 모든 음식이 더러워질 수밖에 없습니다. 그러므로 음식을 다루려고 하는 사람은 반드시 음식을 만들기 전에 손부터 깨끗하게 씻어야 합니다. 그리고 음식에 알맞게 재료를 조리하여야 합니다.

우리의 속담에는 '자라 보고 놀란 가슴 솥뚜껑 보고도 놀란다'는 말이 있습니다. 왜 솥뚜껑을 자라로 알고 놀랍니까? 먼저 자라에 놀랐던 마음이 선입견으로 내재하고 있기 때문입니다. 우리의 삶을 자세하게 관찰해 보면 우리는 언제나 많은 욕심과 선입견 때문에 서로를 오해하고 불신不信하며 간격을 두어 괴로워합니까? 불법佛法이란 어려운 것이 아닙니다. 참으로 간단합니다. 어떠한 일을 당하든지 먼저 마음을 깨끗이 하고 이렇게 깨끗이 하면 그 경계에 알맞는 판단의 지혜가 생깁니다. 그리고 판단한대로 실천하면 되는 것입니다.

마음을 비우는 공부, 올바르게 판단하는 공부, 그리고 판단한 대로 실천하는 공부가 불법佛法의 요체이며 기본입니다. 이 장은 매우 중요한 장입니다. 이렇게 무심無心을 주한 바 없는〈應無所住〉마음이라고 했습니다. 이것을 청정심으로 장엄하는 것이며 그리고 마음을 내라고〈而生其心〉하였는데 이것은 판단을 의미합니다.

그가 어떤 판단을 하느냐에 따라서 인생人生의 방향이 바뀌고 직업이 바뀌고 배우자가 바뀌어 훌륭한 판단을 하는 사람을 훌륭한 인격자라고 합니다. 그런데 우리는 판단을 할 때 욕심으로 판단하고 또 선입견先入見으로 판단합니다.

그래서 경상도 사람은 경상도 안경을 쓰고, 호남 사람은 호남 안경을 쓰고 사건을 보고 판단합니다. 미워하는 사람은 미운 안경을 쓰고 판단하니까 늘 미웁고, 예쁜 사람은 예쁜 안경을 쓰고 판단하니까 늘 예뻐보이는 것입니다.

욕심에 주착하지 말고 선입견先入見에 얽매이지 않으면 정견正見이 되어서 바른 판단이 나옵니다. 이것을 이생기심而生其心 즉 옳은 분별심 내라는 것입니다. 마음이 욕심이나 상相에 가린 바가 없으면 올바른 분별이 나옵니다. 그러나 세상의 복잡한 일이란 분별이 없는 마음자리를 지켰다고 해서 즉시 그곳 상황에 알맞는 판단이 나오는 것은 아닙니다. 그러므로 주住한 바 없는 자리를 만드는데 공들여서 그 마음을 지키고 또 상황에 맞는 분별심을 일으키는 데에도 무수한 공을 들여야 합니다.

무심無心한 마음 즉, 주住한 바 없는 마음을 길들이는 것은 쉬워도, 알맞는 분별심을 내는 것은 매우 어렵다는 사실을 알아야 합니다. 불법佛法공부를 잘못하면 분별심을 원수같이 말합니다. 본래 무심無心이 되라는 것은 가치 있는 분별심을 내기 위한 기본동작이며 목적입니다. 그러므로 여러분은 분별심이 없는 주한 바 없는 빈 마음을 찾아 길들이는 공부도 하고, 일을 따라서 행한 분별이 가치 있는 판단이 되도록 정성을 다해야 합니다.

구절풀이

4. 須菩提야! 譬如有人이 身如須彌山王하면 於意云何오 是身이 爲大不아 須菩提-言하사대 甚大니이다 世尊이시여 何以故오 佛說非身을 是名大身이니이다.

119

수보리야! 어떤 사람의 몸이 수미산 만큼이나 크다고 비유한다면 너는 그 사람을 크다고 생각하느냐?

수보리 대답하기를, 크기는 하나 한정이 있게 크다고 하겠습니다. 왜 그러냐 하면 부처님께서는 형상이 없는 법신만을 참으로 한정함이 없이 크다고 말씀하셨기 때문입니다.

수미산보다 더 큰 인물人物

위대한 인물, 큰 사람은 어떤 사람일까요? 옛날이나 지금이나 잘 생긴 사람, 큼직한 사람이 선호되었던 것 같습니다. 세상에 큰 업적을 남기고 추앙받는 국왕들, 학자들, 남을 위하여 자선복지 사업을 하는 사람들 모두가 위대하다 말할 수 있습니다. 그러나 몸매가 훌륭한 사람은 그 몸이 시시각각으로 허물어져가고 있다는 사실을 생각해 보십시오. 요즈음 미녀들을 보면 몸매를 어떻게든지 노출하여 자랑하는데 그것이 그렇게도 자랑할 만한 것인지 알 수가 없습니다.

세상의 업적을 자랑하는 사람들은 그럴 만합니다. 민족을 구하고 사회를 구원하는 사람들, 학문을 탐구하는 사람들, 그들은 정말 위대합니다. 그러나 그런 것은 자랑하면 때가 묻을 수 있고 남이 몰라주면 원망합니다. 민족을 사랑하는 사람은 민족의 원수를 미워합니다. 또 인류를 사랑하는 사람이 진짜 큰 사람입니다. 그러나 동물들은 어쩔 것인가를 생각해 봅시다.

부처님께서는 「참으로 위대하고 큰 사람은 우주宇宙를 지배하는 법신불法身佛을 소유한 사람이며 도道를 소유한 사람이며 인류와 모든 생령을 다 품에 안고 세계 전체를 자기 집 삼고 사는 사람」이라고 말씀하셨습니다.

수미산이 그 당시에는 가장 큰 산이었을 것입니다. 수미산처럼 큰 인물, 아마도 사회와 국가를 위하여 큰 업적을 남긴 사람을 수미산에 비유하였을 것입니다. 그러나 그러한 공덕자가 큰 인물이 아니라 우주를 지배하는 진리를 깨달아 실천하는 인물이 참으로 위대한 사람이라는 것입니다. 일대를 풍미한 영웅이라도 지혜로운 성자에게 가르침을 청하고 또 자비심을 구합니다. 성자聖者는 왜 영웅을 감화시키고 제자로 만들 수 있는가? 그것은 만물을 지배하는 하늘을 소유하였기 때문입니다. 우주만물宇宙萬物을 빠짐없이 지배하는 이법理法이 있습니다. 그 이법理法은 큰 힘을 가졌기 때문에 천권天權이며 무궁한 조화를 가졌습니다. 이러한 천권天權을 소유한 사람이 가장 큰 인물인 것입니다.

짚신장수는 비 오면 비 와서 걱정
나막신장수는 날이 개면 날 개서 걱정
이 걱정 저 걱정 태산이로다
수미산 속은 티끌이 퇴비가 되나니라.

제11장 가장 큰 공덕
(無爲福勝分)

금강경의 핵심적 가르침인 사구게四句偈의 자성자리를 깨달아서
실천하고 남에게 가르쳐 실천하도록 전해준 공덕이 다른 어떤 공
덕보다 큰 것임을 가르쳐 주신 법문입니다. 이 장에서 나는 지금
무엇으로 누구에게 보시를 하고 있는가를 반성해 봅시다. 그리고
왜 금강경의 핵심 교리가 중요한 것인지, 그것은 무엇인지를 알
아보기 바랍니다.

아이들은 장난감과 금덩이를 바꾸고
철 안든 어른은 보물로 마음을 파네
길 모르는 수도인 경전으로 마니주를 좀 먹나니
언덕 너머 남쪽 고향 길 아득하기만 하여라.

원문과 해석

「수보리야! 항하 가운데 있는 모래 수와 같이 이렇게 많은 항하를, 네 뜻에 어떠하냐. 이 모든 항하 가운데 있는 모래가 정녕코 많다 하겠느냐.」

수보리 말씀하되 「심히 많나이다. 세존이시여. 다만 모든 항하만도 오히려 많아서 수가 없거든 어찌 하물며 그 모래이오리까.」

「수보리야! 내가 지금 실다운 말로 너에게 고하노니, 만일 선남자 선여인이 있어 일곱 가지 보배로써 저와 같은 항하 모래 수 삼천 대천 세계에 채워 보시에 쓰면 복을 얻음이 많겠느냐.」

수보리 말씀하되 「심히 많나이다. 세존이시여.」

부처님께서 수보리에게 고하시되

수보리 말씀하되 「만일 선남자 선여인이 이 경 가운데 사구게 등을 받아 가져 다른 사람을 위해 설해 주면 이 복덕이 앞에 말한 복덕보다 승하리라.」

1. 須菩提야 如恒河中所有沙數하야 如是沙等恒河를 於意云何오 是諸恒河沙-寧爲多不아 須菩提言하사대 甚多니이다 世尊이시여 但諸恒河도 尙多無數어든 何況其沙리이까.

2. 須菩提야 我今實言으로 告汝하노니 若有善男子善女人이 以七寶로 滿爾所恒河沙數三千大千世界하야 以用布施하면 得福이 多不아 須菩提言하사대 甚多니이다 世尊이시여 佛이 告須菩提하사대 若善男子善女人이 於此經中에 乃至受持四句偈等하야 爲他人說하면 而此福德이 勝前福德하리라.

구절풀이

1. 須菩提야 如恒河中所有沙數하야 如是沙等恒河를 於意云何오 是諸恒河沙-寧爲多不아 須菩提言하사대 甚多니이다 世尊이시여 但諸恒河도 尙多無數어든 何況其沙리이까.

> 수보리야! 항하수에 있는 모래수와 같은 항하수가 있으며 그 많은 항하수 중에 한량 없는 모래수를 얼마나 많다고 생각하느냐? 수보리 답하기를 매우 많다고 하겠습니다. 세존이시여! 모래수와 같은 항하수도 많은데 하물며 그 많은 항하수 모래의 많음은 더 말할 것이 없겠습니다.

어떤 유산을 준비하고 있습니까?

부처님께서는 말씀 중 예화를 들 때에 가장 큰 것을 비유할 때는 수미산을 들어 말씀하시고 많은 것을 말씀하실 때는 갠지스 강의 모래알을 들어 설명하곤 하셨습니다.

여름이 되면 서울 북한산의 나무 숫자는 물론 그 나무의 모든 잎의 숫자를 상상해 보곤 합니다. 그러나 그 수많은 잎들은 결국 싸늘한 가을바람에 떨어져서 대지를 뒹굴 수밖에 없습니다. 물질적 복덕은 결국 때가 되면 우리 곁을 떠나고 맙니다.

남을 위하는 복지사업, 자선 사업가가 불우한 이웃을 위하여 산천의 나뭇잎처럼 무수한 이익을 주었다고 하여도 결국에는 때가 되면 흩어지고 한정이 있는 것입니다. 물질적인 것으로 남을 유익주는 것은 결국 한시적이며 또 물질의 풍요로 인하여 정신이 오히려 황폐하여 질 수가 있으

125

며 궁극적인 인간의 행복을 선사할 수는 없는 것입니다.

여러분은 자식에게 무엇을 유산으로 남겨 줄 생각을 하고 있습니까? 많은 재물을 유산으로 자녀에게 준다고 하여도 자녀가 받을 때는 기쁘지만 그 재산으로 인하여 얼마나 인간성이 상하게 되며 재산으로 인하여 게으르게 되고 또한 가치관의 전도顚倒로 잘못된 인생이 된다는 걱정을 해본 일은 없는지요. IMF의 국난을 당하여 많은 재산가가 망하여 괴로워하고 사회를 원망하며 돌이킬 수 없는 거짓과 죄악의 구렁텅이에서 헤매는 것을 보았습니다.

부처님께서는 물질 지향적인 삶으로는 자기도 남도 참답게 마음의 평화를 얻을 수 없음을 간곡하게 충고하셨습니다.

여러분은 자식들에게 물질의 유산을 남겨주는 것도 중요하지만 선한 습관을 길들여 주는 것을 유산으로, 또 불법佛法에 대한 믿음을 유산으로, 또 불법佛法을 닦는 것을 유산으로, 또 참 마음 무심처無心處를 유산으로 남겨 줄 수 있는 멋진 부모님이 되시기를 바랍니다.

구절풀이

2. 須菩提야 我今實言으로 告汝하노니 若有善男子善女人이 以七寶로 滿爾所恒河沙數三千大千世界하야 以用布施하면 得福이 多不아 須菩提言하사대 甚多니이다 世尊이시여 佛이 告須菩提하사대 若善男子善女人이 於此經中에 乃至受持四句偈等하야 爲他人說하면 而此福德이 勝前福德하리라.

수보리야! 내가 지금 너에게 진실로 말하나니 만약 선남자 선여

126

인이 있어서 위에 말한 모래알과 같이 많은 삼천대천세계三千大千
世界에 가득한 칠보를 써서 보시를 한다면 그 과보로 오는 복덕이
얼마나 많겠느냐?

수보리 말씀드리기를 매우 많습니다. 세존이시여!

부처님께서 수보리에게 말씀하시기를 만약 또 다른 선남자 선여
인이 이 금강경 중의 핵심인 사구게를 잘 실천하여 다른 사람을
위하여 설명하여 준다면 앞의 복덕보다 훨씬 더 큰 것이니라.

값으로 계산할 수 없는 마음

부처님은 간혹 당신의 말이 거짓 없음을 강조하셨습니다. 왜 그러셨을
까 생각해 봅시다. 그 당시 듣는 청중이 잘 납득하지 못하였을 때나 가르
쳐 주신 진리가 현실과 거리감이 클 때 이러한 말씀을 하셨을 것으로 생
각합니다. 지금 이 말을 듣고 있는 여러분도 항하사 모래알 만큼이나 많
은 보배로 남을 위하여 보시를 한다면 과연 얼마나 그 공덕으로 인한 과
보가 클 것인가 상상하며 그 엄청난 복덕에 놀랄 것인데 그것이 사구게
를 실천하고 남에게 전하여 준 것만 못하다고 하였으니 납득이 안갈 수
도 있을 것입니다. 그러나 이 말씀이 확실한 진실임을 깨달아야 불법에
철이 든 것이며 차원이 높은 인생에 철이 든 것입니다.

물질적物質的인 풍요로움만을 추구하면 물질의 노예가 됩니다. 훌륭한
사상思想에 대한 운동을 하는 분은 반대파를 몰아 세우고 자기 사상을 자
랑하는 등 증애의 부림 속에 삽니다. 선심善心만을 제일로 여기고 사는 분
은 나는 착한 일을 하였다고 하는 자긍심의 지배를 받게 됩니다. 또 아름
다움만을 추구하면 미추美醜에 대한 상대심에서 헤어날 수가 없습니다.
그렇다면 부처님께서는 무엇을 하라는 말씀인가를 탐구하여 봅시다.

사구게四句偈라고 하는 것은 금강경의 내용을 집약해 놓은 경經의 핵심을 노래로 표현한 것인데 사구게四句偈가 가르치는 내용은 우리들 마음에 내재內在하여 있는 진여심眞如心, 여래심如來心입니다. 이것을 무위법無爲法이라고 앞장에서 설명하였습니다. 이러한 사구게의 내용內容을 처음 단계에서는 내 마음속에 불심佛心이 있다고 믿고 다음에는 그 마음을 찾아 깨달아야 합니다. 다음 단계는 그 마음을 언제 어느 곳에서나 잃지 말고 잘 지켜야 합니다. 다음은 그 마음을 일이 있을 때마다 잘 활용하여 복락을 가꿔가는 것입니다.

이러한 마음공부를 확실하게 해 놓으면 나 자신의 환경이 좋고 나쁨, 돈이 있고 없음, 권리와 지식이 있고 없음을 떠나서 언제나 마음에 평화를 누릴 수 있고 나아가서 돈을 굴릴 수 있고 명예와 권리와 지식과 진선미를 내가 주체가 되어서 활용할 수 있는 능력이 생기는 것입니다. 그리고 우주만물을 임의대로 운전할 수 있는 불가사의한 능력이 생기는 것입니다.

기계를 다루는 사람은 기술자, 사람을 지도하는 사람은 지도자, 마음을 잘 훈련한 사람은 수도인 또는 성인이라고 합니다. 기술자도 지도자도 마음의 지배를 받는 것입니다. 그러므로 마음공부는 모든 기술의 근본이라고 할 수 있습니다.

부처님의 주장은 바로 마음공부를 스스로 하고 남에게도 하도록 하면 밖의 물질적인 것, 기술적인 것을 다 잘할 수 있게 되며 사구게四句偈를 공부하여 남에게 가르쳐 주는 것이 공덕 가운데 으뜸이 된다는 것입니다.

곰발 잡힌 범부들의 인생아
대대손손 곰발 하나 전하네
줄줄이 끌려서 끌려서 윤회를 하네
부처들은 무엇을 전하는가
이것은 비밀로만 전하는 일이지
잡고 놓는 법만을 전하는 걸세.

제12장 금강경이 있는 곳
(尊重正教分)

금강경의 중요성과 금강경의 도리를 실천하는 공덕의 큼을 설명하신 대문입니다. 이 세계世界에는 사람만 사는 것이 아니고 지옥, 중생, 동물들 그리고 몸을 갖지 않은 귀신 세계世界와 높은 차원의 신계神界가 있습니다. 그런데 이러한 신계神界나 귀신들도 진급하기를 원하기 때문에 부처님의 불법을 알고자 하고 불법이 함축되어 있는 금강경이 있는 곳을 호위하고 존중하게 됩니다. 이 장에서는 육도세계六途世界와 금강경의 중요성을 공부하기 바랍니다.

금을 지고 구걸을 하는 나그네여
위음왕威音王 자비로워 금강 거울 주노니
거울에 비친 그 얼굴에 속지나 마소
모양 없는 얼굴, 이름 없는 얼굴
그 얼굴에 방광放光만이 찬란하네.

원문과 해석

「또한 수보리야 따라서 이 경을 설하되 이에 사구게 등에 이르면 마땅히 알라.
이곳은 일체 세간 천인天人 아수라가 다 마땅히 공양하기를 부처님의 탑묘와 같이 할 것이어든
어찌 하물며 사람이 있어 다 능히 받아 가지며 읽어 외움이겠느냐.
수보리야! 마땅히 알라. 이 사람은 최상 제일 희유한 법을 성취할 것이니
이와 같은 경전이 있는 곳은 곧 부처님과 존중한 제자가 있음과 같나니라.」

1. 復次須菩提야 隨說是經호대 乃至四句偈等하면 當知하라 此處는 一切世間天人阿修羅가 皆應供養을 如佛塔廟어든 何況有人이 盡能受持讀誦함이리오.

2. 須菩提야 當知하라 是人은 成就最上第一希有之法이니 若是經典所在之處는 卽爲有佛과 若尊重弟子니라.

1. 復次須菩提야 隨說是經호대 乃至四句偈等하면 當知하라 此處는 一切世間天人阿修羅가 皆應供養을 如佛塔廟어든 何況有人이 盡能受持讀誦함이리오.

> 다시 이르노니 수보리야! 너희 공부인들이 인연 따라서 이 경과 사구게를 설명하여 준다면 이런 곳은 반드시 인간·천인·아수라人間·天人·阿修羅들이 부처님의 탑묘塔廟와 같이 다 공양할 것이다. 그런데 하물며 금강경 도리를 완전히 실천하는 사람의 공덕은 더 말할 것이 없다.

불법의 핵심을 잡자

과거에는 인쇄술이 발달하지 못하여 경을 보고 싶은 사람이 특별한 원력으로 필사를 하였습니다. 그리고 금강경을 보려는 사람이 많지 않으니 특별한 사람만이 금강경을 보고 손수 써서 소유하였던 것입니다. 또한 모든 사람이 알아듣는 것이 아니라 근기가 특별히 높은 사람에게만 설명을 하였던 것입니다. 그러니까 금강경이 있는 곳에는 큰 제자가 있고 금강경의 내용을 실천하는 분들이 있기 때문에 금강경이 있는 곳을 불도량이라고 하였던 것입니다. 그런데 지금에 와서는 불제자라면 누구나 집에 금강경 한 권은 다 갖고 있을 것입니다. 그러니까 이제는 금강경을 열심히 봉독하고 실천하려고 노력하고 다른 사람에게 설명하려는 사람이 있다면 그 도량이 바로 불도량인 것입니다. 특히 저 일원상一圓相을 모신 곳에는 금강경이 있다고 생각하시면 됩니다.

맨 뒷장에 보면 일합상一合相 : 〈하나로 합친 상〉이라는 금강경 도리를 설명한 내용이 있는데 일원상이라는 말과 일합상一合相이라는 말은 같은 말씀입니다. 일원상을 봉안한 집은 바로 그곳이 불도량이고 일원상을 늘 몽매夢寐에도 잊지 못하여 동경하고 그것을 실천하는 분이 계신 곳, 바로 그 자리가 부처님 자리이고 불도량입니다. 여기서 사구게라는 것은 진리의 핵심과 당처를 말합니다.

옛날 석두희천石頭希遷이라는 스님과 선실이라는 제자가 있었습니다. 둘이 어딘가를 가는데 나무 가지가 쭉 뻗어 앞이 막혀 있었습니다.

석두스님이 선실에게 "저 나무를 베어버려라"라고 하니 선실이 "도끼를 주십시오" 했습니다. 그래서 석두희천이 도끼를 뽑아 칼날을 들이밀며 "받아가라" 하였습니다. 선실이 "왜 자루로 주시지 않고 칼날을 주십니까?" 하니 "자루가 무슨 필요가 있느냐? 나무를 자르려면 도끼 날이 필요하지" 이에 선실은 그 순간 깨달았다고 합니다. 여기서 사구게는 우리에게 무엇을 주려고 하는 것일까요? 군더더기를 다 털어 버리고 그 핵심을 잡아야 합니다.

불법의 핵심은 무엇입니까? 부처님과 부처님끼리 주고 받는 마음은 어떤 것입니까? 이 강의를 들으면서 자루없는 도끼를 알아야 하며 구멍없는 피리를 한 곡조 연주할 줄 알아야 합니다. 어렵게 생각하면 한없이 어려워서 수천 년을 어둠에 헤메일 것이고, 쉽게 생각하여 가볍게 게송이나 짓고 조사의 흉내를 내어서는 더욱 안되는 일입니다. 쉽지도 어렵지도 않는 그 자리가 어떤 것입니까.

자본주의 사회에서는 돈으로 못하는 것이 거의 없습니다. 심지어 죄짓고도 보석으로 나오기도 하니 무소불위 돈의 위력은 대단한 것입니다.

불가에는 이 사구게에서 가르치는 그 자리만 알면 부처도 이루고, 내생 길도 문제가 없으며, 괴롭고 밉고 하는 지옥도 벗어나고, 만겁萬劫에 쌓인 업력業力도 벗어날 수 있습니다. 또한 수많은 돈을 쓰고 또 써도 때가 묻지 않고, 권리를 잡아도 오만해지지 않는 실로 엄청난 보배입니다. 그 자리가 그렇게 중요한 자리이기 때문에 그런 분이 계시는 곳은(금강경을 설명하는 분이 계시는 곳) 천인 아수라가 먼저 알고 그 사람 주위에서 법받기 위하여 맴돌고 또 공양을 올린다고 할 수 있습니다.

절에 가면 사천왕이 있습니다. 신심이 장한 분이 절에 가면 사천왕이 먼저 가서 신심 있는 이를 모셔온다고 합니다. 귀신들 가운데에도 불법을 좋아하는 선신들이 있어서 먼저 금강경이라는 최고의 경전을 설하는 곳에 다 모여들어 좋아하고 공양을 올려 그 공덕으로 진급을 한다고 합니다. 금강경의 핵심을 알아서 그것을 실천하면 주변사람들이 다 존경할 것이며, 천인과 아수라 선신善神들이 보이지 않게 옹호하고 앞길을 열어 인도할 것입니다.

구절풀이

2. 須菩提야 當知하라 是人은 成就最上第一希有之法이니 若是經典所在之處는 卽爲有佛과 若尊重弟子니라.

수보리야! 금강경의 뜻을 깨달아서 실천하는 사람은 영원한 세상에 가장 가치있는 법을 실행하신 분이니 이 경전만 있는 곳도 부처님이나 그의 높은 제자들이 있는 것과 같다고 하겠다.

성聖스런 가치가 최고의 가치이다

세상에서는 가치의 기준을 진선미眞善美로 구분하는데, 어느 세상에서나 불변의 가치라고 하기 때문에 인류의 보편적 가치라고도 합니다. 학문의 상아탑에서 깊고 깊게 연구에 몰두하여 찾아낸 진리와 모든 어려운 사람을 위하여 선을 베푸는 자선복지사업 그리고 수많은 예술가들이 창조한 아름다운 작품들, 그러나 이러한 가치 있는 것을 넘어서는 초 가치가 있습니다. 그것은 성스러운 가치라고 합니다.

예를 들자면, 아름다운 음악을 창조한 베토벤의 앞에는 성聖스럽다는 수식어를 사용합니다. 그리고 인류의 성인聖人에게 모든 부류의 사람들이 존경을 합니다. 인종의 다름, 사상의 다름, 민족의 다름, 시대의 다름을 막론하고 모든 성자에게는 존경과 친애하는 마음을 갖습니다. 그것은 최고最高의 가치이기 때문입니다. 여기에 말한 금강경은 이것을 배우고 익히는 사람에게 진선미의 가치를 실현시키자는 것이 아니라 바로 성자聖者를 잉태시키자는 것입니다.

그러므로 여기서 가장 희유한, 즉 인류에 드물게 계시는 분이라는 뜻입니다. 우리는 여기서 금강경의 뜻을 열심히 공부하여 가장 가치 있는 성스러운 인격을 조성하여야 금강경을 말씀하여 주신 부처님의 은혜에 보은하는 길이 될 것입니다.

가치가 있다 없다 더하다 덜하다
시시비비是是非非 분분紛紛한 눈송이 살림
한 티끌 눈에 있으매 천만가지 허깨비꽃
여래는 무가치가 제일 큰 가치라고 했느니라.

제13장 경전의 제목을 정하다
(如法受持分)

금강반야바라밀이라는 경전 제목의 의미를 알아야 하고 긍정과
부정의 참다운 뜻이 무엇인가를 연구해야 하며 부처님의 빼어난
몸매를 보고 부처님의 인격과 혼동해서는 안된다는 사실에 대하
여 공부합시다.

님은 가셨으나 내 마음속에 온전한데
따로 그림을 그려 무엇에 쓸까
아니고 아님은 오직 왕가독존의 가풍이라
뉘라서 가풍 밖의 가풍을 알꺼나.

원문과 해석

이 때에 수보리 부처님께 사뢰어 말씀하되「세존이시여! 마땅히 이 경을 무엇이라 이름하오며 우리들이 어떻게 받들어 가지오리까.」

부처님께서 수보리에게 고하시되「이 경은 이름이 금강반야바라밀이니 이 이름으로써 너희는 마땅히 받들어 가질지니라. 소이가 무엇인고.

수보리야! 불타의 설한 반야바라밀이 곧 반야바라밀이 아닐새 이 이름이 반야바라밀이니라. 수보리야! 네 뜻에 어떠하냐. 여래가 법을 설한 바가 있느냐.」

수보리 부처님께 사뢰어 말씀하되「세존이시여! 여래께서 설하신 바가 없나이다.」

「수보리야! 네 뜻에 어떠하냐. 삼천 대천 세계에 있는 미진微塵이 많다고 하겠느냐.」

수보리 말씀하되「심히 많나이다. 세존이시여.」

「수보리야! 모든 미진은 여래가 미진이 아니라고 말할새 이것을 미진 이라 이름하며 여래의 말한 세계도 또한 세계가 아닐새 이것을 세계라고 이름하나니라.

수보리야! 네 뜻에 어떠하냐. 가히 삼십이상三十二相으로써 여래를 보겠느냐.」

「아니옵니다. 세존이시여! 가히 삼십이상으로써 여래를 얻어 보지 못하나이다. 어찌한 연고인가 하오면 여래께서 말씀하신 삼십이상이 곧 이 상이 아닐새 이것을 삼십이상이라고 이름하나이다.」

「수보리야! 만일 선남자 선여인이 항하의 모래 수와 같은 목숨으로써 보시할지라도 만일 다시 어떠한 사람이 있어 이 경 가운데 내지 사구게 등을 받아 가져 다른 사람을 위하여 설하면 그 복이 심히 많으리라.」

1. 爾時에 須菩提ㅣ白佛言하사대 世尊이시여 當何名此經이며 我等이 云何奉持하리이고 佛이 告須菩提하사대 是經은 名爲金剛般若波羅蜜이니 以是名字로 汝當奉持하라 所以者何오 須菩提야 佛說般若波羅蜜이 卽非般若波羅蜜일새 是

名般若波羅蜜이니라.

2. 須菩提야 於意云何오 如來有所說法不아 須菩提白佛言하사대 世尊이시여 如來-無所說이니이다.

3. 須菩提야 於意云何오 三千大千世界所有微塵이 是爲多不아 須菩提言하사대 甚多니이다 世尊이시여 須菩提야 諸微塵은 如來說非微塵일새 是名微塵이며 如來說世界도 非世界일새 是名世界니라.

4. 須菩提야 於意云何오 可以三十二相으로 見如來不아 不也니이다 世尊이시여 不可以三十二相으로 得見如來니 何以故오 如來說三十二相이 卽是非相일새 是名三十二相이니이다.

5. 須菩提야 若有善男子善女人이 以恒河沙等身命으로 布施하야도 若復有人이 於此經中에 乃至受持四句偈等하야 爲他人說하면 其福이 甚多하리라.

구절풀이

1. 爾時에 須菩提-白佛言하사대 世尊이시여 當何名此經이며 我等이
云何奉持하리이꼬 佛이 告須菩提하사대 是經은 名爲金剛般若波羅蜜
이니 以是名字로 汝當奉持하라 所以者何오 須菩提야 佛說般若波羅蜜
이 卽非般若波羅蜜일새 是名般若波羅蜜이니라.

이 때에 수보리가 부처님께 말씀드리기를 세존이시여! 지금 말씀
하신 법문의 제목을 무엇이라고 하며 저희들이 어떻게 받들어 갖
는 것이 합당하겠습니까?
부처님께서 수보리에게 말씀하시기를 이 법문의 이름은 금강반
야바라밀이니 이러한 이름으로 받들어 실천하여라. 그러나 수보
리야! 지금 말한 반야바라밀이라는 것은 실상인 반야바라밀이 아
니라 그 이름에 불과한 것이다.

금강과 반야와 바라밀이란?

금강반야바라밀의 의미는 제목을 설명하면서 말씀드렸습니다. 금강金
剛이란 자성자리, 마음 바탕자리를 설명했습니다. 반야般若란 말은 자성에
서 우러나오는 광명을 말하는 것이고, 바라밀返羅蜜이란 건너간다는 뜻으
로 실천한다는 의미입니다. 번뇌망상을 제거하여 자기의 자성을 회복하
는 실행 공부를 바라밀이라고 합니다. 번뇌의 괴로움을 버리고 자성극락
을 만들고 불화不和에서 화합和合으로 한마음을 돌려서 실천하여 불지佛地
에 도착하는 것입니다.

우주는 덩치가 크지만 세 가지의 원리가 있어 움직입니다. 처음에는 작

용하는 조화가 보입니다. 예를 들어 봄, 여름, 가을이 오는 것이 보입니다. 이렇게 되도록 하는 것을 조화라고 합니다. 그런데 무엇이 있어서 이러한 바른 조화가 일어나는가 하면 지혜·광명이라는 것이 있어서 그런 것입니다. 그것을 진리의 광명 또는 반야라고 합니다. 이것을 원광圓光이라고 표현하기도 합니다. '두루 통하는 광명이다' 해서 원광이라고 한 것입니다.

그러면 이 반야 광명은 어디에서 나온 것인가 하면 텅 빈 바탕에서 나온 것입니다. 우리의 마음도 이러합니다. 텅 빈 마음이 자성자리입니다. 이것을 금강이라고 하였습니다. 텅빈 금강 자리에서 여러 가지의 생각이 나옵니다. 이것이 우리의 광명이고 그것이 원통圓通자리입니다. 그리고 생각을 한 뒤 실천을 하는 것을 정正이라 하고 조화라고 합니다. 처음에는 금강 자성의 바탕이 있습니다. 그 다음에는 광명의 반야가 있습니다. 그 다음에는 실천의 조화가 있습니다. 우주宇宙를 지배하는 법신진리法身眞理도 이러한 순서를 밟습니다.

수양, 연구, 취사의 삼학 공부란 결국 법신불法身佛 작용作用 또는 일원상一圓相 작용作用의 세 가지를 인간의 인격人格수련에 의하여 자기화自己化하는 공부입니다. 정신수양이라는 것은 진리의 금강 자성자리로 들어가자는 말입니다. 또는 정定 자리를 말합니다. 사리연구란 속에 있는 광명을 따라 모든 것을 알아내자는 것입니다. 또는 혜慧 자리입니다. 작업취사란 광명으로 알아진 것을 실천하자는 것입니다. 또는 계戒 자리입니다. 정·혜·계定慧戒 삼학이라는 것이 진리가 그렇게 행동을 하니 우리도 진리처럼 그렇게 해야 될 게 아닌가 해서 삼학이 나온 것입니다. 진리적인 근거가 없이 삼학을 공부하고 행하라는 것이 아닙니다.

부처님 가르침의 본의를 알아야 한다

이 장에는 해석하기 까다로운 구절이 나옵니다.

"…그러나 수보리야! 지금 말한 반야바라밀이라는 것은 실상인 반야바라밀이 아니라 그 이름에 불과한 것이다…" 라고 하셨습니다. 예를 들어 설명하겠습니다. 염주 하나를 생각해 보십시오. 염주라는 것은 공부하는데 도움되는 좋은 도구입니다. 그러니 염주를 가지고 공부하라고 하면 염주라는 말과 염주는 틀린 것이 됩니다. 말로써 형용한 떡과 사실의 떡은 다른 것입니다.

이와 같이 금강경이라는 것은 마음에 대한 그림책인 것입니다. 금강반야바라밀이라는 것은 내 속에 있는 금강반야바라밀을 이야기한 것이 아니라 경전을 이야기한 것입니다. 경전은 내 속에 있는 것이 아니라 그것을 가르치는 이름일 뿐입니다. 그러니 다시 부연하면 부처님의 말씀은 '문자에 얽매이지 말고 문자를 통해서 너희들의 마음을 잡고 발견하고 공부하는 것이 나의 가르침의 본의이다' 라는 뜻입니다.

당시 인도 사회에는 논사論士들이 많아서 말에 대한 논리가 굉장히 발전했습니다. 경전이라든지 말이라든지 이름이라는 것이 굉장히 풍성하게 논의되던 인도 사회였기 때문에 이런 말씀을 자주 언급하시지 않았나 생각됩니다.

부연하면 내가 지금 무엇 때문에 금강경을 말했는가 하면 마음을 가르치기 위해 금강경을 말했으니 마음공부하는 표준을 잡고 자기 마음거울을 볼지언정 언어문자에 집착하여 금강경을 연마하지 말라는 간곡한 뜻입니다.

거울을 보면 여러분의 모습이 비칠 것입니다. 거울 속에 비친 모습이 참 나가 아니라는 것을 모르는 사람은 없을 것입니다. 그런데 보통 사람들은 거울 속에 비친 나를 나라고 착각을 합니다. 거울을 쳐다보고 더러워 보이면 자기 몸을 닦아야지, 거울을 닦으려는 사람은 어리석은 사람입니다. 부처님이 간곡히 당부하시는 것은 금강경이라는 거울을 보고 네 모습을 찾아야지, 왜 금강경이라는 거울에 나타난 모습에 시비를 하느냐? 금강경은 너를 정확히 보여주는 거울일 뿐이다. 단지 금강경은 경의 이름이고 달을 가리키는 손가락일 뿐이라는 것입니다.

그래서 앞에서도 그것은 뗏목과 같은 것이니 네가 건너갔으면 버리라고 말씀하셨습니다. 구체적으로 한 번 더 설명을 하자면 여기 녹음기가 있습니다. 그러면 녹음기를 가리키는 말이 있고 녹음기에 대한 나의 관념이 있습니다. 우리는 말의 녹음기와 실제의 녹음기, 그리고 관념의 녹음기를 혼동하고 착각하여 정견을 못하는 때가 있습니다. 외제 녹음기가 더 좋다는 관념이 있어 국산 녹음기가 좋아졌음에도 불구하고 여전히 외제가 더 좋아 보이게 되는 것입니다. 이렇듯 속에 있는 관념이나 말로 하는 생각으로부터 벗어나 실상을 찾는데 주력을 하라는 말씀입니다.

구절풀이

2. 須菩提야 於意云何오 如來有所說法不아 須菩提白佛言하사대 世尊이시여 如來-無所說이니이다.

수보리야! 여래가 실상인 그 법을 말로 다 표현할 수 있다고 생각하느냐?
수보리 말씀드리기를 법은 말로써는 다 설할 수가 없다고 생각합니다.

말로 할 수 없는 마음을 말하노라

이 세상에 있는 모든 물질이나 사상은 아무리 순수한 것이라도 여러 가지 요소가 혼합되었고, 또 장소와 시간에 따라서 그것이 똑같은 형태로 지속되는 것은 없습니다. 이러한 현실적 존재들을 말과 글로 잘 묘사한다 하여도 그것은 불충분한 서술일 수밖에 없습니다. 더군다나 서술하는 사람의 관점에 따라서 상당히 다른 모습으로 묘사됩니다.

그림을 보면 똑같은 정물靜物을 그릴 때도 화가의 미적 감각* 때문에 형태와 색조가 다르다는 것을 알 수 있습니다. 그런데 보이지도 들리지도 않고 잡히지도 않는 실상인 진리, 마음에 함께 하는 도道를 아무리 부처님이라도 완전하게 설명할 수 없다는 것입니다. 그 실상인 도리道理는 말과 분별심으로 도저히 계합할 수 없는 자리이기 때문에 이 장에서는 금강자성 자리는 말로 할 수 없는 자리요, 이름지어 부를 수 없는 자리라는 것을 가르치기 위하여 부득이 표현한 것임을 이해해야 합니다.

딱하고 딱하도다 부처님이여
말로 하면 금강을 저버리고
말 없으면 자비에 어긋나고 아하 아하
말하고도 말하지 않았다는 말을
미소 뿐인 미륵 전에나 가서 물어 볼진저.

구절풀이

3. 須菩提야 於意云何오 三千大千世界所有微塵이 是爲多不아 須菩提言하사대 甚多니이다 世尊이시여 須菩提야 諸微塵은 如來說非微塵일새 是名微塵이며 如來說世界도 非世界일새 是名世界니라.

수보리야! 어떻게 생각하느냐. 삼라만상의 티끌에도 있는 실상자리를 무엇이라고 여래가 온통 다 설명할 수 없으며 전체세계全體世界에도 있는 실상자리를 여래가 모두 다 설명할 수 없다. 미진이나 세계라는 것도 그 당처當處는 아니고 오직 이름일 뿐이다.

먼지 속의 부처님을 보라

이 우주 안에는 수많은 물질들이 있습니다. 아마도 우주를 구성하는 물질들의 숫자는 정말로 무량할 것입니다. 여기서 가는 먼지는 우리 주변을 싸고 있는 물건의 무한함을 묘사하는 것이고 세계란 우리가 흔히 비슷한 집단을 모아서 부를 때 곤충의 세계 또는 짐승의 세계, 중생의 세계, 부처님의 세계 등으로 부르는 것과 같은 의미입니다.

우리 인간들의 일상적 삶의 주변에는 물건들과 그들의 모임체인 세계가 있어서 언제나 교섭관계를 유지하고 삽니다. 우리들은 물질과 세계를 있는 그대로 바르게 보지 못하고 언제나 선입견으로 바라봅니다. 그리고 편견으로 판단하여 무엇은 좋다 나쁘다는 등의 생각으로 살아갑니다.

인류가 공동으로 생각하였던 성聖스런 세계와 속俗스런 세계가 있습니다. 또는 진리의 세계와 현상 세계라는 이원론二元論적인 사유체계가 있습니다. 이것이야말로 대단히 잘못된 사유체계입니다.

진리의 세계나 성스런 세계가 따로 존재하는 것이 아니며 더럽다고 이야기하고 있는 물질들도 경우 따라서는 우리 삶을 풍요롭게 만드는 편리한 도구가 되기도 합니다.

이러한 좋다 나쁘다, 가치가 있다 없다, 선이다 악이다 등의 개념은 인간들이 그때 그때 편리에 따라서 만들어 놓은 이름일 뿐 입니다. 그 이름에 속지 말고 정견을 하면 삼라만상의 티끌과 갖가지 그룹으로 묶여 있는 세계도 평등하게 금강자성이 내포된 진리의 덩치이며, 우리들에게 벌을 줄 수도 복을 줄 수도 있는 도리道理가 숨겨 있다는 것을 알게됩니다.

이 세상 만물萬物은 모두 이치를 갊아 있습니다. 이법理法의 지배를 받지 않는 세계世界란 없습니다. 때문에 모두 불성佛性자리이며 갖가지 미진들도 불상佛像이며 여래如來입니다.

구절풀이

4. 須菩提야 於意云何오 可以三十二相으로 見如來不아 不也니이다 世尊이시여 不可以三十二相으로 得見如來니 何以故오 如來說三十二相이 卽是非相일새 是名三十二相이니이다.

수보리야! 부처님의 훌륭하게 생기신 32상만 가지고 그것이 곧 가히 여래라고 할 수 있겠느냐?
그렇지 않습니다. 세존이시여! 32상으로는 여래라고 할 수 없습니다. 왜 그러냐 하면 여래께서 말씀하신 32상은 실상이 아닙니다. 그것은 이름이 여래의 32상입니다.

사람만 믿지말고 법신法身을 보라

우리들 어리석은 중생들은 흔히 겉모양을 보고 그 내용을 미리 짐작해 버립니다. 물론 겉모양과 내용이 일치하는 경우도 있습니다. 그러나 사물 중에는 반드시 내용과 모양이 일치하지 않는 경우가 얼마든지 있습니다. 더구나 중생들에게는 갖가지 선입견이 있습니다. 선입견은 가치관에 따라서 유용한 것이 무용하게 될 수도 있고 무용한 것이 유용하게 될 수 있는 것입니다.

부처님께서는 아주 훌륭한 얼굴과 몸매를 지녔습니다. 이러한 몸매와 얼굴은 복덕을 짓고 또 마음관리를 잘하셨기 때문입니다. 이러한 마음관리로 복덕을 짓는 것을 우리는 인격이라고 부릅니다. 이러한 몸매와 인격은 현상입니다. 겉 현상이거나 속 현상이거나 모두 현상일 뿐입니다. 그런데 인격과 몸매를 그렇게 되도록 하는 법신法身이라는 실상인 진리가 있는 것입니다.

여기서 부처님의 질문 요지는 자신을 믿고 따르는 대다수의 신도들이 부처님의 현상인 몸매의 훌륭함만 찬탄하고 흠모하여 따를 뿐 자신에게나 모든 사람에게 있는 여래如來자리, 변하지 않는 마음자리에 대한 관심이 없기 때문에 거듭 촉구하기를 "나의 화신化身만을 찬탄하지 말고 나와 너희들에게 있는 법신불을 깨달아 보라" 는 것입니다.

부처님의 화신化身-〈몸매〉을 보고 흠모하되 자기들에게 내재해 있는 스승인 법신法身-〈道理〉을 찾지 않으니 이것을 깨달으라는 말씀입니다. 보통 중생들은 나무의 열매와 잎의 무성함만 보고 찬탄합니다. 지혜로운 사람은 열매와 잎이 있게 한 뿌리의 왕성함을 생각합니다. 부처님을 볼 때나 만물을 볼 때에 모든 현상 속에 현상을 현상이 되도록 하는 법계法界의 소식을 볼 줄 알고 그것을 응용하여 실천할 줄 아는 안목이 있어야 합니다.

구절풀이

5. 須菩提야 若有善男子善女人이 以恒河沙等身命으로 布施하야도 若復有人이 於此經中에 乃至受持四句偈等하야 爲他人說하면 其福이 甚多하리라.

수보리야! 선남자 선여인이 항하의 모래수와 같은 생애를 바쳐 보시를 한다고 하여도 만약 다른 사람이 이 경의 원리를 깨달아 실천하고 남을 위해 전하여 준다면 앞의 복덕보다 훨씬 많나니라.

성업聖業과 선업善業의 차이差異

모든 영혼을 지닌 생령들은 한 생으로 끝나지 않고, 무수한 전생이 있었고 앞으로도 영원한 생을 누릴 것입니다. 모르는 사람은 죽었다고 말합니다. 그러나 불보살은 죽음에 대해 육체가 죽은 것일뿐, 영혼은 죽지 않았다고 합니다. 영혼은 거래去來하여 갔다가 다시 온다고 말씀하십니다. 그렇습니다. 죽는 것은 육신이 더 이상 쓸 수 없이 망가진 것이지 영혼이 없어진 것은 아닙니다.

부처님께서는 항하사 모래알과 같은 많은 생애동안 남에게 보시를 하는 것, 요즈음 말로 수많은 복지사업을 전개하였어도 그것으로 인하여 한량없는 복은 받을지언정, 그 사람이 마음까지 잘 사용하는 불보살은 아니라는 것입니다. 즉 마음을 잘 사용하는 공부법을 전하여 가르쳐 주는 공덕보다는 훨씬 차원이 낮은 공덕에 불과하다는 것을 설파하셨습니다.

금을 파서 남에게 주는 것을 석탄을 파서 남에게 주는 것과는 비교할 수가 없습니다. 착한 일을 하여 받는 칭찬과 성스런 가치를 가르쳐서 받는 존경과는 본질적으로 차원이 다른 것입니다.

같은 시간 같은 노력을 하였다고 하여도 성스런 것에 노력을 하면 그것을 우리는 성업聖業이라 하고, 착한 것에 노력을 하면 선업善業이라고 합니다. 선업은 윤회를 하여 고통을 받을 수가 있지만 성聖스런 부처님의 마음공부와 부처님의 법法을 전하는 성업聖業은 윤회를 자유로 하는 차이가 있는 것입니다.

제14장 참다운 인욕공부
(離相寂滅分)

일체 상相을 떠난 중도中道의 생활生活을 보이시다.

지금까지 금강경에 대해 설하신 법문을 수보리가 본인 스스로
정리하여 말씀드리고 그것에 대하여 인증받는 대문이며 지금까
지 말씀하신 것을 반복하여 강조하신 대문입니다. 이 장에서는
말법세상末法世上에 새로운 형태의 불법이 나올 것임을 예언하신
점과 여러분이 금강경을 보고 느낀 감상을 정리하여 볼 필요가
있습니다. 그리고 인욕바라밀과 집착이 왜 문제가 되는가를 공
부하기 바랍니다.

하늘은 허허롭고 땅은 묵묵하며
산은 푸르고 물은 흐르도다
아득하여라 왕자의 소식
봄 언덕 방초는 송굿 송굿
찾는 이 드문 저 언덕 몇 번째 봄이런가.

원문과 해석

이 때에 수보리 이 경 설하심을 듣고 깊이 뜻을 알아 눈물을 흘리고 슬피 울며 부처님께 사뢰어 말씀하되

「희유하신 세존이시여! 부처님께서 이와 같이 깊고 깊은 경전을 설하심은 제가 옛적으로부터 얻은 바 혜안慧眼으로 일찍이 이와 같은 경을 얻어 듣지 못하였나이다.

세존이시여! 만일 다시 어떠한 사람이 있어 이 경을 얻어 듣고 믿는 마음이 청정하면 곧 실상實相을 내리니 마땅히 이 사람은 제일 희유한 공덕을 성취할 줄 아나이다.

세존이시요! 이 실상이란 것은 곧 이 상이 아닐새 이런 고로 여래께서 이것을 실상이라고 이름하셨나이다.

세존이시여! 제가 이제 이와 같은 경전을 얻어 듣고 믿어 알며 받아 가짐은 족히 어렵지 않거니와 만일 돌아오는 세상 후 오백세에 어떠한 중생이 있어 이 경을 얻어 듣고 믿어 알며 받아 가지면 이 사람은 곧 제일 희유함이 될 것이오니, 어찌한 연고인가 하오면 이 사람은 아상이 없으며 인상이 없으며 중생상이 없으며 수자상이 없는 까닭이옵니다.

소이가 무엇인가 하오면 아상이 곧 아상이 아니며 인상·중생상·수자상이 곧 이 상이 아니옵니다.

어찌한 연고인가 하오면 일체 상을 여의면 곧 부처라 이름하나이다.」

부처님께서 수보리에게 고하시되 「이와 같고 이와 같도다.」

만일 다시 어떠한 사람이 있어 이 경을 얻어 듣고 놀라지도 않고 두려워 하지도 아니하면,

마땅히 알라. 이 사람은 심히 희유함이 될지니,

어찌한 연고인고. 수보리야!

여래의 말한 제일 바라밀이 제일 바라밀이 아닐새 이것을 제일 바라밀이라 이

름하나니라.

수보리야! 인욕 바라밀을 여래가 인욕 바라밀이 아니라고 설할새 이것을 인욕 바라밀이라고 이름하나니, 어찌한 연고인고.

수보리야! 내가 옛적에 가리왕歌利王에게 신체를 베이고 끊어냄이 되었으되 내가 그 때에 아상도 없고 인상도 없으며 중생상도 없고 수자상도 없었노라. 어찌한 연고인고.

내가 옛날에 마디 마디 끊어 냄이 될 때에 만일 아상·인상·중생상·수자상이 있었다면 응당 진심과 원한심을 내었으리라.

수보리야! 또 생각컨대 과거 오백세 전에 인욕 선인이 되어 그 세상에서도 아상도 없고 인상도 없으며 중생상도 없고 수자상도 없었노라.

이런 고로 수보리야! 보살이 일체 상을 여의고 아뇩다라삼먁삼보리심을 발할지니,

마땅히 색에 주하여 마음을 내지 말며 마땅히 소리와 냄새와 맛과 부딪침과 법에 주하여 마음을 내지 말고 마땅히 주한 바 없는 마음을 낼지니라.

만일 마음이 주하는 바 있으면 곧 참으로 주함이 아닐지니 이런 고로 불타가 말하되 "보살이 마음을 마땅히 색에 주하여 보시하지 아니한다"하였나니라.

수보리야! 보살이 일체 중생을 이롭게 하기 위하여 마땅히 이와 같이 보시하나니 여래가 말한 일체 상이 곧 이 상이 아니며 또 말한 일체 중생이 곧 중생이 아니니라.

수보리야! 여래는 이 참 말을 하는 이며 실다운 말을 하는 이며 변함없는 말을 하는 이며 속이지 않는 말을 하는 이며 다르지 않은 말을 하는 이니라.

수보리야! 여래의 얻은 바 법은 이 법이 실實 함도 없고 허虛 함도 없나니라.

수보리야! 만일 보살이 마음을 법에 주하여 보시를 행하면 사람이 어두운 곳에 들어가매 곧 보이는 바가 없음과 같고 만일 보살이 마음을 법에 주하지 아니하고 보시를 행하면 사람이 눈이 있어 햇빛이 밝게 비치매 가지가지의 색을 보는 것과 같나니라.

수보리야! 돌아오는 세상에 만일 선남자 선여인이 있어 능히 이 경을 받아 가지고 읽어 외우면 곧 여래가 부처의 지혜로써 다 이 사람을 알며 다 이 사람을 보나니 다 한량 없고 가 없는 공덕을 성취함을 얻으리라.」

1. 爾時에 須菩提─聞說是經하사옵고 深解義趣하사 涕淚悲泣하며 而白佛言하사대 希有世尊이시여 佛說如是甚深經典은 我從昔來所得慧眼으로 未曾得聞如是之經호이다.

2. 世尊이시여 若復有人이 得聞是經하고 信心淸淨하면 卽生實相하리니 當知是人은 成就第一希有功德이니이다 世尊이시여 是實相者는 卽是非相일새 是故로 如來說名實相이니이다.

3. 世尊이시여 我今得聞如是經典하고 信解受持는 不足爲難이어니와 若當來世後五百歲에 其有衆生이 得聞是經하고 信解受持하면 是人은 卽爲第一希有니 何以故오 此人은 無我相하며 無人相하며 無衆生相하며 無壽者相이니 所以者何오 我相이 卽是非相이며 人相衆生相壽者相이 卽是非相이니 何以故오 離一切相이 卽名諸佛이니이다 佛이 告須菩提하사대 如是如是하다.

4. 若復有人이 得聞是經하고 不驚不怖不畏하면 當知하라 是人은 甚爲希有니 何以故오 須菩提야 如來所說第一波羅蜜이 非第一波羅蜜일새 是名第一波羅蜜이니라.
須菩提야 忍辱波羅蜜을 如來說非忍辱波羅蜜일새 是名忍辱波羅蜜이니 何以故오 須菩提야 如我昔爲歌利王의 割截身體로대 我於爾時에 無我相하며 無人相하며 無衆生相하며 無壽者相호라 何以故오 我於往昔節節支解時에 若有我相人相衆生相壽者相이면 應生瞋恨일러니라.
須菩提야 又念過去於五百世에 作忍辱仙人하야 於爾所世에 無我相하며 無人相

하며 無衆生相하며 無壽者相호라 是故로 須菩提야 菩薩이 應離一切相하고 發
阿耨多羅三藐三菩提心이니 不應住色生心하며 不應住聲香味觸法生心이요 應
生無所住心이니라.

5. 若心有住면 卽爲非住니 是故로 佛說菩薩이 心을 不應住色布是라하나니라
須菩提야 菩薩이 爲利益一切衆生하야 應如是布施니 如來說一切諸相이 卽是非
相이며 又說一切衆生이 卽非衆生이니라.

6. 須菩提야 如來는 是眞語者며 實語者며 如語者며 不誑語者며 不異語者니라.

7. 須菩提야 如來所得法은 此法이 無實無虛하니라 須菩提야 若菩薩이 心住於
法하야 而行布施하면 如人이 入暗에 卽無所見이요 若菩薩이 心不住法하야 而
行布施하면 如人이 有目하야 日光明照에 見種種色이니라.

8. 須菩提야 當來之世에 若有善男子善女人이 能於此經에 受持讀誦하면 卽爲如
來以佛智慧로 悉知是人하며 悉見是人하나니 皆得成就無量無邊功德하리라.

구절풀이

1. 爾時에 須菩提-聞說是經하사옵고 深解義趣하사 涕淚悲泣하며 而白佛言하사대 希有世尊이시여 佛說如是甚深經典은 我從昔來所得慧眼으로 未曾得聞如是之經호이다.

> 이 때에 수보리가 부처님의 금강경에 대한 법문을 받들고 진리를 깊이 깨닫고 크게 감명을 받아 부처님께 말씀드렸다.
> 희유하신 세존이시여! 당신께서 지금 말씀하신 경전의 뜻은 너무 심오하여 제가 지금까지 경전을 들은 혜안으로는 처음입니다.

지금 당신은 무엇을 찾고 있습니까

지혜 제일인 수보리가 지금까지 부처님의 금강자성과 반야의 지혜와 부처님의 저 언덕을 향해 가기 위하여 실천하는 공부에 대한 자세한 법문을 받들고 결국 감격의 눈물을 흘리고 말았습니다.

수보리 스스로가 구하던 바를 가르침 받자 너무도 기뻤던 것입니다. 또한 스스로 금강경 진리를 오득하여 이제 막 깨치려는 찰나에 부처님이 자기 안에 있던 말씀을 다 해주시니 부처님과 같은 심정을 느끼며 눈물을 흘린 것입니다.

여러분도 여기서 눈물을 흘리실 수 있는지요. 구도자가 되어야 합니다. 도를 구하는 사람이어야 경전을 보고 성자의 말씀에 눈물이 날만큼 반갑지만, 그렇지 않은 사람에게는 별스런 감응이 없을 수도 있습니다.

도를 찾고 찾다가 그 도를 가르쳐주면 반갑고, 그것을 깨달으면 더욱 기쁘며, 그것을 자기 자신이 실천하면서 법문을 받들면 더욱 감명 깊을 것입니다.

여러분은 지금 무엇을 간절하게 찾고 있습니까? 그 찾고 있는 것이 가치있는 영원한 것입니까? 일시적인 것입니까? 육체적인 욕망 세속적인 그 무엇을 찾고 있습니까? 사람들이 찾고 있는 세속적인 노력의 절반만이라도 공을 들여서 도를 찾고 불법을 찾는다면 이뤄지지 않을 도가 없다고 합니다. 어렵게 생각하지 말고 구하고자 하는 대상이 무엇인가를 알아서 그 방향만 바꾸고 노력하면 곧 즐거움이 생기고 더욱 노력하면 샘솟는 법열法悅을 맛볼 것입니다.

닭이 병아리를 깰 때, 어미 닭은 병아리가 될 알을 열심히 품습니다. 21일쯤 지나면 품고 있는 알속에서 병아리가 밖의 어미 닭을 향하여 내가 밖으로 나갈 준비가 다 되었다고 똑똑 노크를 한다고 합니다. 그때 어미 닭이 듣고 밖에서 껍질을 쪼아주면 그 속에 있는 병아리가 껍질을 뚫고 밖으로 나오게 됩니다. 이것을 한자로는 줄탁동시啐啄同時라고 합니다. 도道를 구하는 사람이 내부에서 지성으로 적공을 올리고 또 한 소식을 얻어서 스승을 향하여 눈빛을 보내면 스승이 알아보고 인증을 하게 됩니다. 이때 제자가 인증받는 기쁨이 얼마나 크겠습니까?

구절풀이

2. 世尊이시여 若復有人이 得聞是經하고 信心淸淨하면 卽生實相하리니 當知是人은 成就第一希有功德이니이다 世尊이시여 是實相者는 卽是非相일새 是故로 如來說名實相이니이다.

세존이시여! 다른 사람이 있어서 이 경을 듣고 청정한 믿음을 발한다면 곧 실상을 증득하게 될 것이니 이런 사람은 반드시 희유한 공덕을 성취할 것입니다. 세존이시여! 그런데 실상이라는 것은 아무런 모양이 없는 것입니다. 그러므로 여래께서 이름하여 부르기를 실상이라고 한다고 하셨습니다.

자력신심自力信心과 타력신심他力信心

우리들은 사실 여러 생 동안 부처님의 법하에서 법문을 듣거나 부처님 제자들에게 부처님의 훌륭한 인격에 대하여 감화를 받고 불법을 믿으며, 가르침으로 생활하여 실천하려고 노력해 왔던 사람들이기 때문에 금강경 법문을 듣고 싶어하며 마음에 대조하고 깨우쳐 가고 있습니다. 지금이 금강경을 듣고 있는 여러분은 전생에 신심이 있는 분이며 공부심이 있는 사람이라는 사실에 대하여 자부심을 가지고 들으시기 부탁합니다.

옛날 육조六祖 혜능대사慧能大師는 아버지를 일찍 여의고 홀 어머니를 모시고 나무를 팔아 그 돈으로 어머니를 봉양하며 생활하였습니다. 그가 어느 날 시장에서 나무를 파는데, 손님이 '처소까지 운반해달라'고 하여 나뭇짐을 지고 그의 집까지 져다 주었습니다.

그의 집은 요즈음으로 말하면 여관이었습니다. 여관의 손님 중에 어떤 분이 금강경을 큰 소리로 읽고 있었습니다. 읽던 중에 '응무소주 이생기심應無所住而生其心'이라는 대목을 읽고 있을 때 육조대사가 들으시고 그 내용을 단번에 깨달아 경전 이름이 무엇이며 어느 곳에 가면 그 경전을 공부할 수 있는가를 물었습니다. 그 경은 금강경이며 오조五祖인 홍인대사弘忍大師에게 공부한다는 답을 듣고 그 길로 출가하여 열심히 공부하였기 때문에 중국 불교의 중흥조라고 할 수 있는 대스승이 되셨습니다. 이와 같이 극적으로 한 마디 법문을 듣고 마음을 깨달은 사람도 있고 차차로 공부가 익어 가는 사람도 있습니다. 그러나 분명한 것은 불법을 구하고자 하는 간절한 발원과 그것을 실천하고자 하는 정성 여하에 있다는 것입니다.

보통 처음에는 실상實相자리에 대해 모르고 살다가 나중에 법문을 통해서 알고, 자기가 의문을 가지고 깨닫고 실천하게 됩니다. 깨달은 사람은 법문을 듣고 '아 그렇구나 내가 알고 있는 것을 저분이 설명하시는구나' 하여 인증의 절차를 밟게 됩니다. 이렇듯 확고하게 깨달은 것을 자력에 의한 신심이라고 할 수 있을 것입니다. 또한 깨닫기 전에도 법문을 듣고 '아 그렇구나' 하고 신심을 내시는 분도 있습니다. 깨닫지 못하고 내는 신심은 타력에 의한 신심이라고 할 수 있습니다. 이러한 타력에 의한 신심이 깊으면 깊을수록 깨달음에 대한 신심이 더욱 빠르게 나타날 수가 있는 것입니다. 더 나아가 자력에 의한 확고한 신심으로 실생활에서 그 마음자리를 실천하여 증득하는 것은 더욱 높은 경지의 신념이 될 것입니다.

구절풀이

3. 世尊이시여 我今得聞如是經典하고 信解受持는 不足爲難이어니와 若當來世後五百歲에 其有衆生이 得聞是經하고 信解受持하면 是人은 卽爲第一希有니 何以故오 此人은 無我相하며 無人相하며 無衆生相하며 無壽者相이니 所以者何오 我相이 卽是非相이며 人相衆生相壽者相이 卽是非相이니 何以故오 離一切相이 卽名諸佛이니이다 佛이 告須菩提하사대 如是如是하다.

세존이시여! 제가 지금 금강경 법문을 받들고 믿어서 알고 실천하는 것은 그렇게 어렵지 않습니다. 그러나 만일 2500여년이 지난 후 중생들 중에 이 경전을 듣고 믿어서 알고 실천하는 사람이 있다면 이 사람은 매우 드문 사람이 될 것입니다. 왜 그러냐 하면 이런 사람은 사상四相이 공한 공부를 한 사람이기 때문입니다. 이렇게 사상에 묶여 있지 않은 분은 내가 있으되 상에 얽매이지 않고 사람과 수자와 중생을 능히 구분하여 중도의 생활을 할지언정 상에 얽매이지는 않을 것입니다. 이런분이야말로 있다는 상이나 없다는 상相등 모든 상을 떠난 부처님이라고 부를 수 있을 것입니다.

부처님께서 수보리에게 말씀하시기를 그렇고 그렇다.

말법시대를 걱정하는 수보리

수보리須菩提라는 부처님의 제자는 대단한 영감을 소유한 인물인 것 같습니다. 모두 법문을 듣고 즐겁게 신심을 냈으나 수보리는 감격의 눈물을 흘렸고, 더욱이 부처님이 이곳에 살아 계신데도 불구하고 부처님의 열반하신 후를 염려하여 질문을 드렸습니다. 아마도 수보리가 평소에 말법세상末法世上의 인심人心에 대한 깊은 걱정을 하였기 때문이라고 생각합니다.

지혜롭지 못한 사람은 그 때 그 현실만 생각합니다. 지혜로운 사람은 미래를 생각하고 준비합니다. 그런데 수보리의 경우는 몇 천 년 뒷일까지 걱정하였으니 특별한 인물인 듯 합니다.

지금의 인심人心을 볼 때에 부처님의 열반하신 후후後後의 500년이라는 말씀은 다분히 지금의 말법시대末法時代 말세末世 위기危機의 시대時代를 지칭하는 듯 합니다. 지금 여러분 중에 이 금강경을 듣고 '아 그러겠구나'

하는 신심을 발하고 '아 그렇지' 하고 마음자리를 깨닫고 '나도 이렇게 해왔지' 하는 증득심을 가진 분이 분명하게 있다고 이 장에서 말씀하셨습니다.

여러분 주변을 살펴서 만일 그런 분이 있다면 수많은 전생前生 부터 공부하신 분이구나 하고 알아보시고 자기 자신은 어느 정도인가를 가늠하시기 바랍니다.

처음 수도를 할 때는 언제나 욕심이 괴롭게 하지만 욕심이 정복되면 나라는 상, 너라는 구별심, 열등감과 우월감 등이 그림자처럼 따라다니면서 수도인을 괴롭게 합니다. 상相이란 앞과 뒤를 막게 하는 가리개와 같고 안개와 같아서 수도인이 상에 취하여 있으면 큰 죄악을 짓는다고는 할 수 없으나 항상 자유롭지 못하게 하고 지혜를 막고 더욱 전진하지 못하게 하며 자비심을 막습니다. 그러므로 이것은 반드시 극복해야 할 보살들의 과제가 아닐 수 없습니다.

이 금강경 공부내용의 전부라고 할 수 있는 당부 말씀이 바로 '상相을 없애라' 는 법문法門이라고 생각됩니다. 부처님의 간절한 부촉의 뜻을 알고 무상無相의 대도인大道人이 되어야 하겠습니다.

못된 사람 착한 사람 모두다 그림자 속에 사네
청정한 사람 보살들에게도 따르는 허깨비
공들이는 마음이 오히려 도적이 되네
공들임을 쉬고 거래에 무심 그것이면
어둠의 터널 관념觀念의 터널을 벗어날지니
무국無局이 대국大局이며
무심이 우주심宇宙心이로다.

구절풀이

4. 若復有人이 得聞是經하고 不驚不怖不畏하면 當知하라 是人은 甚爲希有니 何以故오 須菩提야 如來所說第一波羅蜜이 非第一波羅蜜일새 是名第一波羅蜜이니라.

須菩提야 忍辱波羅蜜을 如來說非忍辱波羅蜜일새 是名忍辱波羅蜜이니 何以故오 須菩提야 如我昔爲歌利王의 割截身體로대 我於爾時에 無我相하며 無人相하며 無衆生相하며 無壽者相호라 何以故오 我於往昔節節支解時에 若有我相人相衆生相壽者相이면 應生瞋恨일러니라.

須菩提야 又念過去於五百世에 作忍辱仙人하야 於爾所世에 無我相하며 無人相하며 無衆生相하며 無壽者相호라 是故로 須菩提야 菩薩이 應離一切相하고 發阿耨多羅三藐三菩提心이니 不應住色生心하며 不應住聲香味觸法生心이요 應生無所住心이니라.

만약 어떤 사람이 있어서 이 금강경의 원리와 그 공덕을 듣고 놀래지도 겁내지도 두려워하지도 않는다면 그는 특별한 사람이니 이러한 사람은 여래가 말하는 무상보시를 실천하는 사람이다.

수보리야! 인욕바라밀忍辱波羅蜜을 여래께서는 욕된 것을 참았다는〈인욕수행의 완성〉흔적마저도 놓아버린 것이라고 말한다. 왜냐하면 수보리야! 내가 옛날에 가리왕歌利王으로부터 내 사지를 찢기는 고통을 당했을 때 사상四相이 진공한 그 자리에 머물러 있었다. 만약 내가 몸의 마디마디를 짤릴 때에 사상의 흔적이 조금이라도 있었다면 응당 깊은 한이 맺혔을 것이다.

수보리야! 또 내가 과거 오백생을 인욕선인忍辱仙人으로 수도할 때도 사상이 공하였느니라.

보살들은 일체의 명상을 떠나서 무상대도를 성취하려는 공부를 하여야 하나니 공부인들은 모든 경계에 마음을 주착하지 말 것이요. 나의 마음속에 관념과 상에도 고집하지 아니하고 보시를 하라고 하노라.

조건없이 주는 보시가 참다운 보시이다

부처님의 대승법문 가운데 육바라밀 법문六波羅密法門이 있습니다. 이 법문은 많은 불자들이 삶의 표준으로 하여 실천하는데 공들이는 법문입니다. 이 육바라밀은 보시, 지계, 인욕, 선정, 정진, 지혜로써 이 여섯 가지를 열심히 닦아서 부처님 나라인 이상세계 건너가자는 것입니다. 이 여섯 가지 덕목 중 여기에서는 대표적으로 보시와 인욕을 들어 설명하셨습니다.

먼저 보시布施 바라밀입니다. 보시란 남에게 정신, 육신, 물질로 조건을 붙이지 않고 유익을 끼친 것입니다. 우리 범부 중생들은 어쩌다 남을 도와줄 때에 언제나 내가 너를 이만큼 도와주었으니 너도 이만큼 나에게 도움을 주어야 한다는 기대 심리를 가지고 있습니다. 일종의 조건부 보시인 셈입니다. 이러한 상相이 있는 보시는 결국 괴로움의 씨가 됩니다.

나는 도와주었는데 왜 너는 나를 도와주지 않느냐 라든지, 내가 덜 받았다며 수량을 계산하게 되고 도와주었으니 나는 상당한 인물이라는 마음의 그림자를 갖기 때문에 천만가지 분별심이 따라나오게 됩니다.

부처님께서 주장하신 보시는 아무것도 바라지 않는 청정한 보시이며 참사랑이며 자비심의 발로가 되며 이러한 보시를 하여야 부처님 세계에 진입한다는 것입니다. 이러한 보시라야만이 불리자성不離自性의 보시이며 무상행無相行인 부처님의 자비인 것입니다.

참았다는 생각이 없는 인욕이라야

다음은 인욕바라밀입니다. 참다운 인욕바라밀은 내가 지금 참고 있다는 흔적 없이 무심으로 참는 것을 부처님의 인욕바라밀이라고 합니다. 대개 인욕을 하는데는 크게 두 가지가 있습니다. 첫번째는 목적이 있을 때입니다. 이렇게 참는 것은 나중에 결과를 이룬 뒤에는 오히려 그 참는 것으로 인하여 어려움이 생깁니다. 두번째는 무상의 인욕입니다. 참을 것도 없이 으레 그럴 것으로 알아, 참는다는 상이 없이 참는 것이 진정한 인욕입니다.

예수께서는 유태민족을 구하기 위해 돌아다니며 많은 법문을 하셨습니다. 그런데 유태족은 예수를 곤경에 빠트려 십자가에 못박아 죽게 했습니다. 그러나 당시 총독이 예수를 살리고 싶어 민중에게 물었습니다. 하지만 유태교 사람들이 서로 짜고 못박아 죽이라고 하였다고 합니다. 그때 예수님께서 어떤 심정이었을까요? 예수님은 못 박히며 기도를 하셨습니다.

"주여! 왜 저를 버리시나이까? 가능하면 이 쓴 잔을 내게 멀리하소서. 그러나 제 뜻대로 하지 말고 하나님 뜻대로 하소서."

당시 상없는 마음이 아니었다면 어찌 이러한 기도를 할 수 있었겠습니까?

석가모니께서는 인욕선인으로 계실 때 가리왕에게 육신을 잘리면서 상없이 참은 것입니다.

대산종사님께서 법문하시기를 중생들에게 가리왕은 무엇인가 하고 물으시니 경계가 바로 가리왕이라고 하셨습니다. 좋은 노래, 좋은 옷과 같은 것들에 마음을 빼앗기면 그것이 바로 가리왕인 것입니다. 지금도 경계가 참마음을 빼앗고 분산시킵니다. 그러니 경계가 가리왕이라는 것을 알고 잘 견디어 참 마음을 잘 보존하길 바랍니다.

인연 가운데 여러분 마음을 늘 괴롭히는 인연이 있을 수 있습니다. 그 사람을 가리왕으로 보지 마시고 불공을 드려야 할 부처로 볼 수 있는 공부를 하시고 참는 공부를 하셔야 합니다.

사람마다 어떤 일을 할 때에 반대파가 있기 마련입니다. 좋은 일을 하자 해도 나를 방해하는 사람이 꼭 있기 마련입니다. 과거에는 그런 경우 눌러 버렸습니다. 과거는 복마伏魔시대로 마구니를 눌러버렸습니다. 하지만 이제는 마구니를 억압하지 않고 살살 달래어 지혜롭게 이기는 방법을 생각해 내셔야 합니다. 현대는 해마解魔시대이기 때문입니다.

반대로 내가 어떤 사람에게 가리왕이 되고 있는가를 생각해 보시기를 바랍니다. 누가 나로 인해 손해를 보고 있는가, 그리고 속상해 하고 있는 가를 보아서 내가 적어도 수도하는 사람이 되어서 남에게 가리왕이 되어야겠는가 하고 생각해 보시기 바랍니다. 실다운 인욕공부를 하여서 폐를 끼치지 말아야 합니다.

참고 참았다는 관념이 있는 참음이여
화약지고 불구덩이에 드는 인욕공부로다
참을 것도 없는 참음이여 참음이 달콤한 참음이로세
먹구름 가시방석이 부처를 달구는 풀무화로가 되나니라.

구절풀이

5. 若心有住면 卽爲非住니 是故로 佛說菩薩이 心을 不應住色布施라 하나니라 須菩提야 菩薩이 爲利益一切衆生하야 應如是布施니 如來說 一切諸相이 卽是非相이며 又說一切衆生이 卽非衆生이니라.

수보리야! 보살은 일체중생에게 이와같이 두루 이익되도록 보시를 하여야 할 것이니 여래가 말한 일체의 명상名相이 떳떳하고 영원한 상이 아니며 또 모든 중생이 언제나 중생으로 머물러 있는 것도 아니니라.

부처님의 교리에도 머물지 말라

부처님은 대단히 자상하신 분이시기 때문에 거듭하여 선입관과 내가 어찌 어찌하였다는 잔상殘相을 씻어내고, 청정한 마음바탕으로 남을 도와야 한다고 강조하였습니다. 그리고 부처님의 말씀을 교리화하여 육바라밀, 사제, 팔정도, 계·정·혜 삼학 등으로 체계화하였는데, 그러한 부처님의 교리 즉 법상法相에도 걸리고 막혀서는 안된다는 것입니다.

처음 공부할 때에는 부처님의 교리에 입각하여 그 법선法線을 엄중하게 준행하다가 그 다음 단계로는 그 법선으로부터도 자유로워야 합니다. 비행기가 처음은 육지의 활주로를 달리다가 다음은 걸림이 없는 허공으로 나는 순서와 같은 것입니다.

오욕번뇌에 시달리는 중생이라도 불법을 닦지 않아 그렇지, 공부 길을 잡고 열심히 정진하면 어제의 중생이 내일은 부처로 변한다는 사실을 알고 고정관념의 틀에서 벗어나야 합니다.

세상의 모든 것은 변화하지 않는 것이 없습니다. 변화하지 않는 것은 변화한다는 그 진리 뿐, 모든 것은 변합니다. 지금 여러분의 마음도 변화하고, 내 마음도 변화하며, 천지도 변화하고, 너와 나와의 관계도 변화합니다. 이렇게 변화한다는 사실을 확실하게 자각하면 고정관념인 '너는 그런 사람이다' 라는 마음도 없어지고 남에 대한 기대심도 없어집니다. 이왕 변화할 바에는 부처님의 교리를 본받아 내가 부처되는 방향으로 변해야 합니다. 사람을 상대할 때는 고정관념, 곱다 밉다는 등의 선입관념을 없애고 상대하여 조심스럽게 부처님을 대하듯, 그와 나와의 관계도 부처님들의 관계로 상부상조相扶相助의 관계로 개선해 가야합니다.

구절풀이

6. 須菩提야 如來는 是眞語者며 實語者며 如語者며 不誑語者며 不異語者니라.

수보리야! 여래는 참을 말하며 실다움을 말하며 한결같은 말을 하며 허튼 소리를 하거나 신기한 말을 하는 사람이 아니다.

부처님의 자랑과 범부의 자랑

"나는 진실만을 말하는 사람이네" 이 말에 부처님도 자기 자랑을 하는구나, 또는 부처님도 상이 있구나! 하고 생각할 수도 있을 것입니다. 하지만 이 때 부처님의 말씀은 자기 자랑이나 상이 있어서 하신 것이 아닙니다.

우리는 자랑을 할 때 상에 가득 차서, 자랑하고 싶은 마음을 참지 못하고 말을 합니다. 하지만 그때의 부처님은 상없는 마음으로 중생들에게 확실한 신념을 갖도록 또는 교육을 시키기 위하여 말씀하셨을 것입니다. 그래서 외면적으로 보면 부처와 범부중생을 구별하기 어려울 수도 있습니다.

부처도 자기 자랑을 하고 범부중생도 자기 자랑을 하니 속을 들여다 보기 전에는 알 수 없고, 거짓 도인과 참 도인을 알아보기는 어렵습니다. 범부는 분위기 때문에 거짓말하고, 습관적으로 과장하여 말하고, 남에게 자기 선전하기 위하여 불려서 말하는 사람이 많으며, 사실을 있는 그대로 말하는 사람은 적습니다. 우리 공부인은 언제나 사실에 바탕하여 거짓이 없는 말을 하여야 하고 특히 남의 신앙심을 훼방하는 말, 남을 이간시키는 말을 말아야 합니다. 반드시 말은 나와 남을 향상向上시키는 말과 불법을 전달하는 말을 하여야 합니다.

말이란 마음의 표현이며 인격의 척도가 될 수밖에 없습니다. 우리는 자기의 언어를 잘 살펴서 사실을 말하고 상相이 없는 마음으로 말하도록 하여야 하겠습니다.

구절풀이

7. 須菩提야 如來所得法온 此法이 無實無虛하니라 須菩提야 若菩薩이 心住於法하야 而行布施하면 如人이 入暗에 卽無所見이요 若菩薩이 心不住法하야 而行布施하면 如人이 有目하야 日光明照에 見種種色이니라.

수보리야! 여래가 실천하는 법은 실상도 없고 텅비어 있지도 않는 실로 언어와 생각으로 알 수 없는 현묘한 자리인 것이다.

수보리야! 보살이 마음을 일정한 법에 주착하여 보시를 한다면 마치 사람이 어둠에 들어감에 볼 수가 없는 것과 같고 마음에 주착하지 않고 행동을 하면 마치 사람의 눈이 태양이 밝게 비침에 가지가지의 색깔을 구분하여 보는 것과도 같은 것이다.

실상實相도 없고 허상虛相도 없는 진리

부처님께서는 보리수하에서 정각을 하셨는데 무엇을 깨달은 것일까요? 그것은 무실무허無實無虛한 마음을 깨달은 것입니다. 이것은 또한 우주를 지배하는 도리이기도 합니다. 그러한 우주의 도리와 우리들의 본래 마음은 무엇이라고 형용할 수 없이 고요하고 텅 비어 있어 한 점 티끌도 없고, 없다는 흔적도 용납할 수 없으며, 좋은 것이다 나쁜 것이다 하는 일체의 가치를 털어 버린 것이며, 아니고 아니어서 아닌 것도 아닌 그런 자리입니다.

그래서 무실無實이라고 하였는데 그 자리는 묘妙하게 밝고 밝아서 태양보다 밝고 또 다습고 자비로워 부모의 뜨거운 은혜보다 더 높고, 지극한 은혜와 조화가 실로 가득한 빈 것도 없는 무허無虛한 자리입니다.

이러한 진리를 정각正覺하여 무실무허無實無虛한 진리를 자기 자신의 삶에 표준을 삼고 공부를 하니 모든 경계로부터 자유를 얻고, 우주와 인생의 가장 잘 사는 방법인 지혜가 생겼으며, 중생을 위로하고 함께 할 수 있는 대자대비大慈大悲의 대법력大法力이 갖추어졌습니다. 그것을 아뇩다라삼먁삼보리阿耨多羅三藐三菩提라고 합니다.

결국 아뇩다라삼먁삼보리는 불타佛陀의 완성이라고 할 수 있는데 그것은 모두다 무실무허無實無虛한 진리를 깨달음에 있는 것입니다.

집착하면 어두워지고

'마음이 주착한 바가 있으면 어두워지고 주한 바 없는 마음이면 정견正見을 하는 것이다' 란 법문에 관한 예를 들겠습니다. 익산시 동산동에 가면 철길이 있습니다. 기차가 지나가고 있는데 밀짚모자 하나가 철길 위로 날아갔습니다. 주인인 듯한 노인이 밀짚모자만 보고는 철길 위로 뛰어들어 끝내 열차를 피하지 못하고 열차에 치어버렸습니다. 밀짚모자에 집착을 하니 기차가 안 보인 것입니다. 여러분이 이 말씀을 듣고 '나는 그렇지 않을 것이다' 라고 할 것입니다. 그러나 유형은 달라도 인간의 삶은 집착으로 인한 실수 투성입니다.

어떤 인연에 집착을 하면 그 인연 외에는 안 보이는 것을 겪으셨을 것입니다. 그리고 인연을 좋게 생각하면 나쁜 점이 보이지 않을 것입니다. 이것은 정견이 안된 것입니다. 견성을 하고 난 뒤 '이제 우리 집에 정원이 있는 것을 알았다' 라고 하신 분이 계십니다. 깨치기 전에는 정원이 정원으로 안 보였는데 이제는 정원이 정원으로 보인다는 것입니다. 대종사님도 대각하신 뒤에 수염과 손톱이 긴 것을 보시고 그제야 잘라냈다고 합니다. 주한 바 없는 마음을 얻고 나면 밝아지는 것입니다.

한 가지 이야기를 더하겠습니다. 서울 원남동에 살 때의 일입니다. 비 오는 날이었습니다. 골목을 오는데 한 여자가 담벼락 앞에 있었습니다. 그런데 담을 마구 치면서 이 집이 내 집이라며 울부짖고 있었습니다. 저는 귀신이 나온 줄 알았습니다. 가만히 쳐다보니 사람은 사람인데 험한 옷을 입고 정신은 나가 보였습니다. 나중에 그 이유를 알아보니 그 여자는 그 집의 전전 주인이었습니다. 그런데 남편이 화투놀음을 하다가 집을 잃은 것이었습니다. 여자는 그 집을 마련하는데 아주 공을 많이 들이고 고생을 많이 했다고 합니다. 그러하니 그 집에 얼마나 애착이 많겠습니까? 그리고는 실성을 했다고 합니다. 그 후로 궂은 날이 되면 그 여자는 잃어버린 집에 와서 담벼락을 치며 내 집 내놓으라며 울기 시작했답니다. 새로운 집주인은 영문도 모른 채 그 여자를 내쫓았습니다. 그 여자가 왜 그 지경에 이르렀는가를 한 번 생각해보십시오. 집착이라는 것이 그렇게 무서운 것입니다. 만약 그 여자가 그 상태에서 죽으면 영혼이 어디로 가겠습니까? 내 집을 찾으려고 그 집 주위를 맴돌게 될 것입니다.

우리도 정도의 차이는 있을지언정 그러합니다. 집착을 하면 어두워지는 것입니다. 지금 우리가 사는 것이 정말 잘 사는 것인지 생각해 보십시오. 집착을 너무 많이 해서 어두운 삶을 살다가 악도로 빠지는 길을 면하기 위해서는 착 없는 그 자리를 깨달아 착 없는 행동을 해야 합니다. 정견을 해야 정도로 갈 수 있는 것입니다.

구절풀이

8. 須菩提야 當來之世에 若有善男子善女人이 能於此經에 受持讀誦하면 卽爲如來以佛智慧로 悉知是人하며 悉見是人하나니 皆得成就無量無邊功德하리라.

오는 세상에 선남자 선여인이 금강경을 능히 공부하여 실천한다면 여래의 지혜로 이런 사람은 다 알며 다 보아서 호렴하고 부촉하여 한량이 없는 부처의 공덕을 성취하도록 할 것이니라.

내 마음을 보고 알고 계시는 부처님

마음공부를 오래오래 하면 이치라는 것을 훤히 알게 됩니다. 사시가 순환하는 이치와 사람이 생로병사의 과정을 거쳐 영생을 살아가는 이치가 같음을 알고 만물이 변화해 가는 순서와 구성요소 등을 알게 됩니다. 이 세상 만물은 한가지도 그 이치의 품을 벗어날 수가 없습니다. 이러한 원리를 깨닫게 되면 그러한 원리를 응용하여 세상을 바라보고 흥망성쇠의 과정을 꿰뚫어 알 수 있습니다. 자기 집안도 망하는 과정인지 흥하고 있는 과정인지 금방 알 수 있습니다.

그리고 마음 속의 욕심과 번뇌, 망상을 닦고 또 닦으면 수정처럼 티끌 한 점 없는 영성체靈性體가 됩니다. 이러한 영성을 회복하면 이는 일종의 맑은 거울과 같아서 사물을 그 거울에 비치면 사물의 전모가 환하게 비치게 됩니다. 일종의 밝은 영감이 나타나는 것이지요. 앞의 이치를 통하고 이 영감에 합해지면 보통 신명神命이 통했다고 하고 무불통지無不通知라 하는 대지혜가 완성되는 것입니다. 삼세의 부처님들은 이러한 대지혜가 완성되어서 따르는 제자들의 마음을 잘 읽고 그에 알맞는 처방을 하여 부처가 되도록 인도하는 자비가 있음을 믿고 알아야 합니다.

그런데 유의할 것이 있습니다. 정신수양 공부만 하고 또는 잡념을 없애는 고요한 공부만 오래 오래하면 신통神通이 생겨서 남의 마음을 일시적으로 알 수 있고, 날씨의 변화나 세상의 정세를 일시적으로 알 수 있고, 남의 운명 같은 것을 부분적으로 알 수도 있습니다. 그러나 이런 것은 허령虛靈이 열렸다고 하여 정통한 도가道家에서는 사도邪道라고 하며 그릇된 길로 간다고 합니다. 왜냐하면 정신만 맑혀서 열려진 신통은 일시적이고 부분적이며 또 이치를 모르기 때문에 원리를 가르쳐주지 못합니다.

이러한 신통은 계속 사용하다 보면 점차 어두워지고, 남에게 보상을 받고 존경을 받으면 욕심이 생겨서 곧 신통의 문이 닫혀지고, 나중에는 거짓을 말하게 되고 속이게 되어 본인과 남에게 큰 피해를 주는 요망한 일

이 됩니다. 앞에서 설명한 부처님의 신명과 신통을 잘 구분해야 할 것입
니다.

제15장 여래는 다 보고 다 아노라
(持經功德分)

금강경을 정성껏 읽고 쓰고 실천하며 남에게 전한다면 무수한 생명을 바쳐 보시하는 공덕보다도 훨씬 높고 크다는 것을 밝히신 대문입니다. 이 장에서는 여래는 모든 제자들의 공덕 쌓음을 다 보고 안다고 하였다. 어떻게 그럴 수가 있는가를 공부합시다. 그리고 소승수행을 하는 수도인은 왜 금강경 도리를 알지 못하는가를 연구합시다. 또 소승과 대승은 무엇이 다른가를 궁구하기 바랍니다.

암 그렇지 사람은 밥을 먹고서 살지
붕조는 무엇으로 먹이를 삼는가
진주의 무요 운문雲門의 호떡이런가
수미정상에 대붕의 날개짓이여.

원문과 해석

「수보리야! 만일 선남자 선여인이 있어

아침 때에 항하사 등恒河沙等 몸으로써 보시하고 낮 때에 다시 항하사 등 몸으로써 보시하고 저녁 때에 또한 항하사 등 몸으로써 보시하여

이와 같이 한량 없는 백천 만 억겁을 몸으로써 보시할지라도 만일 다시 어떠한 사람이 있어 이 경전을 듣고 믿는 마음에 거슬리지 아니하면 그 복이 저 몸을 보시함보다 승하리니 어찌 하물며 붓으로 쓰고 받아 가지며 읽고 외워서 다른 사람을 위하여 말해 줌이겠느냐.

수보리야! 요지로써 말할진대 이 경은 가히 생각하지 못하여 가히 칭량하지 못할 가 없는 공덕이 있나니 여래가 대승에 발심한 이를 위하여 설하며 최상승에 발심한 이를 위하여 설한 것이니라.

만일 어떠한 사람이 있어 능히 받아 가지며 읽고 외워서 널리 다른 사람을 위하여 설하면 여래가 다 이 사람을 알며 다 이 사람을 보아 다헤아릴 수 없고 일컬을 수 없고 가 없고 생각할 수 없는 공덕을 성취함을 얻으리라.

이와 같은 사람들은 곧 여래의 아뇩다라삼먁삼보리를 짊어졌다 할지니 어찌한 연고인고. 수보리야! 만일 작은 법을 즐거워하는 이는 아견我見과 인견人見과 중생견衆生見과 수자견壽者見에 집착할새 곧 이 경을 능히 듣고 읽고 외워서 다른 사람을 위하여 해설하지 못하리라.

수보리야! 곳곳마다 만일 이 경이 있으면 일체 세간 천인 아수라의 마땅히 공양할 바가 될지니,

마땅히 알라. 이 곳은 곧 탑묘가 됨이라. 다 마땅히 공경하며 예배를 올리고 둘러싸서 모든 꽃과 향으로써 그 곳에 흘으리라.」

1. 須菩提야 若有善男子善女人이 初日分에 以恒河沙等身으로 布施하고 中日分에 復以恒河沙等身으로 布施하며 後日分에 亦以恒河沙等身으로 布施하야 如是無量百千萬億劫을 以身布施하야도 若復有人이 聞此經典하고 信心不逆하면 其福이 勝彼하리니 何況書寫受持讀誦하야 爲人解說이리오.

2. 須菩提야 以要言之컨댄 是經은 有不可思議不可稱量無邊功德하나니 如來爲發大乘者說이며 爲發最上乘者說이니라.

3. 若有人이 能受持讀誦하야 廣爲人說하면 如來悉知是人하며 悉見是人하야 皆得成就不可量不可稱無有邊不可思議功德하리니 如是人等은 卽爲荷擔如來阿多羅三藐三菩提니 何以故오 須菩提야 若樂小法者는 着我見人見衆生見壽者見일새 卽於此經에 不能聽受讀誦하야 爲人解說하리라.

4. 須菩提야 在在處處에 若有此經하면 一切世間天人阿修羅의 所應供養이니 當知하라 此處는 卽爲是塔이라 皆應恭敬하며 作禮圍繞하야 以諸華香으로 而散其處하리라.

구절풀이

1. 須菩提야 若有善男子善女人이 初日分에 以恒河沙等身으로 布施하고 中日分에 復以恒河沙等身으로 布施하며 後日分에 亦以恒河沙等身으로 布施하야 如是無量百千萬億劫을 以身布施하야도 若復有人이 聞此經典하고 信心不逆하면 其福이 勝彼하리니 何況書寫受持讀誦하야 爲人解說이리오.

수보리야! 만약 지극히 착한 마음을 발한 사람이 있어서 아침에 항하사와 같은 몸을 다하여 보시를 하고, 낮에 다시 항하사와 같은 몸을 다 바쳐 보시를 하고, 저녁에 또한 항하사와 같은 몸을 다 바쳐 보시를 하여 이런 방식으로 천 만겁을 보시한다 하여도 다른 사람이 있어서 이 금강경을 듣고 부정하지 않고 신심을 낸다면 앞의 사람보다 공덕이 클 것이다. 하물며 금강경을 쓰고 외우며 실천하며 남을 위하여 해설하여 준다면 그 공덕은 더 형언할 수가 없이 무량할 것이다.

생각은 어디서 나오는가

계현戒賢 선사라는 분이 계셨습니다. 경을 많이 공부하신 분이었습니다. 그 분 밑에서 공부한 신찬이라는 제자가 있었습니다. 신찬이라는 분이 자기 스승을 보니 늘 경전만 읽고, 마음단련은 하는 것 같지 않았습니다. 그래서 이 스승 밑에서는 견성 성불을 못하겠구나 하여 다른 곳으로 가서 백장스님으로부터 도를 깨닫고 옛날에 자기를 아껴줬던 계현 선사가 생각나 다시 그 절로 돌아왔습니다. 다시 옛날처럼 제자가 되어 공부

179

를 배우기로 하는데 어느 날은 스님을 목욕시켜 드리게 되었습니다. 스승의 등을 씻어 드리면서 신찬이 계현스님에게 "법당은 참 좋은데 부처님이 영험이 없구나!"라고 중얼거리자 계현선사가 "너 뭐라고 하느냐" 하고 묻자 신찬이 "부처가 영험은 없는데 방광放光은 하네!" 했답니다.

무궁무진한 것을 갖아 있는 것이 마음인데, 그러한 자기 마음을 모르는 것이죠. 그래서 신찬 스님이 스승의 목욕수발을 들며 '몸은 건강하고 좋은데 자기 마음은 모르는구나' 라고 했던 것입니다.

옛날에 방거사라는 분이 계셨습니다. 결혼도 하고 애도 낳았습니다. 재산이 많은 분이었는데 불법을 듣고는 '이렇게 돈이나 세고서 언제 성불을 할까' 하는 걱정이 들었습니다. 그래서 재산을 나눠주려고 했더니 친척들이 서로 달려들어 일이 복잡해졌습니다. 이에 방거사는 동정호라는 호수에 배 한 척을 띄우고는 모든 재산을 실어 보냈습니다. 그리고는 마음공부에 전념했다고 합니다.

하루는 선을 하고 나오면서 '밝고 밝은 일백 풀 머리에 밝고 밝은 조사들의 뜻이 함께 하는구나' 하고 노래하였습니다〈明明百草頭 明明祖師意〉. 그렇게 즐거워하고 있는데 딸이〈딸도 공부를 많이 하였다고 합니다〉 그것을 듣고는 "아이고 이빨이 노란 영감이 별 놈의 소리를 다하는 구나!" 하였습니다.

방거사가 딸의 그 말을 듣고는 "그럼 너는 (그 자리를) 어떻게 이야기할래?"하니, 딸도 똑같이 "명명백초두 명명조사의明明百草頭 明明祖師意로다" 하고 똑같은 소리를 하였습니다. 이 이야기의 주제는 어찌하여 일백 풀과 조사의 마음이 같은가 입니다. 같습니까? 틀립니까?

마음작용으로 인하여 복福이 생기고 지혜도 생기며 자비도 생깁니다. 복을 만드는 마음은 착하고 보시하는 마음인데 선근善根이며 복근福根입니다. 이러한 선근善根이며 복근福根은 어디에 뿌리를 내렸을까요? 또는 그 반대로 악한 짓을 하는 마음이 있는데 그 뿌리는 탐·진·치입니까? 그 탐·진·치가 악의 뿌리가 되는 것이지요. 그런데 이와같이 선근善根과 악근惡根이 뿌리박고 있는 곳이 있습니다. 그 선근의 뿌리내린 마음 밭을 알면 복덕의 원천 중에 원천을 발견한 것입니다. 그것을 가르쳐주는 공덕이 가장 큰 공덕입니다.

공덕이 오히려 해독을 불러온다

애를 써서 공덕을 이룬 뒤 복이 오면 좋아합니다. 하지만 공덕을 쌓았는데도 몰라주면 화가 납니다. 진리를 모르고 공덕을 지어놓으면 오는 복으로 인하여 게을러지거나 오만해지고 또는 인정받지 못함으로 인하여 화를 내어 지옥고를 받을 수 있습니다.

물질이 풍족하고 인연복이 많아도 만족하지 못하고 더욱더 욕심을 내어 마음대로 안되면 화가 나고, 또 물질은 많은데 남이 알아주지 않으면 내가 괴로운 것입니다. 그러니 물질적인 공덕을 쌓고 그러한 복덕이 온다해도 오히려 물질의 노예가 되기 쉽고 상에 잡혀 고해 속에 살게 됩니다. 이것이 어떻게 최고로 잘 사는 인간의 삶이겠습니까?

진리, 법신, 금강경 공부를 하면 마음을 마음대로 쓸 수 있고 구경에는 공덕을 많이 지어 공덕을 굴리고 다니는 사람이 됩니다. 자전거를 타고 다니는 사람처럼 공덕을 굴리고 다니게 됩니다.

옛날에 백낙천이라는 유명한 시인이 있었습니다. 그가 어느 날 종자를 거느리고 절에 갔습니다. 그곳에서 도림道林선사라는 분을 만났습니다. 도림선사는 조금 괴팍해서 나무 꼭대기에 자리를 틀고 좌선을 하고 있었습니다. 그래서 도림道林선사라고도 하고 조림鳥林선사라고 불리기도 했습니다.

　백낙천이 쳐다보니 나무위에 있는 형세가 위태하여 "스님 위태합니다!"하니 나무위에 스님이 앉아서 백낙천을 보더니 땅에 있는 사람에게 "위태하구나 위태해!"하는 것이었습니다. 그래서 백낙천이 "나는 머리 위에 하늘을 이고 밑으로는 땅을 밟고 서 있는데 무엇이 위태하단 말이요?"하고 물었습니다.

　그러자 도림선사가 "너는 머리에는 화가 다 식지 않았고 너의 마음은 늘 부유하고 들떠 있으니 언제 무슨 일을 당할지 모르니 위태하지. 나는 언제나 선정에 들어 늘 극락이니 누가 와서 이야기를 해도 항상 극락이다. 너는 누가 네 글을 몰라주면 화가 나니 머리 속에 식정이 식지 않아 위태하다"고 외쳤습니다.

　그 때 백낙천이 그 이야기를 듣고 스님께 귀의했다고 합니다. 이 이야기를 가만히 생각해 보십시오. 우리는 설사 지금 행복하다고 할지라도 누가 내 마음을 거스르고 뒤집어 놓으면 화가 벌컥 납니다. 이것을 어떻게 잘 산다고 할 수 있겠습니까?

　어떤 분은 별장을 지키기 위해 별장지기를 두었습니다. 그런데 별장지기가 자신의 마음에 맞게 청소를 하지 못했습니다. 그러자 화를 벌컥내며 잘못한다고 꾸짖고 가끔씩 전화를 해서 확인한다고 합니다. 그 분을 놓고 생각해보면 별장이 오히려 그 사람의 마음을 먹어버린 것 같이 생각되었습니다. 오히려 별장 때문에 마음이 더 괴로워진 것입니다.

　금강경 도리를 얻지 못하면 물질의 노예가 되고, 명예의 노예가 되고, 예쁘다는 칭찬에 매이거나 자신이 사상가라는 것에 매이게 되는 것입니다. 그러니 이 장의 의미를 더욱 잘 음미하고 깊이 생각해 보아야 할 것입니다.

자랑 긍자肯字의 이 마음 천만가지 죄고罪苦의 씨앗
잘못하고 뉘우치는 마음은 선심善心의 씨앗이러니
애써서 잘하고도 관념觀念의 꼬리 떼지 못하면
무심태평無心太平의 부처 살림에는 어림도 없는 일.

구절풀이

2. 須菩提야 以要言之컨댄 是經은 有不可思議不可稱量無邊功德하나
니 如來爲發大乘者說이며 爲發最上乘者說이니라.

　수보리야! 간추려 말하자면 이 금강경의 공덕은 한량이 없어서
무엇으로도 측량할 수가 없으며 생각으로 의론할 수가 없는 것이
다. 그러므로 여래가 대승의 뜻을 실천하려는 불제자에게 가르쳐
주며 가장 높은 대승의 뜻을 실천하려는 불제자를 위하여 가르쳐
주나니라.

가장 높은 경지의 보살을 위한 말씀

　이 금강경의 진리는 가장 상근기를 위해 설해 주신 것입니다. 금강경
진리를 깨달으면 범부중생이 일초직입여래一初直入如來가 된다고 합니다.
깨달으면 한 번 뛰어서 순식간에 여래가 된다는 뜻입니다. 그만한 공덕
을 지닌 경전이기 때문에 최상승의 제자를 가르치기 위해서 하신 말씀이
라고 생각하시면 됩니다.

　어떤 분께서 제게 큰 함지박을 주셨습니다. 함지박은 큰 그릇안에 작은

그릇이 들어갑니다. 그런데 이상하게도 제가 받은 함지박은 작은 그릇에 큰 함지박이 들어갑니다. 여러분은 보셨습니까? 저는 아침마다 그것을 봅니다. 언제나 작은 그릇에 큰 것이 들어가고도 자리가 남습니다. 여러분은 보지 못하셨습니까? 모두들 가지고 계십니다. 그리고 금강경은 그것을 가르쳐주는 것입니다. 아무리 써도 계속 나오고 틈이 남습니다. 참으로 신기한 물건입니다. 제가 아들 하나를 두었습니다. 그런데 이 아들을 잘 키우니 이것이 오만가지 재주를 부립니다. 그래서 이것을 일생을 써도 남고 영생을 써도 남고 부처가 되고도 남을 지경입니다. 여러분 그런 아들을 두셨습니까? 이것이 잘 단련하기만 하면 별것입니다. 아들이 되기도 하고 할아버지가 되기도 하고 어떨 때는 어머니가 되기도 하고 딸이 되기도 하는 아들을 여러분들도 다 가지고 계십니다. 그리고 함지박도 여러분 모두 가지고 계십니다.

이런 자리를 깨달아 자기 것으로 여기고 그 자리와 늘 함께 동거해야 합니다. 그래야만이 정말로 만사 태평이 되며 시원하여 걱정이 없고 일을 하면서 일이 없는 인물이 되고 천하를 주름잡는 인물이 되는 것입니다.

구절풀이

3. 若有人이 能受持讀誦하야 廣爲人說하면 如來悉知是人하며 悉見是人하야 皆得成就不可量不可稱無有邊不可思議功德하리니 如是人等은 卽爲荷擔如來阿耨多羅三貌三菩提니 何以故오 須菩提야 若樂小法者는 着我見人見衆生見壽者見일새 卽於此經에 不能聽受讀誦하야 爲人解說하리라.

만약 불제자가 이 경을 읽고 외우며 참으로 실천하고 남에게 가르쳐 준다면 여래의 혜안으로 다 알고 다 보나니 얻을 바 그 공덕이 한량이 없어서 측량할 수 없고 끝이 없어서 추측할 수 없는 인격과 복덕을 이룩하게 될 것이다. 이러한 불제자는 여래의 무상대도를 전하여 줄 사명을 짊어질 것이니, 왜 그러냐 하면 형상이 있는 법을 실천하고 그 틀 속에서 즐거움을 발견하고 사는 사람은 '나'라는 견해와 '너'라는 견해, '중생·수자'라는 견해에 얽매여 사는 사람이라. 결코 금강경을 수지독송하지 못하고 더군다나 실천하지도 못하나니라.

성스럽지 않는 마음

대통령의 한마디가 나라의 일을 결정하는데 중요한 의미를 갖지만 그보다도 중요한 일은 일체 생령을 가르치고 제도할 도덕을 가르치는 책임이 훨씬 중요한 것입니다. 그래서 부처님을 삼계의 대도사라고 합니다. 욕계 색계 무색계의 모든 중생들을 제도하기로 책임을 지신 분입니다. 금강경 도리를 아는 사람은 그러한 책임을 갖게됩니다. 그러한 금강경 도리를 모르고 내 종교가 좋다하여 뭔가 있는 유위법有爲法에 집착하여 공부하는 사람은 금강경 도리를 들으면 오히려 그럴리 없다며 부정하는 사람이 됩니다.

옛날에 달마대사는 유불식唯不識이라, 오직 알 수 없는 그 마음자리라고 설파하셨습니다. 또 성스러움도 떨쳐버린 자리라고 그 마음자리를 설명하였습니다. 한 번은 계문만을 열심히 공부하던 어떤 스님이 부처님은 성스러운 것이고 성품자리는 성스러운 것인데 성스럽지 않다고 달마대사가 말씀하시니 크게 계문을 범했다 해서 달마대사에게 독약을 내리도록 했다고 합니다. 마음에 무엇인가 상相이 있는 공부를 위주로 하다보니 큰 스승을 몰라보고 오히려 독약을 내리는 죄악을 범하게 된 것입니다.

보통 범부 중생은 욕심에 따라서 좋고 나쁜 마음을 냅니다. 수도를 하여 선근을 기른 사람은 그 선근에 집착하여 좋고 나쁜 마음을 내게 됩니다. 공익심을 선근으로 기른 사람은 이기적인 사람을 보면 마음이 어지러워지고 미운 마음이 나게 되고, 착한 마음을 선근으로 기른 사람은 선심이 제일이다 하여 다른 사람 중 선심을 갖지 않은 사람을 보면 자신을 표준하여 그 사람을 업신 여깁니다. 또한 자신에게서 나쁜 마음이 나면 그것으로 인해 또 선근을 어겼다 하여 자신을 괴롭히게 됩니다. 금강경 도리에서는 그러한 착한 마음까지도 도적으로 보고 그것마저도 없는 무심의 경지에 이르러야 한다고 가르칩니다.

불토장엄에 대해 이야기를 한 적이 있습니다. 무심의 마음을 장엄하고 그 위에 신심의 나무를 장엄하고 착한 마음을 장엄하고 은혜의 마음을 장엄합니다. 그런데 무심할 줄을 모르고 희사심을 장엄하고 신심을 장엄하면 고집불통이 되어 오히려 자유롭지 못하게 됩니다. 중국 철학책을 읽어보면 불교에 대해 불교는 아비도 없고 임금도 없다하여 무부무군無父無君의 종교이니 도덕을 망치는 종교라고 비난 하였습니다. 그것은 부처님 마음의 높고 깊은 경지를 모르고 비방한 것입니다. 이는 깨달아 실천하는 모든 것으로부터 초월하고 그 초월한 마음에서 모든 것을 알맞게 살려 쓰시는 무위법無爲法에 바탕하여 차별이 있는 높은 경지를 모르기 때문에 불교를 비방한 것입니다.

갈대 숲 헤치고 헤치고 지나면
널푸르른 아름다운 바다를 만나네
바다 끝 저 멀리 탁 트인 허공이여
그 허공을 마음에 이전 등기를 내보라
산천초목 번뇌망상이 수정구슬이 되리로다.

구절풀이

4. 須菩提야 在在處處에 若有此經하면 一切世間天人阿修羅의 所應供養이니 當知하라 此處는 卽爲是塔이라 皆應恭敬하며 作禮圍繞하야 以諸華香으로 而散其處하리라.

수보리야! 만약 어느 곳이든지 이 금강경이 있다면 천인 아수라가 다 알고 공양할 것이니 이런 곳은 곧 부처님의 탑에 공양하듯이 주위에 맴돌며 공손히 예를 지을 것이며 꽃으로 장식하고 향을 사루는 부처님 처소가 될 것이다.

문화의 유산은 종교에 근원하였다

옛날 부처님이 계셨던 시절은 종이가 없었던 시절이므로 대나무를 쪼개 기록하거나 광엽식물의 넓은 잎을 가공하여 종이처럼 사용하였습니다. 그러므로 대나 태엽지를 쓸 수 있는 것은 돈도 많아야 되고 매우 귀한 일이었을 것입니다. 때문에 금강경과 같이 분량이 많은 글을 써서 외우고 그 내용을 이해하고 자기 자신이 실천하고 나아가서는 남에게 가르치

187

는 일을 하는 곳은 필경 사원이 아니면 고승석덕이 사는 곳이었을 것입니다. 그러니 그러한 금강경이 있는 처소는 맑고 밝고 훈훈한 기운이 감돌았을 것이며 그러한 기운이 곧바로 사람들의 귀의처가 되었을 것입니다.

그리고 이 우주에는 보이는 생령들만이 사는 것이 아니고 보이지 않는 천신의 세계도 있고 육신이 없이 영혼만이 떠도는 아수라阿修羅들도 헤아릴 수 없이 많은데, 이러한 천신이나 귀신들은 감각이 예민하기 때문에 그들도 진급하여 부처님의 최상의 법문을 듣고 싶어서 금강경이 있는 곳을 찾고 또 공양을 하게 되는 것입니다.

부처님 계시는 곳, 그의 높은 제자들이 있는 곳은 성스럽게 가꾸며 경배하고 공양을 하였습니다. 이러한 진리가 있기 때문에 인류 역사의 문화재 유산들은 모두다 종교에 근원하여 발전하였습니다. 음악이 부처님을 예찬하고 그의 사상과 생애를 흠모하는데서 발달하였고, 벽화와 그림이 발전하였고, 또한 건축이 이러한 부처님의 정신을 기리기 위하여 축성되었다는 것은 우리가 다 알고 있는 일입니다.

문화유산은 아끼고 사모하는 사람 많으나
유적에 어리고 서린 성스런 뜻 찾을 줄 모르네
중생들 해떠서 감사하고 달뜨니 아름답다고 하나
해 뜨고 달 지게 하는 그 얼굴은 찾을 줄 모르네.

제16장 전생의 업보 줄이기
(能淨業障分)

이 경전의 내용을 믿고 실천하면 그 공덕으로 인하여 전생에 지은 무거운 업력이라도 현생에서 (남에게 업신여김 받는 것으로) 그 업력을 줄여 받을 수 있음을 가르친 대문입니다. 이 장에서는 악업에 대하여 공부할 것이고 어떻게 하면 전세의 죄업을 금강경을 실천함으로써 줄여 받을 수 있는가. 또는 금강경 도리를 알고 닦는 것과 모르고 닦는 공덕의 차이점은 무엇인가에 대하여 공부하기 바랍니다.

수 없는 세상 타향을 떠도는 나그네
옷자락 굽이마다 눈물자욱 피 얼룩이라
용담수龍潭水 흐르는 물에 흘러 흘러 보낼시고
이젤랑 용봉이 어울리어 알몸으로 춤을 추세나.

원문과 해석

「또한 수보리야! 선남자 선여인이 이 경을 받아 가지며 읽고 외우되
만일 남에게 업신여김이 되면 이 사람은 선세先世의 죄업으로 마땅히 악도에 떨어지련마는 이 세상에서 남에게 천대를 받는 고로 선세 죄업이 곧 소멸하고 마땅히 아뇩다라삼먁삼보리를 얻으리라.
수보리야! 내가 과거 무량 아승지겁阿僧祇劫의 일을 생각하니 연등불 앞에 팔백사천 만억 나유타那由他 모든 부처님을 만나 다 공양하고 받들어 섬겨서 한 분도 빼놓은 일이 없었노라.
만일 다시 어떠한 사람이 있어 이후 말세에 능히 이 경을 받아 가지며 읽고 외우면 얻는 바 공덕이 내가 모든 부처님에게 공양한 바 공덕으로는 백분에 하나도 미치지 못하며 천만 억분과 내지 숫자의 비유로는 능히 미치지 못할지니라.
수보리야! 만일 선남자 선여인이 이후 말세에 능히 이 경을 받아 가지며 읽고 외우는 이가 있어서 얻은 바 공덕을 내가 다 말하면 혹 어떠한 사람이 있어 듣고 마음이 곧 어리둥절하여 여우같이 의심하고 믿지 아니할지니라.
수보리야! 마땅히 알라. 이 경은 뜻도 가히 생각하지 못하며 과보도 또한 가히 생각하지 못하나니라.」

1. 復次須菩提야 善男子善女人이 受持讀誦此經호대 若爲人輕賤하면 是人이 先世罪業으로 應墮惡道련마는 以今世人이 輕賤故로 先世罪業이 即爲消滅하고 當得阿耨多羅三藐三菩提하리라.

2. 須菩提야 我念過去無量阿僧祇劫하니 於燃燈佛前에 得値八百四千萬億那由他諸佛하야 悉皆供養承事하야 無空過者호라 若復有人이 於後末世에 能受持讀誦此經하면 所得功德이 於我所供養諸佛功德으로 百分에 不及一이며 千萬億分乃至算數譬喩로 所不能及이니라.

191

3. 須菩提야 若善男子善女人이 於後末世에 有受持讀誦此經하는 所得功德을 我若具說者면 或有人이 聞하고 心卽狂亂하야 狐疑不信하리니 須菩提야 當知하라 是經은 義도 不可思議며 果報도 亦不可思議니라.

구절풀이

1. 復次須菩提야 善男子善女人이 受持讀誦此經호대 若爲人輕賤하면 是人이 先世罪業으로 應墮惡道련마는 以今世人이 輕賤故로 先世罪業이 卽爲消滅하고 當得阿耨多羅三藐三菩提하리라.

수보리야! 선남자 선여인이 금강경을 읽고 외우며 실천하는 공부를 하면서도 다른 사람에게 천대를 받는 이가 있다면 전세의 죄업으로 마땅히 악도惡道에 떨어져야 할 것이나 지금 천대받는 것으로 전세의 업장을 줄여 받으면서 무상대도를 증득하게 되는 것이다.

금강경 공부는 전생의 업보를 줄일 수 있다

사람이 마음과 몸과 입으로 작용하여 행동하면 그 결과가 바로 나타나는 것이 아니라 어느 기간동안 저장됩니다. 그래서 그 저장된 내용중 선한 것이 저장되면 선업, 악한 내용이 저장되면 악업이라고 합니다. 마치 음식을 먹으면 음식이 소화되어 간에 저장되어 있다가 필요에 따라서 모든 기관에 분배되어 활동의 동력動力이 되듯이 인간의 모든 활동은 일단 마음속에 저장됩니다. 이 저장된 것을 업業이라고 합니다.

그리고 그 업業은 활동할 수 있는 힘을 가졌기 때문에 업력業力이라고 부릅니다. 그 업력業力은 모든 사람에게 감추어져 있는 것입니다. 전생에 누구와 다정하게 지냈을 수도 있고 미워하며 지내 왔을 수도 있습니다. 그러한 작용으로 인하여 그 사람들과 사랑의 업력業力으로, 아니면 원한 관계의 업력으로 다시 만나게 됩니다. 여기 금강경에 나온 천대받는 업보는 내가 진리를 알지 못하여 남에게 못된 짓을 한 과보이며 또한 내가 못된 짓을 하였기 때문에 내 마음에 못된 버릇이 깊이 남은 업력業力입니다.

이러한 천대받는 업력業力이라 하더라도 불법의 최고 정수라고 할 수 있는 금강경에 발심하여 지성으로 금강경을 수지독송하고 그에 표준하여 법력을 키워간다면 전생에 모르고 지었거나, 알고도 욕심 때문에 남에게 죽임 당할 악업을 지었거나, 몸이 온전치 못한 업보를 지었다 할지라도 금강경 때문에 그 중한 업보를 경감받을 수 있는 이치가 있습니다.

앞의 설명을 다시 부연하자면 업은 어디에 저장되었느냐에 따라서 두 가지로 구분할 수 있습니다. 하나는 자기 자신의 습관과 재능이 자기 마음속에 저장되는 것을 자기업自己業이라고 할 수 있고, 다른 하나는 내가 행동한 것으로 인하여 상대에게 영향을 끼쳐 다른 사람의 마음에 심어진 것을 대타업對他業이라고 할 수 있습니다.

그런데 부처님 금강경 도리를 열심히 실천하면 안개처럼 쌓인 자기업自己業은 곧 소멸될 수 있습니다. 그러나 다른 사람에게 묻어둔 대타업對他業은 보복할 권리가 저 사람에게 있기 때문에 소멸될 수 없는 것입니다. 그러나 이 경우도 받아야할 쪽이 금강경 공부를 지극 정성으로 하면 상대방의 보복하려는 독한 마음을 감화시켜 100%를 받아야 할 불행을 50%~60%로 감소하여 받을 수 있으며, 또 보복을 당하는 내가 전생에 지어서 받는 것이라 알고 업을 받을 때에 마음의 여유를 가지고 보복을 감당하면 훨씬 줄여서 받을 수 있는 것입니다.

금강경에 발심하고 금강경에 표준하여 지성으로 닦아간다면 큰 죄업으로 인하여 죽임을 당하거나 온전하지 못한 몸을 받아야 할 큰 업보도, 천대받는 정도로 줄여 받는 이치가 있는 것임을 알아서 전생의 업보를 녹여갑시다.

요즈음 사람들 배낭 하나씩은 지고들 살지

오고갈 때도 잠잘 때도 끌어안고 가네

갓난아이도 어르신도 업 보따리 지고들 사네

억겁을 쌓아온 업 주머니 그 속에는 무엇을 감추었나

못난 재주 잘난 재주 더러운 성질 좋은 성질

온갖 잡동사니 그 속에 마니보주도 있다네

산을 오르는 사람아 영생을 여행을 하는 사람아

업 주머니 배낭을 놓고 쉬어나 가소.

구절풀이

2. 須菩提야 我念過去無量阿僧祇劫하니 於燃燈佛前에 得値八百四千
萬億那由他諸佛하야 悉皆供養承事하야 無空過者호라 若復有人이 於
後末世에 能受持讀誦此經하면 所得功德이 於我所供養諸佛功德으로
百分에 不及一이며 千萬億分乃至算數譬喻로 所不能及이니라.

수보리야! 내가 한량이 없는 과거 전생을 회상하여 보니 옛날 연
등부처님 이전 팔백사천만억八百四千萬億의 많은 부처님 회상에서
부처님 법을 받들어 섬기는 공양을 올려서 한 때도 헛되이 보낸
일이 없었노라.
다른 사람이 돌아오는 말세에 이 경을 수지독송하면 그 공덕이
내가 전세에 모든 부처님에게 이 경의 원리를 모르고 공양을 올
렸던 공덕보다 비유할 수 없을만큼 훨씬 높은 것이다.

영혼은 불생불멸하여 영원한 존재입니다

부처님께서는 수만 년 전생의 일을 훤하게 알고 있음에 경탄을 금할 길이 없습니다. 우리 범부 중생들은 과거 전생을 살아 왔으나 살아온 줄을 모릅니다. 어리석게도 전생을 부인하며 전생을 모르니, 내생來生이 있음을 당연히 모를 수밖에 없습니다. 참으로 어리석음이 아닐 수 없습니다.

우리 생령들은 영혼이 있습니다. 그 영혼이 한량없는 세월동안 몸을 바꾸고 살아갑니다. 그 영혼은 어디서 태어난 바가 없습니다. 그래서 아주 없어지지도 않습니다. 우리는 시작과 끝이 있다고 생각합니다. 그것은 잘못된 생각입니다. 끝없이 순환할 뿐 시작도 끝도 없이 물고 물려서 영원히 항존恒存하는 것입니다. 금생에는 가령 장씨 아버지를 만나서 장씨가 되었으나, 전생에는 김씨 아버지를 만났을 수 있고, 또 다음 생에는 이씨 아버지를 만나서 이씨가 될 수 있습니다.

부처님은 그 지혜의 영안靈眼으로 수억 만년 전생을 우리에게 말씀하셨습니다. 모르는 사람은 전설로 여기고 믿지 않을 것입니다.

석가모니 부처님만 수만 년 살아 온 것이 아니라 여기에 계시는 여러분들도 다같이 수억만 년을 살아왔습니다. 다만 영안이 열리지 않아서 모를 뿐입니다. 부지런히 영성을 맑히어 삼세를 알 수 있는 능력을 길들여 갑시다.

부처님께서도 연등부처님 이전에는 다만 신심으로만 공부하였던 것 같습니다. 연등부처님께서 무상의 대도인 자성의 원리를 가르쳐 주셨기 때문에 자성자리에 표준해서 공부하여 결국에는 주세성자가 되신 것입니다.

바른 공부길을 알고 닦는 것과 모르고 공부하는 공덕의 차이는 하늘과 땅의 차이입니다. 가령 수학문제를 푸는데 구구법을 알고 셈을 하는 사람과 구구법을 전혀 모르고 하는 계산은 퍽 다를 것입니다. 경만 보고, 보시만 하고, 계문만 지키는 것으로 공부의 전부로 생각하면 언제나 성불을 할 수 있겠습니까?

　부처를 이루는 것은 내 마음에 계시는 자성삼보自性三寶인 청정 법신불과 원만하게 지혜가 갖추어진 원만 보신불과 백억 화신으로 자비를 베푸시는 백억화신불百億化身佛을 발견하여 단련하여야 부처를 이루고 중생을 건지는 한량이 없는 능력能力이 생기는 것입니다. 결국 자기안에 현상적 (인격적) 스승이 가르쳐 줄 수 없는 참 스승이 있다는 것을 믿고 그것을 찾아서 단련하여야 출격出格장부가 되고 인천人天의 스승이 되며 삼계三界의 대도사가 되는 것입니다.

구절풀이

3. 須菩提야 若善男子善女人이 於後末世에 有受持讀誦此經하는 所得功德을 我若具說者면 或有人이 聞하고 心卽狂亂하야 狐疑不信하리니 須菩提야 當知하라 是經은 義도 不可思議며 果報도 亦不可思議니라.

> 수보리야! 선남자 선여인이 돌아오는 말세에 이 경을 읽고 외우며 받아 지켜 얻을 바 공덕을 빠짐없이 말해 준다면 이런 말을 들은 마음에 혼란이 와서 여우와 같은 의심이 생겨서 믿지 않을 것이다.
> 수보리야! 이 경의 깊은 뜻도 상상할 수 없으며 그 얻을 바 과보도 또한 상상할 수 없이 크고 높고 영원하다는 것을 믿을 것이고 깨달아 알아야 한다.

지구촌 시대의 인물이 되자

우리는 며칠 후의 일도 모르는데 부처님께서는 정법시대에 적어도 몇 천년 뒤의 말법시대末法時代를 예언하셨습니다. 지금 시대에 태어난 사람은 잘 모르겠지만 50년 전에 태어난 사람은 지금이 아주 개벽된 세상이라는 것을 실감할 것입니다. 하물며 몇 천 년 전에 부처님이 활동하던 시대와 지금이 얼마나 달라졌는지 범인으로서는 상상할 수도 없는 일입니다. 그 당시 부처님의 제자들에게 지금의 시대를 예언하여 부처님께서 낱낱이 설명하였다 할지라도 부처님 말씀을 믿을 사람은 별로 없었을 것입니다.

금강경을 보면 부처님은 그 때부터 이미 말세의 일을 예견하여 준비하고 염려하신 것을 느낄 수 있습니다.

과거에는 넓은 의미의 지역 문화였습니다. 기독교 문화권, 회교 문화권, 불교 문화권 등 이러한 문화권 사이에는 교류가 별로 없었습니다. 그래서 과거에는 이것을 지역 문화시대 혹은 방方의 문화권 시대라고 특징지어 말할 수 있었습니다. 하지만 이제부터 전개될 미래의 문화는 전세계가 하나되는 지구촌 문화, 전체 문화권시대, 원圓의 문화권 시대가 오고 있습니다. 지금은 과거의 지역문화권 시대가 점점 쇠퇴하고 전세계를 하나로 하는 거대한 지구촌 문화권 시대가 다가오고 있습니다. 그리고 시간이 더 흐르면 우주문화권宇宙文化圈 시대가 올 것으로 생각됩니다.

과거에는 종교의 주장도 지역적이었습니다. 그러나 미래는 세계적이며 평등적이고 서로 넘나드는 그러한 전대미문前代未聞의 커다란 틀을 지닌 종교의 교리가 아니면 안되고, 또한 세계를 한집안 삼고 인류를 하나의 가족으로 여기는 성자 시대, 부처님 시대가 온다는 것을 예견하신 듯합니다. 그러한 때에는 금강자성의 원리를 알아서 그에 의하여 심성을 훈련한 분이 받을 복덕은 한량 없이 많을 것임을 예견하였습니다. 여러분, 금강자성을 열심히 단련하여 부처님이 예견한 인물이 됩시다.

중생은 자기 부처를 잃고 헤매는 것이요
부처는 자기 부처를 찾아 활용하는 것이라
금강경은 자기 부처를 찾는 손짓이네
지금 자기 부처를 보는가 알았지 허허 흠흠.

제17장 내가 없는 나
(究竟無我分)

지금까지 말씀하신 중요한 내용을 다시 음미하여 가르치시고,

간추려 말하면 무아법을 통달하여 실천하는 사람이 참다운 보살

이라고 하신 대문입니다. 여러분도 지금까지의 법문을 요약해

보고 실천을 다짐할 것이며 연등부처님께서 석가모니 부처님에

대한 예언의 말씀을 하신 이유를 생각해 보고 또 무실무허無實無虛

한 그 자리를 참구하기 바랍니다.

허공 끝에는 송곳 꽂을 곳이 없지
허공마저 없는 곳에는 꽂을 송곳도 없도다
묘하다 빈 하늘에 풍우상설 어인 일인가
늘상 일면불 월면불日面佛月面佛이 아니런가.

원문과 해석

이 때에 수보리 부처님께 사뢰어 말씀하되

「세존이시여! 선남자 선여인이 아뇩다라삼먁삼보리심을 발한 이는 어떻게 주하며 어떻게 그 마음을 항복받으오리까.」

부처님께서 수보리에게 고하시되 「만일 선남자 선여인이 아뇩다라삼먁삼보리심을 발한 이는 마땅히 이와 같은 마음을 내되 "내가 마땅히 일체 중생을 멸도하리라. 일체 중생 멸도하기를 마친 후에는 한 중생도 실로 멸도함이 있지 않다" 하리니, 어찌한 연고인고.

만일 보살이 아상과 인상과 중생상과 수자상이 있으면 곧 보살이 아니니라.

소이가 무엇인고, 수보리야!

실로 법이 있어서 아뇩다라삼먁삼보리심을 발하는 이가 없나니라.

수보리야! 네 뜻에 어떠하냐. 여래가 연등불의 처소에서 법이 있어 아뇩다라삼먁삼보리를 얻었느냐.」

「아니옵니다. 세존이시여! 제가 부처님의 설하신 뜻을 아는 바와 같아서는 부처님께서 연등불 처소에서 법이 있어 아뇩다라삼먁삼보리를 얻은 일이 없나이다.」

부처님께서 말씀하시되 「그러하고 그러하다. 수보리야! 실로 법이 있어 여래가 아뇩다라삼먁삼보리를 얻은 일이 없나니라.

수보리야! 만일 법이 있어 여래가 아뇩다라삼먁삼보리를 얻었다 할진대 연등불께서 곧 나에게 수기授記를 주시되 "네가 내세에 마땅히 부처가 되어 호號를 석가모니釋迦牟尼라 하리라" 하지 않으시련마는 실로 법이 있어 아뇩다라삼먁삼보리를 얻음이 없을새

이런고로 연등불께서 나에게 수기를 주시며 이 말씀을 하시되 "네가 내세에 마땅히 부처가 되어 호를 석가모니라 하리라" 하셨나니라.

어찌한 연고인고. 여래라 함은 모든 법이 여여하다는 뜻이니 혹 사람이 있어 말

하되 "여래가 아뇩다라삼먁삼보리를 얻었다"고 하나, 수보리야! 실은 법이 있어 불타가 아뇩다리삼먁삼보리를 얻음이 없나니라.

수보리야! 여래의 얻은 바 아뇩다라삼먁삼보리는 이 가운데에 실함도 없고 허함도 없나니

이런 고로 여래가 설하되 "일체 법이 다 하나의 불법이라" 하나니라.

수보리야! 말한 바 일체 법이란 것은 곧 일체 법이 아닐새 이런고로 일체 법이라 이름하나니라.

수보리야! 비유컨대 사람의 몸이 장대하다 함과 같나니라.

수보리 말하되 세존이시여! 여래께서 말씀하신 사람의 몸이 장대하다 함은 곧 큰 몸이 아닐새 이것을 큰 몸이라고 이름하나이다.

수보리야! 보살도 또한 이와 같아서 만일 이러한 말을 하되 "내가 마땅히 무량 중생을 멸도하였노라"하면 곧 보살이라고 이름하지 못할지니, 어찌한 연고인고.

수보리야! 실로 법 있음이 없을새 이를 보살이라 이름 하나니 이런 고로 불타의 말이 "일체 법이 아我도 없고 인人도 없고 중생도 없고 수자도 없다"고 하나니라.

수보리야! 만일 보살이 이러한 말을 하되 "내가 마땅히 불토를 장엄하노라"하면 이는 보살이라 이름하지 못할지니, 어찌한 연고인고.

여래의 말한 불토 장엄이란 것은 곧 장엄이 아닐새 이것을 장엄이라 이름하나니라.

수보리야! 만일 보살이 무아의 법을 통달했다면 여래가 참으로 이를 보살이라고 이름하나니라.」

1. 爾時에 須菩提—白佛言하사대 世尊이시여 善男子善女人이 發阿耨多羅三藐三菩提心한이는 云何應住며 云何降服其心이니고

佛이 告須菩提하사대 若善男子善女人이 發阿耨多羅三藐三菩提心者는 當生如

是心이니 我應滅度一切衆生하리라 滅度一切衆生已하야는 而無有一衆生도 實滅度者니 何以故오 若菩薩이 有我相人相衆生相壽者相하면 卽非菩薩이니라 所以者何오 須菩提야 實無有法發阿耨多羅三藐三菩提心者니라.

2. 須菩提야 於意云何오 如來於燃燈佛所에 有法得阿耨多羅三藐三菩提不아 不也니이다 世尊이시여 如我解佛所說義컨댄 佛이 於燃燈佛所에 無有法得阿耨多羅三藐三菩提니이다 佛言하사대 如是如是하다 須菩提야 實無有法如來得阿耨多羅三藐三菩提니라.

須菩提야 若有法如來得阿耨多羅三藐三菩提者인댄 燃燈佛이 卽不與我授記하사대 汝於來世에 當得作佛하야 號를 釋迦牟尼라 하리라 하시련마는 以實無有法得阿耨多羅三藐三菩提일새 是故로 燃燈佛이 與我授記하사 作是言하사대 汝於來世에 當得作佛하야 號를 釋迦牟尼라 하리라 하셨나니라.

3. 何以故오 如來者는 卽諸法如義니 若有人이 言如來阿耨多羅三藐三菩提라 하나 須菩提야 實無有法佛得阿耨多羅三藐三菩提니라.

4. 須菩提야 如來所得阿耨多羅三藐三菩提는 於是中에 無實無虛니 是故로 如來說一切法이 皆是佛法이라 하나라 須菩提야 所言一切法者는 卽非一切法일새 是故로 名一切法이니라.

須菩提야 譬如人身長大니라 須菩提- 言하사대 世尊이시여 如來說人身長大는 卽爲非大身일새 是名大身이니이다.

5. 須菩提야 菩薩도 亦如是하야 若作是言호대 我當滅度無量衆生이라하면 卽不名菩薩이니 何以故오 須菩提야 實無有法일새 名爲菩薩이니 是故로 佛說一切法이 無我無人無衆生無壽者라 하나니라.

6. 須菩提야 若菩薩이 作是言호대 我當莊嚴佛土라하면 是不名菩薩이니 何以故오 如來說莊嚴佛土者는 卽非莊嚴일새 是名莊嚴이니라 須菩提야 若菩薩이 通達無我法者는 如來說名眞是菩薩이니라.

구절풀이

1. 爾時에 須菩提-白佛言하사대 世尊이시여 善男子善女人이 發阿
耨多羅三藐三菩提心한이는 云何應住며 云何降服其心이니꼬
佛이 告須菩提하사대 若善男子善女人이 發阿耨多羅三藐三菩提心者
는 當生如是心이니 我應滅度一切衆生하리라 滅度一切衆生已하야는
而無有一衆生도 實滅度者니 何以故오 若菩薩이 有我相人相衆生相壽
者相하면 卽非菩薩이니라 所以者何오 須菩提야 實無有法發阿耨多羅
三藐三菩提心者니라.

수보리가 부처님께 말씀드렸다. 세존이시여! 선남자 선여인이 무
상대도를 공부하려고 하면 마음을 어떻게 머물러야 하며 또 나쁜
마음을 어떻게 항복받아야 합니까?
부처님께서 수보리에게 대답하시기를 무상대도에 발심하여 공부
하는 사람은 반드시 이와 같이 마음을 낼 것이니 내가 모든 중생
의 고뇌를 녹여서 무여열반에 들도록 하리라 하고 서원을 올리고
자기 자신도 그것을 실천하라. 자신 중생과 밖으로 다른 중생을
제도하되 중생을 제도하였다는 상에 집착하지 말라. 왜 그러냐
하면 만약 공부인이 내가 중생을 제도하였다는 상을 갖게 되면
사상四相의 노예가 되어 참다운 보살이 될 수가 없기 때문이다.

원하는 바가 곧 인생의 방향이 된다

그 동안에 부처님이 설명하신 것을 다시 간추려서 설명하였습니다. 그
리고 구경에는 무아공부無我工夫를 하자는 것입니다. 어떤 의미에서는 복

206

습을 시켰다고 생각하시면 되겠습니다.

'이와 같이' 라는 말에 모든 금강경 도리가 들어있다고 합니다. 부처님이 말씀하실 때는 어떤 마음이었을까요? 두 가지 질문에 대한 답을 두 가지로 하셨습니다. 우선 서원을 세우라고 하셨습니다. 이 원을 세워야 그 원을 따라 되어 나갑니다. 서원이라는 것이 매우 중요합니다.

제가 어느 교당에 갔을 때에 어떤 분이 자기의 일생을 설명하면서 나는 장차 부자가 되어야지 하는 생각이 불현듯 떠올라서 그것이 자기의 원願이 되었다고 합니다. 그러던 어느 날 장 구경을 갔다가 장사하는 사람들이 돈버는 것을 보고 나도 장사를 해야겠다는 마음이 솟아 나더랍니다. 그 뒤 장터를 돌아다니면서 구경을 하다가 초등학교도 졸업하기 전에 장삿길로 나섰습니다. 집안에서 초등학교 졸업은 하라고 말렸지만 기어코 집에서 쫓겨나다시피하여 장사를 시작하였습니다. 그래서 큰 돈을 벌었습니다. 자신의 형과 동생들은 공부를 계속하여 초등학교 교장 선생님이 되었습니다.

그런데 자신을 다른 사람과 비교해보면 항상 학벌이 있는 사람에게는 열등감이 생기더라는 겁니다. 그 뒤로 '그 때 왜 그렇게 돈을 벌고자 하는 마음이 솟았을까?' 하는 궁금증이 생겼습니다. 당시 그의 집안은 학교를 보낼만큼 넉넉한 집안이었다고 합니다.

"제가 보니 그것은 전생에 부자가 되고 싶은 굳센 원이 있어서 그 원이 불같이 일어나서 그랬을 것이다" 라고 일러주니 "맞는 것 같습니다"고 했습니다. 자신의 운명을 몰고 가는 그 힘이 바로 원력입니다.

또한 제가 아는 사람 중에는 가난한 사람이 있었습니다. 굉장히 가난한데도 박사과정까지 밟았습니다. 얼마나 가난한지 형언키 어려운 가난이었습니다. 그러나 그 가난을 무릅쓰고 기어이 공부하여 지금은 중학교

선생님이 되었습니다. 이는 전생에 공부에 한이 맺혀서 공부를 해야겠다는 원력 때문이라고 말해주었습니다. 그랬더니 긍정을 하면서 나는 다른 꿈을 실현하고자 할 마음은 별로 없었고 오직 공부해야겠다는 생각만 했다고 합니다.

여러분도 금강경을 공부하시면서 부처님이 되어야겠다고 원을 세우셔야 합니다. 하지 말라고 해도 원력에 의해서 이끌리게 됩니다. 부처님께서 원을 세우라고 말씀하신 것은 그 원이 결국에는 마음 사용하는 방법을 깨닫게 할 것이고 그 원력이 쉬지 않게 해서 결국 중생을 제도하는 부처가 되게 할 것이라는 것입니다.

그리고 두 번째 대답은 상없는 마음으로 번뇌망상을 없애고 상없는 마음이 바탕이 되어 마음을 사용해야 한다는 것입니다.

부처는 무엇으로 이뤄지느냐 하면 마음을 잘 사용하므로 부처가 되는 것입니다. 마치 밥을 쌀로 짓는 것처럼 인간의 삶은 마음을 어떻게 사용하느냐에 따라서 행복과 불행이 갈라집니다.

대원정각을 이루려는 마음을 먹은 공부인은 반드시 이 두 가지 관문을 뚫지 않으면 부처님이 될 수가 없으며 부처가 되지 않고는 윤회하는 고통을 면할 수가 없고 무명욕심의 굴레를 벗어 날 수가 없는 것입니다. 욕심에 불타서 괴로운 삶을 영원히 살 바에야 부처 이루는 마음공부를 하는 것이 훨씬 현명한 길인 것입니다.

마음 사용법

우리는 내생來生으로 가면서도 내생이 있는 줄을 모르고 하루살이 인생을 삽니다. 자기가 지어서 자기가 받는 불행이지만 남을 원망하고 사회를 탓하며 삽니다.

마음을 운용하는 방법을 모르기 때문에 괴로워도 그 괴로움을 어떻게 극복할 줄을 모르고, 밉고 화나는 마음을 달랠 줄 몰라서 고통을 자초하며 삽니다. 이 우주자연에 살면서도 누가 어떻게 하여 저렇게 질서있게 변화시켜 가는지 이법理法을 모릅니다. 이렇게 어리석게 살지 말고 부처가 되어야겠다고 결심하여 깊은 마음공부에 착수하십시오. 불도를 이루는 데는 이 발심이라는 것이 참으로 중요한 것입니다.

첫째 질문은 '마음을 어디에 머물러야 하는가' 인데 이것은 내 마음을 어떻게 사용해야 하는가와 같은 질문입니다. 모든 약품은 사용법이 있습니다. 그 설명서대로 사용하지 않으면 안됩니다. 마음도 사용하는 방법을 알면 훌륭한 인물이 됩니다.

둘째 질문은 '마음속의 몹쓸 마음을 어떻게 항복 받을까요' 인데 쉽게 말하자면 '마음을 어떻게 길들일까' 하는 것입니다. 마음을 잘못 길들인 것이 몹쓸 마음입니다. 몹쓸 마음을 누가 만들었습니까? 바로 자기 자신입니다. 자기 자신이 잘못 길들여 이제는 나를 괴롭히고 좀먹는 마군이 되었으니 이를 자각하여 차근차근 길들여 가면 부처님 마음으로 변화되는 것입니다. 마음을 고쳐 쓸 줄 아는 것이 세상을 잘 사는 사람입니다. 그렇다면 마음은 누가 고칩니까? 역시 자기 자신의 몹쓸 마음이니 자기가 책임지고 고쳐야 합니다.

고쳐 쓸 줄 알면 세상엔 버릴 물건이 없고
쓸 줄 아는 사람에게는 개똥도 약이 되리니
번뇌와 망상은 오직 때와 곳에 맞지 않는 마음이라
남녀 욕심이 없다면 어찌 역사를 이어가리.

구절풀이

2. 須菩提야 於意云何오 如來於燃燈佛所에 有法得阿耨多羅三藐三菩提不아 不也니이다 世尊이시여 如我解佛所說義컨댄 佛이 於燃燈佛所에 無有法得阿耨多羅三藐三菩提니이다 佛言하사대 如是如是하다 須菩提야 實無有法如來得阿耨多羅三藐三菩提니라.

須菩提야 若有法如來得阿耨多羅三藐三菩提者인댄 燃燈佛이 卽不與我授記하사대 汝於來世에 當得作佛하야 號를 釋迦牟尼라 하리라 하시련마는 以實無有法得阿耨多羅三藐三菩提일새 是故로 燃燈佛이 與我授記하사 作是言하사대 汝於來世에 當得作佛하야 號를 釋迦牟尼라 하리라 하셨나니라.

수보리야! 여래가 연등부처님 회상에서 공부할 때에 무상대도라
는 법을 얻은 바가 있다고 생각하느냐?

얻은 바가 없습니다. 세존이시여! 제가 부처님의 가르치신 뜻을
짐작컨데 부처님이 연등부처님 회상에서 수도하실 때 법이라는
법도 없는 그러한 무상대도를 표준하여 공부하였을 줄로 생각합
니다.

부처님께서 말씀하시기를 수보리야 여래는 형상이 없는 무상대
도를 얻었나니라.

수보리야! 여래가 형상이 있는 법을 증득하려고 그에 표준하여
불법을 공부하였다면 연등불께서 너는 오는 세상에 석가모니라
는 호를 가진 부처가 되리라고 수기授記하시지는 않았을 것이다.
무엇이라고 정하여진 틀이 없는 그러한 법에 표준하여 불법을 공

부하였기 때문에 연등불께서 나에게 수기를 주시고 말씀하시기를 너는 오는 세상에 석가모니라는 호로써 주세불이 될 것이라고 예언을 하셨던 것이다.

연등부처님의 예언

수기라는 것은 부처님께서 네가 어떻게 될 것이라고 예언을 한 것을 말합니다. 연등부처님께서 석가모니 부처님이 오는 세상에 주세불主世佛이 된다는 말씀을 하신 것입니다. 그런데 어떤 이유로 주세불이 된다고 수기를 내리셨나 하면 신성이 투철한 점, 서원이 투철한 점, 마음공부의 표준으로 자성불自性佛이 확실한 점, 이렇게 세 가지를 살펴보시고 석가모니 부처님이 다음에 주세불이 될 것이라고 예측하셨을 것입니다. 여기에 계시는 여러분이 신성과 서원, 성리공부에 대한 정성심이 확실하다면 신계神界에서는 먼저 알고 부처를 이루도록 도와 줄 것입니다. 어떤 사람이 서원이 특별하고 신심이 특별하면 성자들이 사는 신계神界에서 성성식成聖式을 미리 해준다고 합니다. 이 성성식成聖式이란 성자가 되는 것을 축하해주는 것을 말합니다.

구절풀이

3. 何以故오 如來者는 卽諸法如義니 若有人이 言如來阿耨多羅三藐三菩提라하나 須菩提야 實無有法佛得阿耨多羅三藐三菩提니라.

여래라고 하는 것은 곧 유형무형의 모든 경계를 당하여 변함이 없는 마음이라는 뜻이다. 혹 사람들이 부처님이 무상대도를 얻었

211

다고 표현하나 실상 여래라는 진리는 고정된 그런 법을 초월한 그 무엇이므로 부처님은 그러한 무상대도를 얻은 것이니라.

여여히 변함이 없는 마음

변함이 없는 마음자리를 얻은 사람을 여래라고 합니다. 우리는 예뻐하는 사람을 만나면 사랑하는 마음이 생기지만 그 사람이 미운 짓을 하면 예뻐했던 마음이 변합니다. 그리고 미워했던 사람이 나에게 잘해주면 예뻐하는 마음으로 변합니다.

마음은 늘 쉴새 없이 변합니다. 감정은 더군다나 믿을 수가 없습니다. 제가 읽은 문학소설에 이런 내용이 나옵니다. 주인공이 "당신을 사랑합니다"라는 말을 한 뒤부터 마음이 불안해지기 시작합니다. 여러가지 걱정이 생기기 시작한 것입니다. 저 사람이 나를 싫어하면 어떻게 하나, 어디를 다치면 어떻게 하나 등 이렇게 변하는 마음은 여래의 마음이 아닙니다. 여래란 말은 여여하여 변하지 않는 그 마음의 바탕을 얻었을 때 그 마음을 여래의 마음이라고 합니다. 그것을 제법여의라고 합니다.

여래는 변하지 않는 여如자와 올래來자로 이루어져 있습니다. 여여한 마음 바탕이 있어 역경이 와도 여여하고, 순경이 와도 여여하고, 순경이 가도 여여하고, 역경이 가도 여여하니, 그래서 그 마음을 여래라고 합니다. 그 마음을 지키면 여래입니다. 그리고 그러한 이치를 아는 것을 견성이라고 합니다.

이 여여한 마음속에는 모든 지혜가 갊아 있고 모든 능력이 숨겨져 있으며 모든 자비심이 갖추어 있습니다. 그래서 여여한 이 마음을 원만구족한 마음이라고 합니다. 이것을 알면 견성見性이요 이 마음을 그대로 잘 지키면 양성養性이라고 합니다. 그리고 그 마음을 적절하게 사용하는 것을 솔성率性이라고 합니다. 이것을 전부 잘하는 사람을 아뇩다라삼먁삼보리를 얻었다고 합니다. 이것을 성불成佛이라고 합니다.

구절풀이

4. 須菩提야 如來所得阿耨多羅三藐三菩提는 於是中에 無實無虛니 是故로 如來說——切法이 皆是佛法이라 하니라 須菩提야 所言—切法者는 卽非—切法일새 是故로 名—切法이니라.
須菩提야 譬如人身長大니라 須菩提— 言하사대 世尊이시여 如來說人身長大는 卽爲非大身일새 是名大身이니이다.

> 수보리야! 부처님께서 증득하신 무상대도는 있되 있지 않고 없되 없지도 않는 실로 미묘한 자리니 그러므로 여래가 늘 말씀하시기를 삼라만상이 무실무허無實無虛한 그 진리佛法가 아님이 없다고 하였다. 수보리야! 개별적으로 나뉘어진 삼라만상은 모두 진리이니 개별적인 존재들이 아니요 그것을 이름하기를 삼라만상이라 하나니라.
> 수보리야! 비유하건대 사람의 몸이 장대하다는 말과 같나리라. 수보리 말하되 세존이시여 여래께서 사람의 몸이 장대하다 하심은, 곧 큰 몸이 아니라 이 이름이 큰 몸임을 말씀하신 것이니라.

만물이 모두 부처이니 어느 곳에 예불을 올려야 하는가

일체의 모든 내외內外 현상이 다 법신불法身佛 아님이 없는 것을 알아야 합니다. 전기 줄에는 전기가 흐르듯이 이 삼라만상 전체에 법신불의 진

213

리가 통해서 흐릅니다. 수운신사水雲神師는 며느리의 베 짜는 모습을 보고 손님에게 이렇게 말했습니다.

"하늘님이 베짜고 있어."

말하자면 하늘님과 자기 며느리가 둘이 아니라는 말입니다.

그리고 대종사님은 처처불상이라고 하셨습니다. 일제 시절에 순경이 와서 이곳에 부처님이 어디 있냐고 물으니 조금 있으면 온다고 답하셨는데 뒤에 나타난 사람들이 바로 농사 짓고 오는 성직자들이었습니다.

그래서 산은 물이요 물은 산이고, 손자가 할아버지요 할아버지가 손자인 것입니다. 예수교를 보면 할아버지도 하나님 아버지라고 하고 그 손자도 하나님 아버지라고 하니 하나님이라는 자리는 항렬이 없나 봅니다. 항렬 없는 그 자리가 하나님 자리입니다. 하나님 자리는 모든 것이 차별 없이 똑같이 섞여 있습니다. 밀가루 반죽에는 모두 물기가 스며 들어있습니다. 그렇듯이 이 세상 전체에는 법신불이 스며들어 있습니다.

도道라는 자리는 우주밖에 별도로 존재하는 것이 아니라 이 우주내의 삼라만상과 인간사회와 모든 티끌에도 빠짐없이 함께 하고 있는 것입니다. 그래서 꽃과 풀들이 모두 부처인 것입니다.

지금 말하고 있는 저도 부처이며 내 말을 듣고 있는 여러분도 부처입니다. 만물이 모두 부처인데 따로 부처를 구함은 무슨 뜻일까요. 나도 부처, 너도 부처인데 왜 깨달은 사람만 부처라고 합니까? 궁리하여 보십시오.

부처란 말은 고유명사로써 석가모니불을 말하는 경우이요, 다음은 진리를 부처라고도 합니다. 말하자면 모든 이치를 부처라고 합니다. 그리고 부처를 깨달아 실천하는 사람을 부처라고 합니다.

우리들이 사용하고 있는 진리라는 말은 삼라만상에 숨겨져 있는 이법 理法을 진리眞理라고 하기도 하고 또 다른 하나는 정의正義를 진리라고도 합니다.

석가모니 부처님만을 부처로 여기는 사람은 이치理致를 모르는 철부지 신자입니다. 석가모니 부처님은 왜 부처가 되었는가. 진리부처를 깨달아서 실천하기 때문입니다. 진리부처가 없다면 석가모니 부처님은 없었을 것입니다. 그러므로 석가모니 부처님이 되도록 한 것은 바로 진리부처가 있기 때문일 것입니다. 그래서 철이든 수도인은 석가모니 부처님을 존중하게 모시되 그 석가모니 부처님이 부처되도록 한 진리부처를 자각自覺하는데 공을 들이게 됩니다. 그러므로 절에 가서 석가모니 부처님에게만 예불禮佛을 할 것이 아니요 만물萬物에 깃들어 있는 진리불眞理佛에게도 예불禮佛을 할 줄 알아야 합니다.

가장 큰 것은 바다도 하늘도 아니고

부처님께서는 마음공부를 잘하여 법력法力이 뛰어난 제자들을 수미산에 비유하여 그 위대함을 설명하였습니다. 이 세상에서 가장 큰 산과 큰 인물을 비교함직 합니다. 아무리 큰 일을 하는 사람이라도 하늘 살림을 하는 사람보다 더 큰 살림을 하는 사람이 없고 우주와 만물을 능히 죽이고 살리는 법신불法身佛을 자기의 것으로 소유한 인물만큼 능력이 있는 인물은 없습니다. 법신불을 자기 것으로 합일合一한 사람은 실은 수미산 보다 더 큰 인물이며 이 세상 어느 것에도 비교할 수 없는 위대한 인물인 것입니다.

몸이 큰 것이 아니고 마음이 넓고 커야 하며, 천지를 내집 삼고 일체 생령을 가족 삼고 사는 인물이 참으로 큰 인물입니다. 참으로 큰 것은 큰 것을 넘어서서 크고 작은 것을 다 포함한 것이 참으로 큰 것이며 일원불一圓佛이며 신神입니다. 이러한 법신法身과 내가 합일合一하였다면 말로는 다 할 수 없이 큰 것입니다.

구절풀이

5. 須菩提야 菩薩도 亦如是하야 若作是言호대 我當滅度無量衆生이라
하면 卽不名菩薩이니 何以故오 須菩提야 實無有法일새 名爲菩薩이니
是故로 佛說一切法이 無我無人無衆生無壽者라 하나니라.

> 수보리야! 보살들이 내가 한량이 없는 중생을 제도하였노라 하는
> 상을 가지고 자랑하고 다닌다면 보살이라고 이름할 수 없을 것이
> 다. 왜냐하면 흔적이 없는 무법無法을 표준하여 실천하는 공부인
> 을 보살이라고 하기 때문이니 이런고로 부처님께서는 모든 경계
> 를 대할 때 사상四相이 공한 마음이라야 한다고 가르친다.

거듭 마음 비우기를 권하시다

저차원의 사람은 마음에 욕심이 자리잡고 있어서 보고 듣는 가운데 외
부로부터 들어오는 정보를 언제나 자기 욕심에 기준하여 판단하고 행동
합니다. 그 욕심이 녹아나기 전에는 욕심의 지배를 받고 사는 인생이 됩
니다. 그런데 수도생활을 많이 하고 법문도 많이 듣고 남에게 보시도 하
고 스스로 욕심을 담박하게 하면 이제는 상相이라는 마군이가 나타납니
다. 이 상相이란 사람의 가치관일 수도 있고 자긍심이라고 할 수도 있습
니다. 이 상相이란 요즈음 말로 하면 관념觀念입니다. '세상은 이런 것이
다, 저런 것이다' 하는 원칙과 기준입니다. '도덕道德은 이런 것이며 저런
것이다' 하는 선입견先入見이기도 합니다. 또 잘했다고 자랑하는 내 마음

이기도 합니다. 이런 마음들은 오랫동안 경험과 교육에 의하여 조성되며 그 지역의 문화 풍토와도 관련이 있습니다. 수도인修道人에게는 마음이 청정하며 나는 착한 사람이며 능력能力이 있다고 생각하는 관념인 것입니다.

중생들이 욕심의 굴레를 벗어나면 또 상相이라는 굴레가 마음에 자리를 잡습니다. 그리고 보고 듣고 하는 정보를 그 상相이 들어서 받아 들이고 생각하며 판단하여 결정하고 행동하므로 그 사람이 사는 것은 상相이 중심이 되는 것입니다. 물론 욕심과 상相이 중복적으로 나타나기도 합니다. 그러므로 이 상相을 벗겨내지 않고는 맑고 밝고 훈훈한 본성本性의 마음을 알 수도 없고 지혜로운 판단과 걸림없는 자유 또한 있을 수 없습니다. 다 상相과 욕심이 가로막고 있기 때문입니다.

상相을 없애려면 상相이 없는 실상實相자리 무실무허無實無虛한 본성本性자리에서 영령하게 나타나는 반야의 지혜 광명으로 늘 비추어서 욕심은 녹여내고 또 본성本性에 대조하여 상相을 걷어내야 합니다.

본성의 광명으로 비추어서 없애는 것을 반야심경에서는 조견공부照見工夫라고 하였는데 내 마음을 씻는 것으로, 상相도 욕심도 오랫동안 때가 묻은 것이면 오랫동안 비추어야 없어집니다. 그리고 정성스럽게 대조하면 즉시 욕심과 상相이 없어집니다. 바람에 구름걷히듯이 화로에 눈녹듯이 바로 없어집니다.

그러면 상相 없는 본성자리가 주인이 되어서 일체의 경계를 받아들여 생각하고 판단하는 등 이러한 과정에서 좋은 상相 즉 신심信心, 공부심工夫心, 서원誓願, 보시심布施心 등을 활용하여 좋은 차별심差別心을 내도록 하여야 합니다.

주한 바 없는 마음에 주하라고 하였는데 주한 바 없는 마음이 상이 없

는 마음입니다. 그 주한 바 없는 마음을 내라고 하였는데 마음을 낼 때에
는 그 상황과 내가 가지고 있는 가치있는 마음들을 고려하여 판단하라는
말입니다. 이 설명에 유의하여 상없는 마음을 잘 파악하기 바랍니다.

　그림자는 늘 따라 다닙니다. 그림자를 없애려면 스스로 발광체發光體가
되어야 그림자가 없어집니다. 마찬가지로 자기 자성自性의 빛을 발하고 있
는 반야를 키워나가면 자연히 상相이란 그림자는 없어질 것입니다.

도심都心은 빌딩의 그림자 투성이요

서투른 수도인 자긍심 명예심으로 분粉단장이라

무상無相의 부처님 땅을 어느 세월에나 회복할까

무심無心한 저 구름 산천에 오직 자유로워라.

구절풀이

6. 須菩提야 若菩薩이 作是言호대 我當莊嚴佛土라하면 是不名菩薩이
니 何以故오 如來說莊嚴佛土者는 卽非莊嚴일새 是名莊嚴이니라 須菩
提야 若菩薩이 通達無我法者는 如來說名眞是菩薩이니라.

　만약에 보살이 내가 불토를 장엄하였다고 말한다면 그 사람은 아
직 보살이 아니다. 왜 그러냐 하면 여래가 말씀하시기를 불토를
장엄한 사람은 불토를 장엄하였다는 흔적이 없는 것이니 이름을
장엄이라고 하느니라.

수보리야! 만약 공부인이 무실무허한 자성자리를 걸림이 없이 깨쳤다면 여래께서 참다운 보살이라고 부를 것이다.

내 마음에 무엇을 장엄하여야 하나

이 세상에 개별자個別者들이 있습니다. 그 개별자들은 그 사물마다 특성을 가지고 있습니다. 그러니 개와 사람은 동물이면서 특성이 다릅니다. 사람도 다 사람이지만 사람마다 개성이 다릅니다. 이것을 소小자리라고 합니다. 그런데 이 개별의 소자리에는 하나로 통하는 그 무엇이 있습니다. 그것을 법신불이라 하고, 여래라 하고, 일원이라고 합니다. 이것을 전체, 즉 대大자리라고 합니다.

이러한 대자리는 모든 사물마다 일관되게 모두 빠짐없이 있는 것입니다. 우리 범부중생들의 마음 속에서도 그 대大자리인 법신불法身佛 자리가 있는 것입니다. 여기 금강경에 무아無我라는 것은 내 속에 내재內在하고 있는 대大자리 즉 여래如來자리를 말합니다.

범부 중생들은 언제나 무아無我자리는 제쳐놓고 소아小我자리, 개별자적 입장에서 정보를 받아들이고 생각하고 판단합니다. 그러므로 어리석게 살며 잘못 살고 괴로워합니다. 무아無我인 대大자리의 원리를 깨달아서 언제나 무아심無我心으로 살도록 훈련을 쌓는다면 무아無我와 소아小我를 잘 조화시키는 무아법無我法, 달통達通한 인물人物이 될 것입니다.

장엄의 이야기가 나왔습니다. 장엄 중 첫째가 청정장엄淸淨莊嚴입니다. 이것은 밥을 짓기 전에 그릇을 씻는 것과 같습니다. 아무리 밥을 잘 지어도 그릇이 더러우면 결국 밥을 먹을 수 없게 됩니다. 마음이 청정하다는 것은 청정하겠다는 마음도 없어야 하는 것입니다. 무심장엄이 부처님들이 하는 마음장엄입니다. 그리고 그것만으로는 구족하다 할 수 없습니다. 그 위에 보시심도 장엄하고 공익심도 장엄해야 합니다. 그렇게 장엄했다 하더라도 장엄했다는 마음에서 해탈을 해야 합니다. 그러면 삼단계 장엄이 됩니다. 청정장엄, 분별심이 있는 가치있는 장엄, 최후에는 벗어날 해탈장엄 이렇게 3단계 장엄을 한 사람이 참으로 해탈한 사람이고 그것이 불보살의 원만구족한 장엄입니다.

갓 수도에 열중하는 수도인은 청정장엄에 주력합니다. 다음 단계의 장엄은 갖가지 가치 있는 즉 세상에 유용한 여러 가지 재주를 익히는 가치장엄을 단련해야 합니다.

그리고 그 다음은 그 재주에도 얽매이지 않는 해탈장엄을 하여야 재주에 걸리지 않고 재주를 굴리고 다니는 아주 원만한 큰 부처님이 되는 것입니다.

이러한 표준을 지니지 못한 수도인은 자칫 오해하여 첫 단계인 청정장엄만 고집하는 경우가 간혹 있습니다. 우리는 단계별로 불보살 수도인들의 장엄을 잘 이해해서 훈련해 나가야 할 것입니다.

중생은 구름이 가리워 어둠에 헤매이고
천상의 부처는 꽃구름으로 세상을 가꾸나니
구름은 한 가지인데 무엇이 다름인가
동천에 기러기 남천으로 가도다.

제18장 부처님의 다섯가지 안목
(一體同觀分)

부처님께서는 오안五眼을 갖추셨으므로 중생의 갖가지 마음을 다 아는 지혜가 있음을 밝힌 대문입니다. 여기서 우리는 어떤 공부를 해야 부처님처럼 오안五眼을 갖추게 될 것인가 연구해 보고 오안五眼을 하나하나 분석하고 공부하기 바랍니다.

한 마음 얻어 다섯 눈 갖추셨네
태산泰山엔 돌과 먼지 얼마나 쌓였나
한 톨의 종자엔 꽃과 잎 나무가 있네
귀하여라 얼굴도 없는 한 물건이여.

원문 및 해석

「수보리야! 네 뜻에 어떠하냐. 여래가 육안이 있느냐.」

「그러하옵니다. 세존이시여. 여래께서 육안이 있나이다.」

「수보리야! 네 뜻에 어떠하냐. 여래가 천안이 있느냐.」

「그러하옵니다. 세존이시여. 여래께서 천안이 있나이다.」

「수보리야! 네 뜻에 어떠하냐. 여래가 혜안이 있느냐.」

「그러하옵니다. 세존이시여. 여래께서 혜안이 있나이다.」

「수보리야! 네 뜻에 어떠하냐. 여래가 법안이 있느냐.」

「그러하옵니다. 세존이시여. 여래께서 법안이 있나이다.」

「수보리야! 네 뜻에 어떠하냐. 여래가 불안이 있느냐.」

「그러하옵니다. 세존이시여. 여래께서 불안이 있나이다.」

「수보리야! 네 뜻에 어떠하냐. 항하 가운데 있는 바 모래 같다고 불타가 이 모래를 설한 일이 있느냐.」

「그러하옵니다. 세존이시여. 여래께서 이 모래를 설하셨나이다.」

「수보리야! 네 뜻에 어떠하냐. 한 개의 항하 가운데 있는 모래 수와 같이 이 같은 모래 수 등 항하가 있고 이 모든 항하에 있는 모래 수 대로 부처의 세계가 이러하다 하면 정녕코 많다 하겠느냐.」

「그 심히 많나이다. 세존이시여.」

부처님께서 수보리에게 고하시되 「저 국토 가운데에 있는 중생의 여러가지 마음을 여래가 다 아나니 어찌한 연고인고.

여래의 말한 모든 마음이 다 마음이 아닐새 이것을 마음이라 이름하나니라.

소이가 무엇인고. 수보리야.

과거의 마음도 가히 얻지 못하면 현재의 마음도 가히 얻지 못하며 미래의 마음도 가히 얻지 못하나니라.」

1. 須菩提야 於意云何오 如來ㅡ有肉眼不아 如是니이다 世尊이시여 如來ㅡ有肉眼이니이다.

須菩提야 於意云何오 如來ㅡ有天眼不아 如是니이다 世尊이시여 如來ㅡ有天眼이니이다.

須菩提야 於意云何오 如來ㅡ有慧眼不아 如是니이다 世尊이시여 如來ㅡ有慧眼이니이다.

須菩提야 於意云何오 如來ㅡ有法眼不아 如是니이다 世尊이시여 如來ㅡ有法眼이니이다.

須菩提야 於意云何오 如來ㅡ有佛眼不아 如是니이다 世尊이시여 如來ㅡ有佛眼이니이다.

2. 須菩提야 於意云何오 如恒河中所有沙를 佛說是沙不아 如是니이다 世尊이시여 如來說是沙니이다 須菩提야 於意云何오 如一恒河中所有沙하야 有如是沙等恒河어든 是諸恒河所有沙數佛世界ㅡ如是寧爲多不아 甚多니이다 世尊이시여 佛이 告須菩提하사대 爾所國土中所有衆生의 若干種心을 如來ㅡ悉知하나니 何以故오 如來說諸心이 皆爲非心일새 是名爲心이니.

3. 所以者何오 須菩提야 過去心도 不可得이며 現在心도 不可得이며 未來心도 不可得이니라.

224

1. 須菩提야 於意云何오 如來-有肉眼不아 如是니이다 世尊이시여 如來-有肉眼이니이다.

須菩提야 於意云何오 如來-有天眼不아 如是니이다 世尊이시여 如來-有天眼이니이다.

須菩提야 於意云何오 如來-有慧眼不아 如是니이다 世尊이시여 如來-有慧眼이니이다.

須菩提야 於意云何오 如來-有法眼不아 如是니이다 世尊이시여 如來-有法眼이니이다.

須菩提야 於意云何오 如來-有佛眼不아 如是니이다 世尊이시여 如來-有佛眼이니이다.

수보리야! 여래에게 육신의 눈肉眼과 천안天眼, 혜안慧眼, 법안法眼, 불안佛眼이 있다고 생각하느냐?
수보리 말씀드리기를, 육안·천안·혜안·법안·불안을 모두 갖추셨습니다.

심안心眼을 개안開眼하자

육안肉眼은 육신의 눈이고 천안天眼이란 눈으로 보지 않아도 훤히 보이는 눈으로써 대종사大宗師님은 이것을 영통靈通이라고 하셨습니다. 수양을 많이 하면 정신이 맑아져서 거울에 비치듯 남의 마음을 훤히 알게 된다고 합니다.

혜안慧眼이라는 것은 사리연구를 많이 해서 이치로써 미루어 아는 것을

225

말합니다. 성품자리를 훤히 알고 인과보응의 이치를 훤히 아는 것을 말합니다. 궁극에는 같은 것이지만 정신을 맑히는데 주력하면 천안天眼이 개발되고 사리연구에 몰두하면 결국 혜안慧眼을 얻게 됩니다.

천안天眼은 영통이 되어서 도를 못 깨달았어도 수양을 많이 쌓으면 마음거울에 비쳐서 아는 것이고, 혜안이라는 것은 경전공부를 하고 의두공부를 해야만 얻을 수 있습니다. 그래서 견성을 하고 지각이 밝아집니다. 이것을 도통道通이라고 합니다.

법안法眼이라는 것은 법통法通이라 하여 작업취사 공부를 많이 하다 보면 이 일은 이렇게 처리해야겠구나 하는 것을 훤히 알게 되는 것을 말합니다. 부처님들은 무슨 일을 당하면 일의 순서를 차례로 알게 됩니다. 법法을 짤 때에는 법통法通이 있어야 하는데 옛날에는 남녀 차별이 있게 예법禮法을 짰습니다. 하지만 앞으로 시대는 남녀차별이 없는 시대이기 때문에 남녀차별이 없게 예법禮法을 짜야 합니다. 이런 것은 법통이 되어서 법안을 얻어야 할 것입니다. 법안은 출가위出家位 이상이 되는 도인이라야 생깁니다.

어른들에게 가서 품의를 드려보면 꼭 방법을 제시해 주십니다. 우리들 생각에 그 방법이 안 맞을 것 같아도 해보면 그것이 맞습니다. 혜안慧眼이 이치에 대한 안목이 열린 것이라면 법안法眼은 현상적인 일을 처리하는 능력能力을 말합니다.

불안佛眼이라는 것은 부처의 자비의 눈입니다. 부처님이 중생의 근기를 살펴서 가렵고 아픈 곳을 만져주고 위로해주고 함께 나눌 줄 아는 것이 불안입니다. 앞에서 말한 천안, 혜안, 법안을 다 합하여 얻어진 것을 불안이라고 할 수 있습니다.

대종사님께서 대각을 하신 후에 "누가 내가 모르는 것 좀 물어보았으

면 좋겠다"라고 하셨답니다. 그 전에는 몰라서 괴롭더니 깨닫고 난 뒤에
는 내가 안 것을 알려줄 상대가 없어서 안타깝다고 하셨습니다. 대각을
하시고 정각을 하시면 오안을 한꺼번에 얻습니다.

일반인은 육안肉眼을 가졌을 뿐이지만 부처님의 지견과 수도인의 능력
에 따라서 혜안을 가지신 분도 있고 법안을 가지신 분도 있고 천안을 가
지신 분도 있는데, 그 중에서 제일 중요한 눈은 혜안을 먼저 가지는 것입
니다. 견성을 하고 인과의 이치를 훤히 알고 난 다음에 도통을 하고 다른
통通을 하여야 순서에 맞는 일입니다.

부처님은 오안을 가지고 계신다고 했는데 우리도 오안을 가질 수 있는
요소를 다 가지고 있습니다. 다만 계발을 하지 않고 있을 뿐입니다. 제 방
에 오디오가 있는데 한두 가지 기능만 사용할 뿐 다른 여러 가지 기능은
사용할 줄을 모릅니다. 다른 사람들은 "왜 이것을 안하세요, 왜 꼭 이것
만 트십니까?"하고 묻습니다. 오디오가 아무리 많은 기능을 가지고 있더
라도 사용할 줄 모른다면 아무 소용이 없는 것입니다. 이와 같이 우리들
중생들의 자성자리는 오안을 갖출 수 있는 능력을 다 갖추고 있는데 이
것을 사장死藏해 두고 제일 못난 육안만 사용하고 있습니다. 그러니 부처
님 보시기에 중생들이 참으로 어리석다고 아니할 수 없습니다. 자기 자
신에게 숨겨져 있는 보물을 계발하여 오안五眼을 갖추어서 부처가 되기를
서원합시다.

서울 장안은 급한 일 급한 사람 뿐
곰곰이 따져 보면 안 해도 좋을 일
중생은 욕심 좇아 급한데

길 모르는 수도인은 바쁜 일 못 찾아 급하네
욕심이 없는 부처는 무엇으로 바쁜가 알 수 없어라.

구절풀이

2. 須菩提야 於意云何오 如恒河中所有沙를 佛說是沙不아 如是니이다
世尊이시여 如來說是沙니이다 須菩提야 於意云何오 如一恒河中所有
沙하야 有如是沙等恒河어든 是諸恒河所有沙數佛世界－如是寧爲多不
아 甚多니이다 世尊이시여 佛이 告須菩提하사대 爾所國土中所有衆生
의 若干種心을 如來－悉知하나니 何以故오 如來說諸心이 皆爲非心일
새 是名爲心이니.

수보리야! 항하의 모래에 대하여 부처님이 말한 바가 있느냐?
예, 그렇습니다. 부처님께서 항하의 모래에 대한 비유를 많이 들
어 설명하셨습니다.
수보리야! 하나의 항하에 있는 모래수 만큼 많은 항하가 있고 이
모든 항하의 모래수를 합하여 본다면 참으로 많겠지? 그 많은 모
래수 만큼이나 부처님의 세계가 있다면 참으로 많겠지?
참으로 많습니다. 세존이시여!
부처님께서 수보리에게 말씀하시기를 이 국토 가운데 있는 모든
중생들의 가지가지의 마음을 여래는 다 알고 있느니라. 어째서
그러냐 하면 내가 방금 말한 중생들의 모든 마음이 참마음이 아
닌 것이니 이것을 이름부르기를 마음이라고 한다.

부처님의 안목眼目

부처님은 자신의 마음에 깊어 있는 지혜 광명을 잘 사용하여 대원정각
大圓正覺을 하셨습니다. 자기 자신의 마음세계를 모조리 아실 뿐 아니라
이 세계의 원리와 현상을 모두 아는 대지혜를 갖추신 것입니다. 대종사
님께서는 이 세계를 세가지 구조로 되어 있다고 하셨습니다.

첫째는 삼라만상森羅萬象으로 나눠진 모든 개별자個別者가 있는데 이러한
만물萬物을 지배하는 원리가 있습니다. 이 원리는 모두에게 통하여 있고
모두를 지배하기 때문에 대大자리라고 합니다.

둘째는 만물의 개별자들은 모두가 독특한 특성을 가지고 있습니다. 예
컨대 사람은 같으나 성질이 급한 사람, 느린 사람으로 구분할 수 있습니
다. 그런데 개별자는 그 개별자 나름대로 그럴 수밖에 없는 이치가 있습
니다. 이것을 소小자리라고 합니다.

셋째는 이러한 개별자들은 그냥 가만히 있는 것이 아니라 모두 다 끊임
없이 변화하여 갑니다. 장소와 모양과 색깔을 바꾸어 가고 있습니다. 이
것을 유무有無자리 즉 나타나고 없어지는 등으로 변화한다는 뜻입니다.

부처님께서 이러한 대大자리와 개별자인 소小자리와 그것들이 변화하
여 어떻게 되고 있는가를 다 알고 있다는 것입니다.

항하사 모래수 만큼의 항하사, 그 모든 항하사의 모래알은 얼마나 될
것인가를 상상하여 봅시다. 그 한량 없는 개별자들이 이 우주를 이루고
있습니다. 이 모든 것은 하나로 통하는 이치가 있습니다. 그 이치를 확실
히 깨달아 알면 모든 개별자들의 본성 또는 본질을 안다고 할 것입니다.

그 개별자인 만물들은 각자 나름대로 특성을 가지고 있습니다. 나름대
로의 특성을 대별하면 음과 양이며 또는 원인과 결과입니다. 그리고 좀
더 나누면 주역周易에서는 팔괘八卦이며 더 나누면 64괘卦라고 분류하였

고 그러한 개별자들이 시간 따라서 변화하고 자리이동을 하는 것을 유무有無자리이며 변화라고 설명하였습니다. 부처님께서는 항하사 모래알처럼 수많은 개별자인 만물의 원리를 통하여 알고 계시며 만물의 이름은 각각 다르지만 하나로 돌아가는 이치를 아시기 때문에 대각大覺을 하신 분이며 천각만통天覺萬通을 하신 분입니다. 만법萬法이 하나로 돌아갔습니다. 하나로 돌아간 그 자리가 어느 곳입니까? 하나로 돌아간 그것은 다시 어디로 돌아갈 것입니까? 연구하여 봅시다.

구절풀이

3. 所以者何오 須菩提야 過去心도 不可得이며 現在心도 不可得이며 未來心도 不可得이니라.

> 수보리야! 부처님이 머무는 마음은 과거에도 얻을 수 없고 현재도 그 마음을 얻을 수 없고 미래에도 얻을 수 없는 참으로 신묘한 마음이니라.

얻을 수 없는 마음을 얻어야 한다

삼세심불가득三世心不可得이라 하여 그 어떤 마음은 과거에서도 얻을 수 없고 현재에도 그 마음을 얻을 수 없고 미래에서도 그 마음을 얻을 수 없는 자리입니다. 그 마음 자리는 얻을 수 없는 자리이고 말할 수 없는 자리입니다.

자각선사라는 분이 이런 법문을 하였습니다.

「옛 부처님이 나오기 전에

응연히 한 둥근 상이 어렸더라.

그런데 석가모니도 그 자리는 알 수 없는 자리인데

가섭이 어찌 그 자리를 능히 전할까 보냐.」

古佛未生前　凝然一相圓

釋迦猶未會　迦葉豈能傳

그 자리는 알 수도 없고 알 수 없기 때문에 얻을 수도 없는 자리이고 얻을 수 없는 자리이기 때문에 설명할 수도 없는 자리입니다. 그렇기 때문에 과거에서도 그 마음은 얻을 수 없었고 현재에서도 얻을 수 없고 미래에서도 얻을 수 없는 마음입니다. 우리들은 과거의 쓰라렸던 일제 치하를 경험하여 괴로웠다는 말을 합니다. 즐거웠던 일도 곧잘 말합니다. 이와같이 분별심은 가히 기억하여 말합니다. 그러나 본래 마음은 얻을 수 없는 마음입니다. 지금까지 금강경을 공부하셨으니까 그 얻을 수 없는 마음을 짐작할 줄로 압니다.

이 장을 공부할 때면 빠지지 않는 이야기가 있습니다. 옛날에 주금강이라고 하는, 후에 덕산德山선사라 불리던 분이 계셨습니다. 이 분은 금강경을 끔찍히 좋아해서 공부를 많이 하여 금강경에 대해 환히 아시고 금강경을 아주 잘 해석하셨다고 합니다.

당시 남방에는 용담龍潭스님이란 유명한 분이 계셨습니다. 용담스님은 금강경을 그다지 공부하지 않았는데도 금강경을 아주 잘 안다고 소문이 났습니다. 이에 주금강은 금강경을 싸들고 남방으로 내려갔습니다. 용담사 절 입구에 점심을 먹기 위해 들어갔습니다. 점심은 점찍을 점자에 마음 심이 합쳐져 있습니다. 점심을 달라고 하자, 그 밥집의 노파가 주금강의 짐을 보고, 무슨 책이냐고 물어왔습니다. 주인에게 금강경이라고 대답하자, 노파는 그 경에 대해 잘 아느냐고 물었습니다. 주금강은 금강경에 대해서는 몇십 년간을 공부하여 줄줄이 잘 안다고 하였습니다. 노파가 그 말을 듣고 물었습니다.

"과거심도 불가득이고 현재심도 불가득이고 미래심도 불가득인데, 스님께서는 어느 마음에 점을 찍고 점심을 드시려고 하십니까?"

이에 주금강周金剛은 대답을 하지 못하고 쩔쩔매었습니다. 쩔쩔매다 점심을 못 얻어먹고는 용담사로 갔다고 합니다.

후에 주금강은 용담스님을 만나 견성을 하였습니다. 경을 아무리 읽어도 견성을 못했는데, 스승에게서 한 법문을 듣고 견성을 했습니다.

그대가 밥 먹고 내가 트림하는 이치가 있나니
한 숨 푹자고 나면 병은 다 낫는 것이지
쉽고 쉬워서 더 쉬울 것이 없나니
변산의 우뚝 서 있는 돌이 물소리를 듣나니라.

제19장 칠보(七寶)를 보시한 공덕은
(法界通化分)

칠보 보시가 크고 많아도 한량이 있는 것이며 참다운 행복을 줄 수 없음을 가르치신 대문입니다. 우리 중생들이 추구하는, 형상이 있는 것을 소유하여서 행복해 지려고 하는 것은 왜 착각인가를 진지하게 궁리하고 마음의 추구하는 방향을 고치는 노력努力을 하길 바랍니다.

칠보산七寶山 더미 온 천지에 가득한지고
아니다 버려라 하는 뜻 누가 알 건고
허공을 찢어서 부숴 버린 날에
천지강산에는 버릴래야 버릴 뉘 하나 없으리라.

원문 및 해석

「수보리야! 네 뜻에 어떠하냐.

만일 어떠한 사람이 있어 삼천 대천 세계에 가득 찬 칠보로써 보시에 사용하면

이 사람이 이 인연으로서 복을 얻음이 많겠느냐.」

「그러하옵니다. 세존이시여. 이 사람이 이 인연으로서 복 얻음이 심히 많겠나이

다.」

「수보리야! 만일 복덕이 실상實相이 있을진대

여래가 복덕 얻음이 많다고 말하지 아니하련마는 복덕이 없음으로써 여래가 복

덕이 많다고 말하나니라.」

1. 須菩提야 於意云何오 若有人이 滿三千大千世界七寶로 以用布施하면 是人이
以是因緣으로 得福多不아 如是니이다 世尊이시여 此人이 以是因緣으로 得福
이 甚多니이다 須菩提야 若福德이 有實인댄 如來不說得福德多언마는 以福德
이 無故로 如來說得福德多니라.

구절풀이

1. 須菩提야 於意云何오 若有人이 滿三千大千世界七寶로 以用布施하면 是人이 以是因緣으로 得福多不아 如是니이다 世尊이시어 此人이 以是因緣으로 得福이 甚多니이다 須菩提야 若福德이 有實인댄 如來不說得福德多언마는 以福德이 無故로 如來說得福德多니라.

> 수보리야! 어떤 사람이 우주에 가득찬 칠보로 보시를 한다면 그를 인연하여 많은 복을 얻게 되겠지?
> 그렇습니다. 세존이시여! 그 사람은 대단히 많은 복을 받겠습니다.
> 수보리야! 칠보의 복덕이 실다웁게 인간을 행복하게 한다면 내가 수량적으로 표현하지 않았을 것이다. 그러나 칠보의 복덕이 참다운 행복을 줄 수 없고 또한 복덕福德이 많은 것으로 여래如來가 될 수 없는 것이므로 다만 복덕이 많다는 상대적인 표현을 하였나니라.

복락에 놀아나지 말아야

물질보시를 많이 하면 그 과보가 나에게 많은 복덕으로 오게 됩니다. 하지만 외적으로 복이 많아도 인간의 행복을 보장하지 못합니다. 복은 복을 받는 사람이 잘 받아서 잘 굴려나가면 좋은 것이지만 그것을 잘못 굴리면 복 뒤에는 반드시 화가 따라오고 자만심이 따라오게 됩니다. 그리고 전생에서 오는 과업인지를 모르고 복이 늘 있는 줄 알아 복이 없는 사람을 업신여깁니다. 복으로 인해 이와 같이 나쁜 점이 생기게 되는데, 거기에 복을 지키기 위해 노력을 많이 하게 됨으로써 욕심이 생겨서 마음고통을 받게 됩니다.

어느 때, 내가 물건관리를 위해 사는 것인가 아니면 물건이 나를 위하여 있는가 자문자답을 할 때가 있었습니다. 내가 소유물의 노예가 되는 때가 더 많을 것입니다. 그래서 불가에서 "물건이 하나 생기면 번뇌가 하나 생긴다"라고 하였습니다. 밖으로부터의 복덕은 나로 하여금 부자유하게 하는 올가미가 되는 것입니다. 그래서 내 마음을 괴롭게 만들고 게으르게 만들고 불안하게 만드는 것입니다. 그렇기 때문에 내 마음속에 깊이 있는 복덕의 원천을 찾아서 계발해야 합니다. 내 마음을 잘 사용하는 훈련을 쌓아 놓고 그 위에 물질적 복락을 얻으면 금상첨화가 되는 것입니다.

복에 놀아나지 않아야 합니다. 물건에 놀아나지 않아야 하고 명예에 놀아나지 말아야 합니다. 그것들에 놀아나면 욕심이 생기고 괴로움이 쌓이고 남을 미워하고 결국에는 윤회를 하게 됩니다. 윤회란 참으로 무서운 형벌입니다. 지금은 내가 사람 몸을 받아서 복을 받으며 살지만 이 몸이 죽고 나의 영혼이 다음 생으로 옮겨갈 때에 물질에 놀아난 생활을 하였으니 어두운 마음으로 다음 생을 선택하여 짐승으로 가거나 또는 몸을 못 받고 귀신세계에 떠도는 등의 과보를 받을 수가 있는 것입니다.

부처님께서 여기 저기에서 보시 공덕을 좋지 않은 방향으로 이야기 한 것으로 안다면 잘못 해석한 것입니다. 물질적 가치, 그것만 추구하는 삶은 안된다는 것입니다. 마음의 자유를 얻기 위하여 수도를 하면서 물질적 생활도 함께 해야 한다는 것입니다. 즉 마음의 자유를 얻고 나서 물질을 더욱 더 많이 활용하는 영적 생활과, 물질적인 생활에 조화를 이룰 수 있는 것이 부처님의 궁극적 주장이며 이상적인 인물이 되는 것입니다.

악습은 악근이요 선습은 선근이라
악근은 죄벌을 부르고 선근은 복덕을 가져오니
악한 이는 슬퍼 죽겠고 착한 사람 좋아 죽는다네
여래는 선악팔풍에 흥겨워라.

제20장 알 수 없는 부처님 마음
(離色離相分)

여래는 형상이나 지식만으로는 알 수 없는 분이라는 것을 가르친 대문입니다. 여기서 우리는 용모에 집착하여 부처님의 인격을 가늠하여서는 안 된다는 것과 지식이 많고 착한 마음을 소유하였다고 하여 부처가 되는 것이 아니라는 사실을 공부해야 하겠습니다.

보여도 볼 수 없고 들려도 들을 수도 없는
둥그신 우리 님 보고 지고 또 보고 지고
가신 듯 오신 듯 마냥 그 얼굴
조석으로 문안이요 하루 종일 함께로세.

원문 및 해석

「수보리야! 네 뜻에 어떠하냐. 불타를 가히 구족 색신으로 보겠느냐.」

「아니옵니다. 세존이시여. 여래를 마땅히 구족 색신으로써 보지 못하나이다.

어찌한 연고인가 하오면 여래께서 말씀하신 구족 색신이 곧 구족 색신이 아닐새 이것을 구족 색신이라 이름하나이다.」

「수보리야! 네 뜻에 어떠하냐. 불여래를 가히 구족한 모든 상으로써 보겠느냐.」

「아니옵니다. 세존이시여. 여래를 마땅히 구족한 모든 상으로써 보지 못하나이다.

어찌한 연고인가 하오면 여래께서 말씀하신 모든 상이 구족하다 함이 곧 구족이 아닐새 이것을 모든 상이 구족하다 이름하나이다.」

1. 須菩提야 於意云何오 佛을 可以具足色身으로 見不아 不也니이다 世尊이시여 如來를 不應以具足色身으로 見이니 何以故오 如來說具足色身이 卽非具足色身일새 是名具足色身이니이다.

2. 須菩提야 於意云何오 如來를 可以具足諸相으로 見不아 不也니이다 世尊이시여 如來를 不應以具足諸相으로 見이니 何以故오 如來說諸相具足이 卽非具足일새 是名諸相具足이니이다.

구절풀이

1. 須菩提야 於意云何오 佛을 可以具足色身으로 見不아 不也니이다
世尊이시여 如來를 不應以具足色身으로 見이니 何以故오 如來說具足
色身이 卽非具足色身일새 是名具足色身이니이다.

> 수보리야! 좋은 용모를 골고루 다 지닌 사람이라고 하여 부처라
> 고 할 수 있겠느냐? 아닙니다. 세존이시여! 아무리 준수하여 부족
> 함이 없이 잘생겼다고 하여도 부처님이라고 생각할 수 없습니다.
> 왜냐하면 방금 말씀하신 부족함이 없는 육신은 영원히 완전한 육
> 신이 될 수도 없고 또한 부처님은 육신의 좋고 낮음에 있지 않기
> 때문입니다.

밖에서 구하지 말고 마음에서 구하라

부처님이 얼마나 잘 생겼는지는 모르지만 당시에 "저 분이 저렇게 잘
생겼기 때문에 저 분이 부처님인가 보다!"라고 오해하는 제자들이 많아
서 이런 법문을 자주 하신 것 같습니다. 이번 이야기는 거듭 하시는 말씀
입니다. 부처의 잘 생긴 모습을 형용할 때 서른두 가지가 있고 구체적으
로는 팔십 가지에 이르렀다고 합니다. 그 잘 생긴 외모에 중생들이 집착
을 하자 그것에 대해 집착을 놓으라고 하신 것입니다. 우리가 아무리 이
몸을 예쁘게 다듬어도 결국에는 시체가 됩니다. 피와 물주머니인 것입니
다. 보조 스님께서는 이것에 대해 "가죽 주머니를 내버려라!"라고 설파하
셨습니다. 육신에 집착하기 때문에 큰 공부를 못한다는 말씀입니다. 육
신에 투자하는 절반의 정성만 마음공부에 투자하면 당장에 견성하고 성

불한다고 합니다. 그렇다고 이 몸을 함부로 해서도 안됩니다. 만일 그러하면 속에 있는 부처가 온전히 살 수가 없습니다. 그래서 육신을 잘 운용할지언정 육신이 하자는 대로 맞추어주기만 해서는 안됩니다.

이조시대 충신인 성삼문이라는 분이 형장으로 끌려가면서 이런 노래를 했습니다.

擊鼓催人命 回頭日欲西
黃天無客店 今夜宿誰家

「북소리가 둥둥 울려 내 목숨을 재촉하니
고개를 들어보니 해는 서쪽으로 지려 하더라
황천에는 여관이 없다고 하는데
내가 오늘 저녁에는 어디에서 잠을 자야 하는가.」

이 노래를 가만히 들어보면 절개 굳은 사육신의 한 사람인 성삼문도 죽음에 대해 걱정을 하면서 이렇게 노래를 불렀습니다. 우리가 죽고 나면 이 육신은 여관이나 다를 바 없습니다. 이 여관이라는 육신을 벗어나면 어디로 가겠습니까? 육신에 집착하지 마시고 잘 굴리고 다닐지언정 육신으로 인해 부처가 되지 못하는 수도인은 되지 맙시다.

마음이 육신의 지배를 받는 사람은 중생이며, 육신이 마음의 지배를 받는 사람은 수도인이고, 나아가서 정신이 육신과 잘 조화를 이루며 복과 지혜를 잘 닦아 활용하면 부처가 되는 것입니다.

형상이 있는 육신은 부처님의 육신이라도 허망한 것입니다. 육신에서 부처를 구하지 말고 육신 속의 마음에 숨어 있는 법신을 숭배하고 신앙하며 그것을 잃지 않고 활용하는 수도에 전념하여야 합니다.

구절풀이

2. 須菩提야 於意云何오 如來를 可以具足諸相으로 見不아 不也니이다 世尊이시여 如來를 不應以具足諸相으로 見이니 何以故오 如來說諸相具足이 即非具足일새 是名諸相具足이니이다.

> 수보리야! 마음이 착하고 지식이 많다하여 여래라고 할 수 있겠느냐? 그렇지 않습니다. 여래는 마음이 착하고 많은 지식을 갖춘 분을 말한 것이 아닙니다. 왜 그러냐 하면 방금 말씀하신 온갖 좋은 심법이나 지식을 빠짐없이 갖추었다 하여도 상에 가려 있다면 구족이라고 할 수가 없고 무실무허한 그 자리를 증득하여야만이 여래라고 할 수가 있기 때문입니다.

불보살들이 주고 받는 마음

우리에게는 남을 위하는 보시심도 있고 희사심도 있습니다. 이런 마음은 참으로 좋습니다. 그리고 박학다식도 좋은 것입니다. 하지만 지식이 많고 마음이 착하고 재능을 많이 갖추었다고 하여 여래라고 할 수는 없습니다. 여래라는 것은 모든 마음이 나오는 바탕자리이기 때문입니다.

어떤 교도분이 아들에게 가산을 물려주려 하는데 아들에게 부지런한 마음을 훈련시키지 못했다고 하였습니다. 저는 "사실 돈은 주지 않아도 되는 것이지만 부지런하고 절약하며 보시하는 마음에서 부자가 되는 것이니 자식에게 근면심을 전해주는 것이 가장 좋겠습니다"라고 말해주었습니다.

그러면 부처님은 제자에게 무슨 마음을 전할까요? 부처님은 부지런한 마음, 보시하는 마음, 절약하는 마음이 나오는 근본되는 자리를 전해줍니다. 그래서 아무리 좋은 마음씨를 가지고 있고 지식이 많다고 하더라도 여래라고 할 수 없습니다. 여래란 그 모든 것이 나오는 자리이기 때문입니다.

자식에게 물질만을 전해준 부모는 자식들로부터 우리 부모는 범인凡人이라는 말을 듣게 될 것입니다.

자식에게 나라에 대한 충성심, 부지런한 마음을 전해준 부모는 자식들에게 의인義人 또는 지사로 불릴 것입니다. 자식에게 원만구족하고 지공무사한 마음을 전해준 부모는 자식으로부터 "우리 부모님은 불보살이다"라는 말을 들을 것입니다. 그래서 공자님이 군자君子는 그릇이 아니라고 하였습니다. 그릇처럼 정해지지 않았다는 것입니다. 군자君子는 여래자리를 공부하는 사람이기 때문입니다.

범인凡人은 자식에게 집문서를 전해주고
의인義人은 천하에 의義로운 마음을 보여주네
석가모니 부처님과 가섭迦葉은
주인 없는 천지를 주고받았지
이것은 누설이 아니요 알 만한 사람은 다 아는 일이니라.

제21장 말로는 할 수 없는 말
(非說所說分)

말로 할 수 없는 그 법을 말로 가르치는 뜻이 무엇인가를 잘 알아야 한다는 것을 보이신 대문입니다. 진리는 언어와 문자로는 완전히 표현할 수 없는 자리이지만 결국 중생을 가르치기 위하여 언어로써 표현한 것이니, 언어로써 가르치는 그 내용을 아는 데 정성을 들여가기 바랍니다.

온 천지가 길이 없으나 길 따라 분명 오고가고
본래는 말하면 틀리나 문자 따라 열리나니
다만 돌 속에 금맥 모름을 저어함이라
그대는 지금 어느 마음에 점을 찍고 있는고.

원문 및 해석

「수보리야! 너는 여래가 이러한 생각을 하되 "내가 마땅히 설한 바 법이 있다" 하리라고 이르지 말라.

이러한 생각을 하지 말지니 어찌한 연고인고. 만일 어떠한 사람이 있어 말하되 "여래께서 설한 바 법이 있다"하면 곧 부처를 비방함이라. 능히 나의 설한 바를 알지 못한 연고니라.

수보리야! 설법이란 것은 가히 설할 법이 없을새 이것을 설법이라 이름 하나니라.」

이 때에 혜명慧命 수보리 부처님께 사뢰어 말씀하되 「세존이시여! 혹 중생이 있어 미래 세상에 이 법 설하심을 듣고 믿는 마음을 내오리까.」

부처님께서 말씀하시되 「수보리야! 그가 중생이 아니며 중생 아님도 아니니, 어찌한 연고인고. 수보리야! 중생 중생이란 것은 여래가 중생이 아니라고 말할새 이것을 중생이라 이름하나니라.」

1. 須菩提야 汝勿謂如來作是念호대 我當有所說法이라하라 莫作是念이니 何以故오 若人이 言호대 如來有所說法이라 하면 卽爲謗佛이라 不能解我所說故니라.

須菩提야 說法者는 無法可說일새 是名說法이니라.

2. 爾時에 慧命須菩提ㅡ白佛言하사대 世尊이시여 頗有衆生이 於未來世에 聞說是法하고 生信心不이까 佛이 言하사대 須菩提야 彼非衆生이며 非不衆生이니 何以故오 須菩提야 衆生衆生者는 如來說非衆生일새 是名衆生이니라.

구절풀이

1. 須菩提야 汝勿謂如來作是念호대 我當有所說法이라하라 莫作是念
이니 何以故오 若人이 言호대 如來有所說法이라 하면 卽爲謗佛이라
不能解我所說故니라.
須菩提야 說法者는 無法可說일새 是名說法이니라.

> 수보리야! 너는 여래께서 법을 가르친 바가 있다고 말하지 말아
> 야 한다. 왜냐하면 혹 어떤 사람이 여래가 법을 가르쳤다고 말한
> 다면 부처님을 비방하는 결과가 되기 때문이다. 그러니까 이 사
> 람은 가르치는 본의를 잘 모르는 사람이라고 할 수 있을 것이다.
> 수보리야! 법을 가르친다는 것은 법이라고 형상할 수 없는 그 자
> 리를 부득이 설명하는 것이니 이름하여 설법이라고 하는 것이다.

오직 마음뿐이다

대종사님께서는 일원상 서원문에서 일원상 진리는 언어의 길이 끊어진
고요한 입정의 상태이며 있다 없다는 것을 초월한 자리라고 말씀하셨습
니다. 그러한 일원상—圓相 자리가 바로 부처님께서 우리들에게 가르치려
는 법신불法身佛자리며 여래如來자리입니다. 그런 자리는 도저히 말로써
할 수 없으며 말로 표현한 법신불法身佛자리는 그 자리가 이미 아닌 것입
니다.

부처님은 그런 언어의 길이 끊어진 무위법無爲法을 가르치셨는데, 그러
한 자리를 가르친 바가 있다고 제자들이 말한다면 부처님의 본의本意를
모르는 것이요, 나아가서는 부처님은 무위법無爲法을 가르치셨는데 가르

침이 있는 유위법을 가르치셨다고 하는 결과가 되니까 부처님을 비방하고 격하시킨 결과가 되고 만것입니다.

이 세상 제자들이 얼마나 스승의 뜻을 올바르게 이해하겠습니까? 만일 스승의 뜻을 60%만 알아듣고 실천하려고 해도 세계는 평화세계가 되었을 것이며 도덕은 부활되었을 것입니다. 자식으로서 부모의 마음을 아는 사람이 많지 않듯 종교에 있어서도 성자들의 실제적인 고민이 여기에 있는 것입니다.

요즘 금강경을 들으시고 어떤 분은 그 자리를 알듯 말듯하다고 하십니다.

"무엇이 있어서 알듯 말듯 합니까?"

도道라는 것은 알고 알지 못하는 데에 속하지 않는다는 말씀이 있습니다. 아는 사람도 그 자리이고 모르는 사람도 그 자리입니다. 육조 스님이 도를 깨달은 뒤 도망을 가게 되었습니다. 남쪽으로 십 수년간 여기저기 다니다가 어느 절에 갔습니다. 그 곳에는 인종화상仁宗和尙이 주지스님으로 계셨습니다. 한 무리의 스님들이 토론을 벌이는데, 갑자기 바람이 불면서 깃발이 흔들리기 시작했습니다.

그때 한 스님이 외쳤습니다. "야! 깃발이 움직이는구나!"

그러자 옆에 있던 스님이 말을 되받았습니다.

"이 사람아! 깃발이 어찌 혼자 움직이나, 바람이 깃발을 움직이지!" 그렇게 스님들은 바람에 상관없이 깃발이 움직인다는 '번동幡動'과, 바람에 의해 움직인다는 '풍동風動'으로 의견이 나뉘었습니다.

이에 육조스님이 "인자 심동心動이다. 당신들 마음이 움직이고 있지 않느냐"며 "마음이 움직이기 때문에 깃발이 움직이는 것을 느끼는 것이다"라는 법문을 했습니다. 스님들은 육조스님이 대단한 분임을 알고, 그를 모시고 공부를 시작했다고 합니다.

깃발이 움직인다고 생각하는 것은 '현상'을 그대로 설명하는 껏입니다. 그리고 바람 때문에 움직인다는 것은 그 '원인'을 생각한 것입니다. 깃발이 움직이고, 바람 때문에 움직인다는 것이 나와 인간의 삶에 어떤 영향을 미칠까요? 결국에는 현상을 바라보면서 마음이 어떻게 작용하느냐에 따라 좋게 받아들이기도 하고 나쁘게 받아들이기도 하는 것입니다. 자기 삶에 있어서는 가장 중요한 것은 마음입니다. 만약 조금 전의 그 상황에서 마음이 움직이지 않았다면 어떻게 되었을까요? 그 때를 뭐라고 하겠습니까? 내 말을 듣는데 움직이지 않을 때, 그런 자리를 여래라고 합니다. 그러나 이 말에도 집착해서는 안됩니다.

번동幡動이면 어떻고 풍동風動이면 어쩌랴
인생人生은 마음바다에서 마음 따라서 사나니
많아도 적다는 사람 적어도 많다는 사람
만 가지 마음으로 억만 가지 고락을 지어가네
알겠는가? 알겠어 오직 마음뿐인 것을.

구절풀이

2. 爾時에 慧命須菩提−白佛言하사대 世尊이시여 頗有衆生이 於未來世에 聞說是法하고 生信心不이까 佛이 言하사대 須菩提야 彼非衆生이며 非不衆生이니 何以故오 須菩提야 衆生衆生者는 如來說非衆生일

새 是名衆生이니라.

　　이 때에 지혜로운 수보리가 부처님께 말씀올리기를, 저 중생들이
미래 세상에 부처님의 이 금강경 법문을 듣고 참다운 신심을 내
겠습니까?
　　부처님께서 말씀하시기를, 수보리야! 저 중생이 자성불을 모두
갊아 있어 중생이 아니며 자기 자성불을 실천하지 못하니 중생이
라고 할 것이나 여래는 중생들을 부처로 생각하지만 사람들이 이
름을 중생이라고 하니 그렇게 부를 뿐이다.

마음을 잘 사용하자

　　이 구절에서는 부처님의 중생을 바라보는 관점을 읽어야 합니다. 부처
님은 우리 중생들이 당신과 똑같이 불성이 갊아 있으니 중생이라고 한정
지우지 않으며, 그렇다고 불성을 계발하여 실천하지는 못하고 있으니 부
처라고도 할 수 없듯이 중생과 부처를 구별하는 용어로 중생이라는 이름
으로 부를 뿐이라는 것입니다.

　　금광지역에 가보면 금광석이 있는데 돌멩이는 돌멩이지만 그 돌멩이
속에 금이 들어 있기 때문에 금광석이요, 금과 돌멩이가 구분되지 않았
으니 완전히 금이라고 할 수도 없으나 금과 돌멩이를 구분하는 이름으로
금광석이라고 하는 쪽으로 이해하면 될 것입니다.

　　요즈음 컴퓨터가 많이 보급되었습니다. 상당한 전문가만이 컴퓨터에
내장되어 있는 기능을 다 활용한다고 합니다. 일반적인 사람들은 타자
기능만 활용하는 사람이 있고, 좀 더 노력하면 일부 기능을 쓰고, 더 많은
전문적인 노력을 기울이면 전체를 활용하게 될 것입니다.

우리의 마음은 부처님이 지닌 청정한 해탈심과 만 가지 지혜와 대자대비한 자비심이 다 갊아 있습니다. 마음은 가장 값 있는 보물입니다. 그런데 중생들은 그 마음을 죄 짓는데 잘못 사용합니다. 도둑은 도둑질하는데 쓰고 사기꾼은 남을 속이는데 쓰고 착한 사람은 착한데 쓰며 학자는 지식 쌓는데 쓰며 미술가는 그림 그리는데 씁니다.

부처님이 말씀하신 마음의 원리를 깨달아 그것을 잘 훈련시키고 마음을 사회생활에 활용하여 부처를 이루는데 공을 들입시다.

쌀로 밥을 짓고 떡도 만드나 모두 쌀이요
돌부처 돌사자 모두 돌이라
모양과 용도는 달라도 모두가 한 가지
만 가지가 하나요 하나가 만萬 가지로다.

제22장 얻을 수 없는 마음
(無法可得分)

얻을 수 없는 그 마음자리를 증득하는 것이 불교의 목적이며 구경처라는 것을 밝히신 대문입니다. 본래本來의 마음이란 놓아도 없어지지 않고 잡는다고 해서 잡혀지지도 않는 것입니다. 그 자리는 누구에게나 똑같이 갖추어 있는 것입니다.

이 장에서는 얻을 수 없는 그 자리를 소유하는 참다운 대장부되는 공부를 하기 바랍니다.

온갖 때를 물로 지우나니
물에 묻은 .때는 무엇으로 지워야 하는가
지워도 지워도 지워지지 않으니
얻을 수도 놓을 수도 없는 그 자리를 비추라.

원문 및 해석

수보리! 부처님께 사뢰어 말씀하되 「세존이시여! 부처님께서 얻으신 아뇩다라삼먁삼보리는 얻은 바가 없음이 되나이다.」
부처님께서 말씀하시되 「그러하고 그러하다. 수보리야! 내가 아뇩다라삼먁삼보리에 내지 작은 법도 가히 얻음이 없을새 이것을 아뇩다라삼먁삼보리라 이름하나니라.」

1 須菩提-白佛言하사대 世尊이시여 佛이 得阿耨多羅三藐三菩提는 爲無所得耶이까 佛言하사대 如是如是하다 須菩提야 我於阿耨多羅三藐三菩提에 乃至無有小法可得일새 是名阿耨多羅三藐三菩提니라.

🌀 구절풀이

1. 須菩提-白佛言하사대 世尊이시여 佛이 得阿耨多羅三藐三菩提는
爲無所得耶이까 佛言하사대 如是如是하다 須菩提야 我於阿耨多羅三
藐三菩提에 乃至無有小法可得일새 是名阿耨多羅三藐三菩提니라.

> 수보리 부처님께 말씀드리기를, 부처님께서 증득한 무상대도無上
> 大道는 얻었다는 흔적이 없는 것입니까?
> 부처님께서 말씀하시기를, 그렇고 그렇다. 수보리야! 나의 무상
> 대도는 아주 조그마한 흔적도 찾아볼 수 없는 그런 자리인 것이
> 다. 이런 법을 무상대도라고 이름한다.

거울의 묻은 때를 지우라

옛날 노랫말 중 이런 것이 있습니다. 중국의 절세미인인 양귀비가 자신
의 종인 소옥이를 계속 부릅니다. 소옥이를 부르는 것은 소옥이를 불러
일을 시키려고 함이 아닙니다. 오직 자신의 사랑하는 안록산에게 자기가
밖에서 기다리고 있음을 님이 알아주기를 바라는 이유로 소옥이라는 몸
종을 부른 것입니다.

금강경을 공부하는 것도 마찬가지입니다. 금강경을 공부하는 것은 우
리 마음속의 여래자리를 보고 알기 위해서입니다. 금강경이라는 거울을
보시고 내 마음을 비추어 보아야 합니다. 그래서 금강경과 내가 함께 있
어야 합니다.

향엄香嚴이라는 스님은 위산이라는 스님을 모시고 살았습니다. 위산 스
님이 향엄香嚴을 쳐다보며, "네 부모님에게서 태어나기 전에는 어떤 모습

이었느냐? 그리고 한 생각이 나기 전에는 어떤 마음이 있느냐?"고 물었습니다.

향엄은 그 질문에 경을 뒤지며 답을 찾았지만 알 수 없었습니다. 이에 향엄은 경을 모두 불살라 버리고 체념한 마음으로 돌아다녔습니다. 그리고 어느 날, 남방의 혜충 국사가 있던 절에서 청소를 하던 중 비질에 쓸린 돌 하나가 대나무에 부딪치면서 딱 소리를 내는 순간 깨달았습니다. 딱 소리가 난 뒤 본래자리가 원래 말로는 표현할 수 없는 자리라는 것을 깨닫게 되었습니다.

이 분은 평소에 큰 관심과 고민이 있었기 때문에 그 같은 우연한 기회에 깨치게 되었습니다. 평소에 관심이 없던 사람은 쥐어줘도 자신이 쥐고있는 것이 뭔지 모릅니다. 대종사님은 말씀하시기를 '의심이 대각의 열쇠'라고 하셨습니다. 성리에 대하여 의심을 가져야만이 깨달음이 생깁니다. 국가도 회사도 문제의식이 있어야 발전합니다. 문제를 발견하고 그것을 해결하려는 집요한 노력을 하여야 합니다.

가난한 자여! 천국의 문이 열리리로다
복많은 자여! 지옥의 문이 기다리로다
두 문 중 그대가 가는 길을 적실하게 보라
여래는 문 없는 곳에 거처하니라 알겠지.

제23장 모두가 평등한 마음
(淨心行善分)

사상四相이 공空한 평등법에 바탕하여 일체의 선을 행하는 것이
무상대도를 증득함이 되는 것입니다. 공부인이 욕심을 없애고
그리고 더 차원이 높은 고정관념을 없애면 평등한 마음을 얻을
수가 있습니다. 이러한 평등심을 바탕해야 경계를 따라 알맞는
마음을 사용할 수 있는 능력이 생깁니다. 평등심을 참구하고 그
평등심으로 만물에 알맞는 참다운 지혜를 연구하기 바랍니다.

산은 물이요 물은 산이라
이것은 수미정상의 안목이요
산은 산이요 물은 물이라
이것은 천만 조사의 눈썹이라.

원문 및 해석

「또한 수보리야! 이 법이 평등하여 고하가 없을새 이것을 아뇩다라삼먁삼보리라 이름하나니
아도 없고 인도 없고 중생도 없고 수자도 없는 것으로써 일체 선법善法을 닦으면 곧 아뇩다라삼먁삼보리를 얻으리라.
수보리야! 말한 바 선법이란 것은 여래가 곧 선법이 아니라고 말할새 이것을 선법이라 이름하나니라.」

1 復此須菩提야 是法이 平等하야 無有高下일새 是名阿耨多羅三藐三菩提니
以無我無人無衆生無壽者로 修一切善法하면 卽得阿耨多羅三藐三菩提하리라
須菩提야 所言善法者는 如來說卽非善法일새 是名善法이니라.

구절풀이

1. 復此須菩提야 是法이 平等하야 無有高下일새 是名阿耨多羅三藐三菩提니 以無我無人無衆生無壽者로 修一切善法하면 卽得阿耨多羅三藐三菩提하리라 須菩提야 所言善法者는 如來說卽非善法일새 是名善法이니라.

> 수보리야! 이 무법無法이 평등하여 모든 사물에 높고 낮음이 없는 진리이니 이것을 무상대도라고 이름한다. 그러므로 사상이 없는 마음으로 모든 경계에 은혜가 미치도록 길들여진 것을 원만한 무상대도를 증득하여 간다고 할 수 있을 것이다.
> 수보리야! 앞에서 말한 나의 법이란 상에 얽매인 것이거나 고정된 것이 아닌 것이니 이것을 이름하여 가장 훌륭한 법이라고 한다.

부처에게 더 하지도 중생에게 덜 하지도 않는 법신불

부처님께서 밝히신 진리라는 것, 여지껏 설명하신 무상대도라는 것은 만물 속에 평등하게 값아 있습니다. 부처님이 훌륭하다고 하여 일원상의 진리가 더 많은 것이 아니고 범부중생이라고 해서 더 적은 것이 아닙니다. 부처와 중생에게 똑같이 평등하게 존재하는 것이 진리입니다.

여래라는 진리자리가 평등하다는 것을 깨달은 뒤 어떻게 단련할 것인가를 여기서 두 가지로 이야기하고 있습니다. 하나는 항상 마음에 상이 없는 자리를 회복하려고 노력하는 것입니다. 사상四相이 공한 자리를 늘 회복하려고 노력하는 것입니다.

단계별로 보면 첫째 욕심이 생겼을 때 그 자리를 회복하여 욕심을 녹여내어 제거합니다. 욕심을 떨쳐낸 뒤에 오기 쉬운 것은 나는 깨달았다는 아상我相이 생기기 쉽습니다. 아상, 인상, 중생상, 수자상과 같은 상이 생겨나면 상을 없애는 공부를 단련해야 합니다. 그래서 사상을 떨쳐낸 뒤에는 그 위에 일체 선법을 단련하는 것입니다. 사상이 공한 자리를 잘 단련함과 동시에 일체의 착한 법-스승을 공경하는 신심, 공익심, 배울 줄 모르는 사람을 잘 배우는 사람이 되는 공부, 가르칠 줄 모르는 사람을 잘 가르치게 하는 공부, 또 감사생활 하는 것, 자력생활 하는 것 이렇게 단련해가는 것이 부처가 되어가는 과정인 것입니다.

무위법으로 하염이 없는 법을 닦은 후 갖가지 갖추어있는 차별심을 훈련 시켜야 합니다. 응무소주應無所住한 뒤 무엇을 할 것인가 하면, 그 때 그 자리에 맞게 보시하는 공부를 하는 것입니다. 일체 선을 닦았다는 것은 보시를 한다는 것입니다.

공부를 잘못하면 마음을 주住할 바 없는 곳에 주하는 것만 중요하게 여기고 그것만을 공부로 여기게 됩니다. 마음을 청정하게 하는 것은 무엇을 하자는 것이냐 하면 일을 당하여 지혜로운 판단을 하자는 것입니다. 그래서 현실생활에서 복도 많이 장만하고 사회와 이웃을 위하여 보시공덕을 짓기 위한 준비인 것입니다. 그러므로 반드시 마음을 주함이 없는 청정심으로 길들이는 것을 바탕 삼고 그리고 보시공덕布施功德을 나투는 일에 공들일 줄 아는 것이 원만한 공부라는 것을 확실하게 인식해야 합니다.

세상 만물이 법신 아님이 없고
부처와 중생 평등하고 평등한데
장차 어느 곳에 예불 올려 복을 빌어야 하나
목 마르면 물 마시고 그리우면 달 보고 울어야지.

제24장 견줄 수 없는 공덕
(福智無比分)

금강경을 수지독송受持讀誦한 공덕이 더 할 수 없이 크다는 것을
가르친 대문입니다. 우리는 무엇을 맨 먼저 해야 할 것인가를 잘
구분하여 그 일에 더욱 정성을 들여야 할 것입니다. 세상의 공덕
은 모두 상대적이며 언젠가는 소멸됩니다. 부처님의 가르치신
마음공부는 절대적이며 영원히 소멸되지 않습니다. 그러한 절대
적인 공덕에 보다 더 정성들이기 바랍니다.

정와井蛙의 하늘과 붕조鵬鳥의 허공이여
오직 같을 뿐 무엇이 다른가
다만 있는 곳이 다름이 아니던가
백설白雪은 허공을 맴돌고 나는 여기에 있도다.

원문 및 해석

「수보리야! 만일 삼천 대천 세계 가운데에 있는 모든 수미산왕과 같은 칠보 무더기를 어떠한 사람이 있어 가져다가 보시에 사용할지라도 만일 이떠한 사람이 이 반야바라밀경으로써 내지 사귀게 등을 수지독송하며 다른 사람을 위하여 설해 주면 앞에 말한 복덕으로는 백분에 하나도 미치지 못하며 백 천 만 억분과 내지 숫자의 비유로는 능히 미치지 못하리라.」

1. 須菩提야 若三千大千世界中에 所有諸須彌山王如是等七寶聚를 有人이 持用布施라도 若人이 以此般若波羅蜜經으로 乃至四句偈等을 受持讀誦하며 爲他人說하면 於前福德으로 百分에 不及一이며 百千萬億分과 乃至算數譬喩로도 所不能及이니라.

구절풀이

1. 須菩提야 若三千大千世界中에 所有諸須彌山王如是等七寶聚를 有人이 持用布施라도 若人이 以此般若波羅蜜經으로 乃至四句偈等을 受持讀誦하며 爲他人說하면 於前福德으로 百分에 不及一이며 百千萬億分과 乃至算數譬喩로도 所不能及이니라.

　　수보리야! 수미산처럼 큰 칠보 덩어리를 삼천 대천 세계에 가득 가지고 사람들에게 보시를 한다 하더라도 금강경의 무상의 진리를 읽고 외우며 실천하면서 남에게 가르쳐 주는 공덕에 비하면 백 분의 일도 못 미치며 한량이 없는 수로 능히 비교하여도 비교할 수 없는 것이다.

금강심金剛心을 가르치는 공덕

　　앞에서 이야기 했듯이 세상에서 가장 큰 공덕은 금강경을 공부하고 실천하며 다른 사람에게 가르쳐 주는 것인데, 금강경 공부를 한다는 것은 바로 마음을 허공과 같이 사용하는 법입니다. 마음에 착이 없는 자리, 모든 것을 초월한 그 마음을 확 잡아서 금강경의 핵심을 삼켜버려야 합니다. 금강경 공부 따로, 나 따로여서는 안됩니다. 금강경이라는 것은 상 없이 마음을 사용하자는 것이구나! 하고 기준을 잡아버려야 됩니다.

　　어느 법사님을 모시고 살 때입니다. 모시고 사는 동안 금강경을 강의해 달라고 부탁을 드렸습니다. 그랬더니 실없는 사람이라며 당신이 늘 금강경 강의를 한다고 말씀하시는 것이었습니다. 그래서 언제 가르쳐 주셨는지 묻자 늘 설하고 있다고 말씀하실 뿐이었습니다. 그 말씀을 듣고 참 묘하다 생각했습니다. 금강경을 먹어 버리면 금강경을 그대로 드러내고 다닙니다. 그런 사람은 금강경을 굴리고 다니고 그렇지 못한 사람은 금강경이 나를 굴리고 다닙니다. 금강경을 밤낮으로 해봐야 금강경의 노예가 될 뿐이고, 내가 금강경을 굴리고 다니면 금강경을 행동하고 설하는 사람이 됩니다.

금강경 진리를 전혀 모르고 보시를 많이 하면, 그 보시로 인해 생기는 복 때문에 지혜가 어두워지고 남을 원망하게 되며 나를 게으르게 하는 근원이 됩니다. 하지만 금강경을 수지독송하여 마음을 부처님처럼 잘 사용하여 실천하고 남에게 알려주어 실천하도록 하면 세상의 어떤 공덕보다도 큽니다.

대종사님도 어떤 공덕보다도 불생불멸의 진리와 인과보응의 이치를 다른 사람에게 전해주는 공덕이 가장 큰 공덕이라고 하였습니다. 인과보응의 이치와 불생불멸의 이치가 바로 금강경입니다.

돈이 많아도 마음이 괴로우면 행복한가요? 안심이 극락입니다. 돈이 없어도 안심을 하면 극락입니다. 명예 많고 지식 많고 돈 많은 사람이 늘 걱정이 많다면 그것은 잘사는 것이 아닙니다. 조금 가난해도 마음이 편안하여 어디 있어도 감사생활하고 안심하면 극락입니다. 그런데 돈도 많고 지위도 높고 아는 것도 많으면서 마음도 편안하면 이것을 금상첨화라고 할 것입니다. 복을 짓더라도 마음을 잘 알고 복을 지으면 금상첨화인 것입니다.

기계를 잘 다루면 기술자라고 하고, 사람을 잘 다스리는 사람은 지도자라고 합니다. 그런데 이 사람들도 마음을 잘못 쓰면 괴로울 것입니다. 마음을 잘 다스리고 사용하는 사람을 수도자라 하고 성자라고 합니다. 마음을 잘 사용하면 더욱 더 기계를 잘 다룰 수 있고 사람을 잘 다스릴 수 있습니다. 그래서 마음을 잘 사용하는 것이 가장 중요합니다. 마음을 잘 사용하는 사람치고 사람 관리 잘못하는 사람이 없습니다. 자기 마음관리를 잘못하기 때문에 다른 사람 지도하는 것도 잘못하는 것입니다. 그러기 때문에 금강경 도리를 좇아 마음을 잘 다스리는 것이 세상 모든 것에 앞서는 공덕인 것입니다.

부모님의 잔소리를 사랑으로 여기는 자녀여
영원히 효자 자식을 둘 것이로다
부처님의 법석法席마다 그 말씀 그 말씀
늘 새롭게 들을 수 있는 제자여
부처님께 늘 업혀 사는 부처가 되리로다.

제25장 부처님의 교화하시는 마음
(化無所化分)

여래는 중생을 제도하되 제도하였다는 흔적이 없이 교화를 하는 분이라는 것을 가르치는 대문입니다. 좋은 일을 하면 반드시 그림자처럼 따라 다니는 것이 있습니다. 마음에 흔적입니다. 뽐내는 마음입니다. 그 뽐내는 마음 때문에 오히려 번뇌망상에 사로잡혀 괴로워합니다. 부처님은 주고도 주었다는 흔적을 남기지 않습니다. 여기서 부처님의 흔적을 남기지 않는 마음을 배우기 바랍니다.

천지는 자기집 앞마당 사생은 내 권속이어라
쓸고 닦고 약 주고 어루는 일 누구 일인가
만년수萬年樹여 그림자 없는 거목이라
그대는 보는가 그 종자 여기에 있음을.

원문 및 해석

「수보리야! 네 뜻에 어떠하냐.

너희들이 여래가 이러한 생각을 하되 "내가 마땅히 중생을 제도한다"하리라고 이르지 말라.

수보리야! 이러한 생각을 하지 말지니.

어찌한 연고인고. 실로 중생을 여래가 제도함이 없나니

만일 중생을 여래가 제도함이 있다 할진대 여래도 곧 아상과 인상과 중생상과 수자상이 있는 것이니라.

수보리야 여래가 아我가 있음을 말함은 곧 아가 있음이 아니어늘 범부들이 이로써 내가 있다고 하나리라.

수보리야! 범부라 함은 여래가 곧 범부가 아니라고 말할새 이것을 범부라 이름하나니라.」

1. 須菩提야 於意云何오 汝等이 勿謂如來作是念호대 我當度衆生이라하라 須菩提야 莫作是念이니 何以故오 實無有衆生如來度者니 若有衆生如來度者인댄 如來卽有我人衆生壽者니라 須菩提야 如來說有我者는 卽非有我어늘 而凡夫之人이 以爲有我라 하나니라 須菩提야 凡夫者는 如來說卽非凡夫일새 是名凡夫니라.

구절풀이

1. 須菩提야 於意云何오 汝等이 勿謂如來作是念호대 我當度衆生이라 하라 須菩提야 莫作是念이니 何以故오 實無有衆生如來度者니 若有衆生如來度者인댄 如來卽有我人衆生壽者니라 須菩提야 如來說有我者는 卽非有我어늘 而凡夫之人이 以爲有我라 하나니라 須菩提야 凡夫者는 如來說卽非凡夫일새 是名凡夫니라.

수보리야! 부처님이 중생을 제도한다고 너희들은 생각하지 말아라. 왜 그러냐 하면 실로 여래는 중생을 제도하였다는 흔적이 없는 분이다. 만약 여래가 중생을 제도하였다는 생각이 있다면 여래가 사상에 얽매이는 바가 될 것이다.

수보리야! 여래가 방금 말한 '나' 라는 말도 '나' 라는 관념에 사로잡혀서 한 말이 아니다. 수보리야! 범부라는 것도 여래는 범부라고 생각지 않는다. 그러나 그 이름을 범부라고 부를 뿐이다.

부처님 말씀을 의심하지 말라

부처님께서 정각正覺을 하시고 수억만 생령들을 교화하여 진급의 길, 광명의 길로 인도하셨습니다. 우리들 마음속에 부처님은 자비로운 분으로 이미지가 심어졌습니다. 부처님의 제자를 통하여, 그의 경전을 통하여, 그의 교단을 통하여 교화하신 흔적이 우리들 가슴에 남아서 행동의 좌표가 되어 왔습니다. 아마 어느 곳에서 지금도 부처님께서는 중생을 제도하는 일을 하고 있을 것입니다. 이와 같이 한량없는 중생을 교화하여 제도하셨지만 '나는 부처이고 중생은 제도받아야 할 어리석은 무리들이다' 라는 그러한 분별상分別相을 여의고 제도하셨다는 말씀입니다.

부처님께서 교단을 창설하여 제자들을 지도하실 때에 제자들 중에는 바라문교에 심취한 제자도 있을 것이고 세속적인 욕망이 많은 사람도 있었을 것이며 별의별 제자와 신도들이 있었을 것입니다. 이 때에 부처님께서는 때로는 꾸중도 하시고 때로는 칭찬도 하시고 묵언도 하시고 직접 또는 간접으로 남모르는 가운데 교화사업에 얼마나 노고가 많으셨을까를 상상해 보십시오. 이렇게 중생을 교화하실때에 '내가 시키는대로 해라' '나처럼 하라' '너는 그렇게 하면 안된다' 등등의 용어를 쓰셨을 것 같습니다. 그런데 철모르는 제자들은 부처님도 말씀으로는 상을 없애라고 하시면서 나라는 견해와 중생이라는 견해가 있는 것이 아니냐 하는 생각을 할 수가 있었을 것입니다.

부처님께서는 이러한 제자들의 심경을 꿰뚫어 보시고 내가 말은 '나는 이렇다. 내 말은 진실이다' 라고 하지만 차별상에 가려서 하는 말이 아니라는 것을 가르쳐 주신 것입니다.

출세한 사람 온 집안 권속이 의지하고
한 부처 이루면 인천중생人天衆生이 귀의하네
삼세三世의 모든 부처는 어디에 머리 두르는가
외로운 붕조鵬鳥의 울음 온 허공에 메아리치네.

제26장 육신肉身과 법신法身
(法身非相分)

부처님의 인격은 결코 색신으로는 알 수 없으니 법신을 알아서 그를 단련하여 이뤄지는 것임을 가르치신 대문입니다. 부처님이 계셨을 때에도 부처님의 훌륭한 용모에 대하여 관심이 많았던 모양입니다. 그 용모에 탐착하지 말고 그 마음속에 깔아 있는 법신法身을 찾아 그것을 증득하여야 함을 다시금 강조하셨습니다. 우리는 용모를 먼저 생각하지 말고 내면에 깔아 있는 본성을 추구하는 공부를 해야 합니다.

황희는 이것저것 옳고 마누라도 옳다고 했네
무엇이 그른가 묻지를 말라
본래 이 국토에는 온전히 옳은 것 뿐
아이야 본다 못 본다 분별을 거두거라.

원문 및 해석

「수보리야! 네 뜻에 어떠하냐. 가히 삼십이 상으로써 여래를 보겠느냐.」

수보리 말씀하되 「그러하고 그러하옵니다. 삼십이상으로써 여래를 보겠나이다.」

부처님께서 말씀하시되 「수보리야! 만일 삼십이상으로써 여래를 볼진대 전륜성왕도 곧 이 여래로다.」

수보리 부처님께 사뢰어 말씀하시되 「세존이시여! 제가 부처님의 말씀하신 뜻을 아는 바와 같아서는 마땅히 삼십이상으로써 여래를 볼 수가 없나이다.」

이 때에 세존께서 게송으로 설하여 말씀하시되

「만일 색으로써 나를 보거나, 음성으로 여래를 구한다면 이 사람은 사도邪道를 행하는 이라, 여래를 능히 보지 못하리라.」

1. 須菩提야 於意云何오 可以三十二相으로 觀如來不아 須菩提言하사대 如是如是니이다 以三十二相으로 觀如來니이다 佛言하사대 須菩提야 若以三十二相으로 觀如來者인댄 轉輪聖王도 卽是如來로다 須菩提白佛言하사대 世尊이시여 如我解佛所說義컨댄 不應以三十二相으로 觀如來니이다.

2. 爾時에 世尊이 而說偈言하사대 若以色見我커나 以音聲求我하면 是人은 行邪道라 不能見如來니라.

구절풀이

1. 須菩提야 於意云何오 可以三十二相으로 觀如來不아 須菩提言하사대 如是如是니이다 以三十二相으로 觀如來니이다 佛言하사대 須菩提야 若以三十二相으로 觀如來者인댄 轉輪聖王도 卽是如來로다 須菩提白佛言하사대 世尊이시여 如我解佛所說義컨댄 不應以三十二相으로 觀如來니이다.

> 수보리야! 너의 생각에 부처님이 32상으로 원만하게 갖추신 색신을 보고 부처님을 알아볼 수 있겠느냐?
> 수보리 말씀드리기를 이와 같이 32상을 갖추었으면 과연 부처님이라고 할 수 있겠습니다.
> 부처님 말씀하시기를 수보리야! 만약 32상으로 여래를 본다면 전륜성왕도 32상을 갖추었으니 여래겠구나.
> 수보리 부처님께 사뢰어 말씀드리기를 제가 부처님의 말씀하신 의중意中을 살피건대 밖의 모습이 잘 생겼다 하여 여래의 인격이라고 할 수는 없겠습니다.

법신法身을 숭배할지언정 육신을 숭배하지 말라

요즈음 집들은 옛날 기준으로 생각하면 아주 훌륭한 집들이 많이 있습니다. 그러나 훌륭한 집이라고 하여 훌륭한 주인이 사는 것이 아닙니다. 육신이 아무리 훌륭하다고 하여도 그 육신을 사용하고 움직이는 마음이 어떤 것이냐에 따라서 평가와 대접이 달라져야 합니다.

물론 육신도 전생에 공덕을 많이 쌓고 부모님 인연이 좋아야 훌륭한 육신을 갖추게 되는 것은 사실이나, 육신과 부처를 연결하여 생각하는 것은 참으로 어리석은 일이 아닐 수 없습니다. 자주 이런 말씀을 하신 것은 그 당시 제자들이 훌륭한 몸매와 부처의 인격 또는 진리성을 구별하지 못하였기 때문에 위하여 반복적으로 말씀하셨을 것입니다.

예나 지금이나 보통 사람들은 몸매를 먼저 보고 좋고 낮음을 판단하고, 다음은 말을 듣고 선악을 판단하고, 또 글을 보고 생각하며, 정말 대단한 인물이라야 상대의 판단을 보고 그 사람의 됨됨이를 판단합니다. 우리 감각기관 즉 안이비설신의 육근六根에 보이고 잡히고 들리고 하는 현상은 아무리 값어치가 있는 것이라도 변하는 것이기 때문에 결국 소멸되고 따라서 허망한 것입니다. 부처님의 자비로운 얼굴과 용모는 결국은 허망한 현상입니다. 그 외모에 집착하여 믿고 의지하면 결국 성불할 수 없고 변화 앞에 허무함만 남게 됩니다.

그러니 부처님은 간곡하게 제자들에게 나의 몸이 아닌 무형무체無形無體인 법신法身을 스승 삼고, 법신法身에 의지하고, 그 법신을 각覺하여 그 법신을 회복하는 공부를 해야함을 강조하신 대목입니다.

구절풀이

2. 爾時에 世尊이 而說偈言하사대 若以色見我커나 以音聲求我하면 是人은 行邪道라 不能見如來니라.

이 때에 부처님께서 게송을 읊으시기를,
만약 이 색신으로 부처를 만나려 하거나
만약 이 음성으로 부처를 찾으려 하면

이 사람은 유위법有爲法을 실천하는 것이라
결코 여래를 만날 수가 없나니라.

짝이 없는 물건을 찾으라

용모가 훌륭하니까 부처라고 생각하지도 말고 또한 부처님의 아름다운
음성이 좋으니까 부처로구나 하는 등의 형상이 있는 것 마음으로 그릴
수 있는 상념想念으로 부처를 구하지 말라고 당부하였습니다.

부처가 되려고 발원한 사람이 용모가 훌륭하니까 부처로구나 하면 자
신의 용모를 가꾸는데 정신을 쓸 것입니다. 또한 음성을 좋게 하려고 노
력할 것이요. 사상思想이 훌륭한 것을 부처로 여기면 많은 독서를 하여 사
상思想을 만드는데 급급할 것입니다.

이렇듯 있는 것, 잡히는 것, 변하는 것, 영원하지 못한 유위법有爲法에
부처를 대입시켜 닦아 간다면 부처가 되는 것과는 전혀 다른 그릇된 길
을 가는 것이라는 간곡한 법문입니다. 요즈음 어느 종교의 주장을 잘 들
어보면 유위법有爲法으로 나가는 경우가 있습니다. 이러한 종교는 낮은 차
원의 종교이고 완성된 종교라고 할 수가 없습니다. 우리는 이 법문을 듣
고 종교와 인물에 대해 식별할 수 있는 안목을 길러야 하겠습니다.

만법과 더불어 짝하지 않는 것이 무엇인가 하는 화두가 있습니다〈不如萬
法爲侶者是心〉. 이것은 모든 사물이 모두 짝이 있고 상대相對가 있다는 말입
니다. 높고 낮고, 남자 여자, 산과 물 등으로 사물은 구조적으로 짝이 없
는 것이 없습니다. 그런데 짝이 없는 한 물건이 있으니 그것을 우리는 찾
아야 합니다. 그러한 짝이 없는 것이 바로 여래이며 일원상一圓相입니다.

짝 없는 마음을 내놓아 보십시오. 그 자리는 그렇게 어려운 자리가 아
닙니다. 쉽기로 하면 정말 쉽게 알 수 있는 자리입니다. 멀리 다른 곳에

281

있다면 그곳까지 찾아가겠지만 가장 가까운 내 마음 속에 있습니다. 보이십니까?

낡아빠진 헌 고무신도 짝이 있어서
해는 달을 두고 하늘은 땅을 품었는데
외로운 조주는 짚신 한 짝을 머리에 이었도다
한강물 바다로 바닷물 한강으로 흐르네.

제27장 없다는 말의 뜻
(無斷無滅分)

여래는 세상을 버리는 것으로 무상대도를 증득한 것이 아니고, 있고 없는 것에 걸림이 없는 심법을 훈련시키는 것입니다. 부처 되는 공부를 시작하면 이것도 저것도 버리고 없애야 한다고 가르치는 인상을 받습니다. 이 부정의 의미를 참으로 잘 알아야 합니다. 이 장에서 있다고 할 수도 없고, 없다고도 할 수 없는 구경의 도리道理를 공부하기 바랍니다.

조주趙州영감은 어느 때는 불성이 있다
어느 곳에서는 개는 분명하게 불성이 없다고 하네
보일 적에는 없고 안 보일 적에 있다 하였으나
그 병에 그 처방이라 약방문이 팔만 사천 개라
부처의 가르침에 오직 속지 말라 그 뿐이네.

원문 및 해석

「수보리야! 네가 만일 이러한 생각을 하되 "여래가 구족상을 취하지 아니한 고로 아뇩다라삼먁삼보리를 얻었다"고 하느냐.

수보리야! 이러한 생각을 하되 "여래가 구족상을 취하지 아니하는 고로 아뇩다라삼먁삼보리를 얻었다"고 하지 말라.

수보리야! 네가 만일 이러한 생각을 하되 "아뇩다라삼먁삼보리심을 발한 이는 모든 법이 단멸한 것이라"고 말하는가.

이러한 생각을 하지 말지니 어찌한 연고인고. 아뇩다라삼먁삼보리심을 발한 이는 법에 있어 단멸상斷滅相을 말하지 아니하나니라.」

1 須菩提야 汝若作是念호대 如來-不以具足相故로 得阿耨多羅三藐三菩提아 須菩提야 莫作是念호대 如來不以具足相故로 得阿耨多羅三藐三菩提라하라 須菩提야 汝若作是念호대 發阿耨多羅三藐三菩提心者는 說諸法斷滅가 莫作是念이니 何以故오 發阿耨多羅三藐三菩提心者는 於法에 不說斷滅相이니라.

구절풀이

1. 須菩提야 汝若作是念호대 如來-不以具足相故로 得阿耨多羅三藐三菩提아 須菩提야 莫作是念호대 如來不以具足相故로 得阿耨多羅三藐三菩提라하라 須菩提야 汝若作是念호대 發阿耨多羅三藐三菩提心者는 說諸法斷滅가 莫作是念이니 何以故오 發阿耨多羅三藐三菩提心者는 於法에 不說斷滅相이니라.

> 수보리야! 여래가 원만하게 갖추는 것을 부정하기 때문에 무상대도를 얻은 것으로 생각하느냐? 수보리야! 그런 생각을 하지 말아라.
> 수보리야! 무상대도에 발심하여 수도하는 사람은 모든 경계와 모든 값진 것들을 끊고 없애야 한다고 말하겠느냐? 그런 생각을 하지 말아라.
> 왜 그러냐 하면 무상대도에 발심하여 공부하는 사람은 결코 모든 경계에 끊고 없애는 것을 능사로 알지도 않고 흔적이 없다는 생각에 사로잡혀 있지도 않는 것이다.

여래如來 자리는 없는 자리가 아니다

여래라는 것이 없는 자리라고 이야기를 하니 도道를 못 깨달은 사람이 마음이 없으면 도道인 줄 알고 무無 자리에 떨어져버리는 경우가 있습니다. 잘못하면 무無 자리에 떨어지고 무기공無記空에 빠질 수가 있습니다. 견성을 잘못한 사람을 경계해 주신 법문입니다.

보통 중생들은 있는 것에 집착을 합니다. 물질이 보이고 마음이 있는 것에 이끌립니다. 소승공부를 하는 사람들은 없애는 것을 주로 공부하고, 최상승공부를 하는 사람은 유무를 굴리고 다니는 것을 표준 삼는다고 합니다. 하지만 견성을 확실히 하지 못한 사람은 마음이 끊어진 자리, 아무 것도 없는 자리가 그 자리인가 보다 하여 진여의 그 자리를 잘못 깨닫고 공부를 잘못하면 무명無明만 증장시키는 경우가 있습니다. 견성하는 것이 그렇게 없애는 것으로 견성하는 것이 아닙니다. 이 장은 조금 까다로운 대문입니다.

옛날에 육조 스님이 계셨는데 어떤 제자가 와서 견성한 사람을 보았다고 하였습니다. 육조스님이 그 사람이 견성했다는 노래를 어떻게 부르더냐? 하고 묻자 제자가 계송을 읊어 주었습니다.

와룡은 재주가 있어	臥輪有技倆
능히 모든 생각을 끊었네	能斷百思想
경계를 대하여도 마음이 없으니	對境心不起
나날이 보리심이 자라네.	菩提一月長

그 말을 듣고 육조스님은 견성 못한 사람이라고 단번에 말했습니다. 그리고는 자신의 게송을 읊어주었습니다.

혜능은 재주가 없어서	慧能沒技倆
백가지 생각 끊지 못하네	不斷百思想
경계따라 마음 일어나나니	對境心數起
보리인들 어찌 자라랴.	菩提作麼長

없다없다 했는데 그 자리는 없는 자리가 아니라 그 자리는 모든 것을 다 갖춘 자리입니다.

옛날 도화道話 중에 재미있는 것이 있습니다. 어느 것에 공부를 열심히 하는 할머니 한 분이 계셨습니다. 할머니는 한 스님을 모시고 공양을 올리며 공부를 열심히 하도록 하였습니다. 이십 년의 세월이 지났고, 할머니는 스님을 시험해 보고자 자신의 어여쁜 딸을 단장시켜 스님 방에 들여 보내며 공부하는 스님을 뒤에서 끌어안도록 시켰습니다. 그리고 질문 하나를 하도록 하였습니다. 딸은 어머니 말을 따라 방에 들어가 스님을 끌어안고는

"스님, 지금 마음이 어떻습니까?" 하고 물어보았습니다. 스님은 "지금 내 마음은 고목과 같고 아무 생각이 없다"고 하였습니다.

처녀는 그 말을 듣고 와서 어머니에게 그대로 전했습니다. 그러자 노인이 화를 벌컥 내며 "내가 그런 속물을 이십 년간이나 공양을 했다! 그런 멍청이 같은 중놈을 이십 년간이나 공양을 했다!"고 외쳤습니다.

그리고 스님을 쫓아내고는 암자를 불태워버렸습니다. 그 때의 그 스님은 없는 자리에 떨어진 것이 확실합니다. 그렇다고 그 때 "네 몸이 따뜻하고 부드럽구나!" 하면 견성을 한 것일까요? 잘못 견성한 사람에게는 이것을 물어보아 시험하는 것이라고 합니다. 견성이 마음이 없다, 마음이 끊어졌다고 생각하면 잘못된 것입니다. 그 자리는 원만 구족하여 은혜가 가득하고 지혜가 가득하고 조화가 가득 차 있는 그런 자리입니다. 그런데 그 자리는 강연히 말로 표현하자니 '없다' 라고 하는 것입니다. 무명無名의 진리이지 끊어져서 없는 자리가 아닌 것입니다. 그래서 모든 삼세의 수도하는 사람이 그 자리를 오해하면 안되는 것입니다.

자식이 귀여워 내 강아지라고 하고
반가워서 내 문둥이라고 하네
모르겠거든 속 부처님께 의논이나 하소
철든 사람은 손가락도 허공달도 버리는 걸세.

제28장 자유로움이여
(不受不貪分)

무아법無我法을 증득하신 보살은 복덕을 해탈하여 그 복덕을 임의로 활용함을 보이신 장입니다. 무아無我인 그 자리를 깨달아서 그 자리를 나의 것으로 훈련시키기까지의 노력이 얼마나 많아야 한다는 것을 상상해 보십시요. 그러한 무아법을 자기화 시킨 사람은 주고받는 것에 언제나 물들거나 집착하지 않음을 가르친 장이니 연구하시기 바랍니다.

영롱하여라 천연의 한 물건이여
일월이 빛을 잃고 도솔천은 나의 권속이라
숨소리는 태풍이요 사시절四時節로 말을 하노니
겨우 물들지 않음은 졸렬한 재주 중 하나로세.

원문 및 해석

「수보리야! 만일 보살이 항하사 같은 세계에 가득 찬 칠보를 가져 보시에 사용할지라도, 만일 다시 어떠한 사람이 있어 일체 법에 아我가 없음을 알아서 인忍을 성취함을 얻으면 이 보살이 앞에 말한 보살의 얻은 바 공덕보다 승勝 하나니라. 어찌한 연고인고, 수보리야! 모든 보살이 복덕을 받지 아니하는 연고니라.」
수보리 부처님께 사뢰어 말씀하되 「세존이시여! 어찌하여 보살이 복덕을 받지 아니한다 하시나이까.」
「수보리야! 보살의 지은 바 복덕은 마땅히 탐착하지 않을새 이런 고로 복덕을 받지 않는다고 설하나니라.」

1. 須菩提야 若菩薩이 以滿恒河沙等世界七寶로 持用布施라도 若復有人이 知一切法無我하야 得成於忍하면 此菩薩이 勝前菩薩의 所得功德이니 何以故오 須菩提야 以諸菩薩이 不受福德故니라.

2. 須菩提-白佛言하사대 世尊이시여 云何菩薩이 不受福德이니꼬 須菩提야 菩薩의 所作福德은 不應貪着일새 是故로 說不受福德이니라.

292

구절풀이

1. 須菩提야 若菩薩이 以滿恒河沙等世界七寶로 持用布施라도 若復有人이 知一切法無我하야 得成於忍하면 此菩薩이 勝前菩薩의 所得功德이니 何以故오 須菩提야 以諸菩薩이 不受福德故니라.

　　수보리야! 만약 보살이 항하사 모래알과 같은 세계에 가득한 칠보로 보시를 하였고 또 다른 사람이 무아법을 깨달아서 그것을 증득하였다면 이런 보살들이 앞서 보살의 공덕보다도 훨씬 크다고 할 것이다. 왜 그러냐 하면 수보리야! 이 모든 보살들이 복덕으로부터 해탈하여 그 복덕을 임의로 활용할 수 있기 때문이다.

불성佛性 자리를 나의 것으로

　이 장에서 부처님은 여래 자리를 단련하여 모든 경계에 걸리고 막힘이 없는 마음의 상태를 설명하셨습니다.

　칠보 보시보다도, 그 자리인 무아법을 얻어 수행하고 전하는 것이 공덕이 훨씬 크다는 것을 지금껏 설명했습니다. 무아인 그 자리를 깨달아 증득 하였을 때 참을 인忍자를 썼는데 왜 참을 인자를 썼는지 생각해 볼 문제입니다. 경계에 참고 그 자리를 회복하고, 또 참고 그 자리를 회복하고, 기쁠 때도 그 자리를 회복하고, 어려울 때도 참고 회복하여 그 자리를 증득하였다고 하여 참을 인자를 썼다고 생각합니다.

　청정 법신불 자리를 견성하여 그 자리와 똑같이 하는 것을 원만 보신이라하고 증득했다고 합니다. 증명할 때 틀림이 없다고 도장을 딱 찍듯이 부처님이 깨달으신 자리와 내가 깨달은 자리가 똑같고 그것을 내 것 만

293

들었다고 할 때 증득, 득인했다고 합니다. 득인을 한다고 하는 것이 참으로 중요한 것입니다.

법강항마法强降魔를 하면 금생에는 나쁜 짓을 안하고 유혹에 끌리지 않고 역경에도 죄 짓지 않는 것을 보장할 수 있습니다. 하지만 다음 생에는 보장을 못하는데 어머니 태중에 있을 때 공부를 못하고 아이들로 있을 때 공부를 못하니 긴 세월간 공부를 못하여 잘못하면 헤매일 수가 있습니다.

출가위 정도의 공부를 하면 그 자리를 많이 함축하여 증득한 힘이 아주 굳세고 강해서 다음 생에도 매하지 않고 또 하고 또 해서 해탈을 할 수 있습니다. 그러므로 금생에 항마위가 아니라 출가위를 해야 합니다.

로케트를 쏘아 올리면 대기권 안에서는 인력이 있어 잡아당기지만 대기권을 벗어나면 힘이 안든다고 합니다. 항마위는 애써 대기권 안에서 돌고 있는 것입니다. 하지만 출가위에 오르면 대기권 밖으로 나가서 문제없이 주유 천하를 할 수 있는 것입니다. 이런 것이 모두 증득한 힘에 의한 것입니다.

어느 스님은 항상 "바쁘다! 바쁘다!"고 하였습니다. 그 스님이 죽고 스님들이 염을 하며 "바뻐 스님이 이제 돌아가셨으니 한가하여 바쁠 일도 없겠다" 하고 말을 하자, 허공에서 "난 지금도 바쁘다!"하는 소리가 들렸다고 합니다. 먹고 사는 일에 바쁘고 세탁하고 머리 빗고 누가 일을 당하면 찾아가고 하는 일들에 바쁘게 삽니다. 하지만 우리가 무엇에 더 바빠야겠습니까? 마음 챙기는데 바빠야 합니다. 그래서 수도하는 사람은 자기 물건 챙기는 것을 줄입니다. 챙겨야 할 일을 줄이고 그것부터 곧 바쁘게 챙겨야 합니다.

적어도 사십이 지나면 머리에 불이 날 정도로 그 일을 챙겨야 합니다.

오늘도 챙기고 내일도 챙겨서 영단이 뭉쳐야 합니다. 영단이 뭉쳐야만이 오욕 경계와 마군魔軍으로부터 생긴 관념과 상에서 벗어날 수 있습니다.

천업과 정업을 굴리는 능력

천업天業이라는 것과 정업定業이라는 것이 있습니다. 천업이란 진리가 범부 중생을 묶어놓고 꼼짝 못하게 하는 것입니다. 남자는 여자를 좋아하게 되어 있습니다. 남자는 죽으면 여자 문상객 따라가서 태어난다고까지 합니다. 이렇듯 여자는 남자를 좋아하고 남자는 여자를 좋아하게 되어 있습니다. 진리가 그렇게 만들어 놓았습니다. 양은 음을 향해 가도록 되어 있고, 음은 양을 향해 가도록 되어 있습니다. 그래서 범부중생은 이것에 놀아나게 되어 있습니다. 어떤 사람이든 이것에서 벗어난 사람은 참으로 드문 사람입니다.

대통령이든 발명가든 유명한 화가이든 간에 소용이 없습니다. 전부 천업에 끌려 다닙니다. 이것을 돌파하지 못하면 정도의 차이는 있을지언정 다 마찬가지입니다.

정업은 전생에 지어놓은 업입니다. 한 남자가 정을 준 사람을 두고 죽었습니다. 그런데 금생에 태어났는데 죽은 때가 달라 터울이 생겼습니다. 그는 나이가 더 먹었으니 천업으로 다른 여자를 만나 결혼을 하였습니다. 그런데 갑자기 정업으로 맺어졌던 여자가 나타났습니다. 그럴 경우 어떻게 되겠습니까? 잘못하면 정업의 힘에 끌려서 천업에 의하여 한 부인을 버리고 전생의 정업을 따라서 행동할 수가 있는 것입니다. 이 정업이라는 것이 아주 무서운 것입니다. 눈이 가려 아무 것도 안보입니다.

어느 황태자는 사랑하는 여자를 위해 황제자리를 포기하였습니다. 대체적으로 항마를 하지 못한 사람은 천업과 정업의 노리개가 됩니다. 정업과 천업에서 널뛰기를 합니다. 그런데 적적성성한 그 자리를 깨달아 증득을 하면 정업과 천업을 능히 굴리고 다닐 수 있는 능력이 생깁니다.

그래서 자유, 해탈했다고 합니다. 그래서 음양을 굴리고, 천업과 정업을 굴리고 다니는 사람을 성자라고 합니다. 우리가 그 일에 착수해야 합니다. 그래야 결혼을 해도 정업에 묶이지 않고 굴리고 다닙니다. 이렇게 굴리고 다니기 위해서는 무엇을 해야 하느냐 하면 적적성성한 그 자리를 깨달아 그 자리를 늘 회복해서 늘 가지고 있는 사람이어야 그 일을 능히 해낼 수 있는 것입니다.

원불교 성가 가운데 제가 좋아하는 노래가 있습니다. '연잎에 비내리니 구슬만 궁글더라. 그다지 내린 비가 흔적이 어디런고. 이 맘도 저러하면 연화대인가 하노라' 하는 노랫말인데 연잎에는 기름기가 배어있습니다. 그래서 비가 내리면 젖어들지 않고 물방울은 또르르 굴러 내립니다. 우리 마음도 연잎과 같은 마음이 있어서 슬픈 마음이 와도 적당히 취사하여 또르르 굴러 없어지고 즐거운 경계가 와도 없어져서 연잎에 비 내려도 내 마음이 항상 자유로우면 얼마나 행복하겠습니까? 그럼 그 사람은 지옥에 있어도 지옥이 아니고 감옥에 있어도 감옥이 아닙니다.

대종사님께서 이동안 선진이 돌아가신 뒤 슬퍼하시며 이러셨다고 합니다.

"내가 도산이 죽었는데 이 만큼은 슬퍼해야지."

대종사님은 이렇게 하시고 싶으면 이렇게 하고, 저렇게 하고 싶으면 저렇게 할 수 있는 마음의 힘이 있다는 말씀입니다. 공자님께서도 안현이 죽었을 때 같은 말씀을 하셨습니다. 공자님 같은 분도 단련을 하여 그렇습니다. 우리는 마음을 마음대로 할 수 없어 한 번 마음이 뒤집어지면 몇 날 며칠동안 기분이 좋아지고 몇날 며칠동안 나빠지기도 합니다.

그다지 유명한 분은 아니지만 정말로 대단한(깨친) 분이 계셨습니다. 열반하실 즈음 문병을 갔더니 "수도인이 생사가 어디 있고 아픈 것이 어디 있습니까?"라며 담담히 말씀하셨습니다. 그 자리를 회복하신 것 같았습니다. 우리도 그러해야 합니다. 때묻은 이불에서 죽더라도 여여如如한 마음을 지켜야 참다운 수도자라고 할 수 있을 것입니다.

나비의 꿈속에 장자의 고통인가
장자의 꿈속에 나비의 춤인가
꿈을 깨라고 말들 하지만
부처도 중생 건지는 꿈에서 헤매이도다
육도사생이 모두 다 꿈속의 나그네라
수도인이여 제발 아름다운 꿈들 꾸시게
꿈을 꿈으로 알면 물들 일 없지 알겠지.

구절풀이

2. 須菩提－白佛言하사대 世尊이시여 云何菩薩이 不受福德이니꼬 須菩提야 菩薩의 所作福德은 不應貪着일새 是故로 說不受福德이니라.

수보리가 부처님께 사뢰어 말씀드리기를 세존이시여! 무엇을 일러서 복덕을 받지 않는다고 하나이까?
수보리야! 보살의 지은 복덕은 탐욕이나 착심에 의한 것이 아니다. 이런 고로 복덕에 물들지 않는다고 말하는 것이다.

유혹에 물들지 않는다

복덕을 받지 않는다不受福德는 말을 구체적으로 말하자면 즐거운 환경에도 내가 마음에 집착하지 않고 괴로운 환경에도 내가 마음에 굴하지 않는다는 것을 말합니다. 복을 많이 지어 놓은 사람은 복이 많이 옵니다. 보통 사람은 오는 복에 취해 교만해져 버립니다. 그래서 그것이 쌓이면 죄가 됩니다. 그러나 수도인이 복을 받으면 복을 받아도 복에 물들지 않습니다.

우리들이 가장 괴로운 것 중 하나가 원증회고怨憎會苦입니다. 미워하는 사람과 같이 사는 것입니다. 예쁜 사람과 헤어지는 것은 추억이고 아름다울 수 있지만, 미운 사람과 같이 살자면 오장육부가 다 뒤집어 지고 미운 마음이 온몸으로 쏟아져 나옵니다.

미운 사람과 같이 살면서도 미운 마음이 없습니다. 그것이 불수복덕不受福德입니다. 불수복덕이라 했는데 달리 말하면 불수증애不受憎愛입니다. 또 사랑하는 사람과 살면 온몸으로 사랑하는 마음이 나와서 그 사람들 옆에 가면 따뜻할 정도입니다. 하지만 좋은 것만은 아닙니다. 그렇게 하다가 죽으면 그 사람에게 떨어지지를 못하고 떠돌게 됩니다. 그래서 사랑하는 사람이 옆에 있어도 그 마음에 흔들리지 않는 법력法力을 가져야 합니다.

사랑하는 마음이 결코 나쁜 것이 아닙니다. 다만 그 마음에 휘둘리거나 그 마음으로 인해 내가 죄를 짓거나 부자유하면 안된다는 것입니다.

저는 가끔 난을 그립니다. 전날 꽃을 그려놓고 잠을 잡니다. 다음날 아침이 되면 당장 난을 그리고 싶은 마음이 나옵니다. 좌선하기 전에 한 폭 그리고 싶은 마음이 일어납니다. 죽을 때도 이와 같습니다. 내가 누구에게 마음이 집착되어 죽으면 영혼이 그 사람에게로 갑니다. 난을 그리다 말고 잠에 들면 다음날 난을 그리고 싶듯이 말입니다. 저녁 내내 어떤 일을 해결을 못하고 잠을 자면 아침에 불쑥 그 마음이 납니다. 죽으면 그와 같이 되는 것입니다. 일 한번 하고 나서는 지우고 주무십시오. 좌선이라도 해서 싹 지우도록 하십시오. 불수복덕이란 증애의 경계에 증애가 없이 조절하는 것입니다.

저는 글씨를 쓰니 글씨를 예로 들겠습니다. 글씨를 쓰다보면 속스러운 글씨가 있습니다. 그런 글씨를 보면 냄새가 나서 걸어놓을 수가 없습니다. 대산종사님께서는 글씨를 아주 잘 쓰시는 분인데 어느 날 속스럽게 쓰인 글씨를 보시고도 참 좋다고 하시는 것이었습니다. 교도님이 정성으로 가져다 놓은 것이라 마냥 좋으셨던 모양입니다. 그렇듯 좋고 나쁜 것이 없습니다. 필요하면 언제든지 놓을 수 있는 것입니다.

불수복덕은 역경과 순경에도 자유롭고 증애에도 자유롭고 고락에도 자유롭고 생사에도 자유로운 것을 불수복덕이라고 합니다. 대산종사님의 글 중에 이런 글이 있습니다.

자운산이라는 산에	紫雲山中
귀 먹고 말 못하는 비구가 있네	聾啞比丘
일이 있으면 마음이 나오고	事來心現
일이 없으면 마음이 없어진다네.	事去心滅

여러분이 그 비구가 되어야 합니다. 그 자리를 잘 함축해 놓은 것을 농이라고 합니다. 그렇게 함축해 놓으면 농아비구가 됩니다. 일이 있으면

그것에 맞는 생각을 내서 일을 해결하고 일이 사라지면 깨끗하게 없어질
수 있는 법력을 길러주어야 합니다.

제29장 가도 그 마음 와도 그 마음
(威儀寂靜分)

밖으로부터 경계가 와도 변함이 없는 마음이요 경계가 떠나도
변함이 없는 참마음입니다. 이러한 한결같은 마음이 부처님의
마음입니다. 이러한 마음을 여래如來라고 한다고 가르치셨습니다.
우리는 일을 따라 변화무쌍하게 일어나는 마음 때문에 혹은 괴
로워하고 혹은 즐거워합니다. 이 장에서는 변함이 없는 마음을
찾아서 언제나 나의 주인 마음으로 길들이는 데 정성을 다하기
바랍니다.

가도 그 국토요 와도 그 마음이라
그 중에 오고가는 그것도 그때도 그 물건이라
가감승제로 알 수가 없는 계산법이니
목 마르면 물 마시고 졸리면 잠이나 잘진저.

원문 및 해석

「수보리야! 만일 어떠한 사람이 있어 말하되 "여래가 혹 오고 혹 가며 혹 앉고 혹 눕는다"하면 이 사람은 나의 설한 뜻을 알지 못함이니,
어찌한 연고인고. 여래란 것은 좇아 오는 것도 없으며 또한 가는 것도 없을새 그런 고로 여래라고 이름하나니라.」

1 須菩提야 若有人이 言호대 如來若來若去하며 若坐若臥라하면 是人은 不解我所說義니 何以故오 如來者는 無所從來며 亦無所去일새 故名如來니라.

구절풀이

1. 須菩提야 若有人이 言호대 如來若來若去하며 若坐若臥라하면 是人
은 不解我所說義니 何以故오 如來者는 無所從來며 亦無所去일새 故
名如來니라.

　　수보리야! 어떤 사람이 말하기를 여래가 가고 오며 앉고 눕는다
　　고 한다면 그는 여래가 말하는 진의眞意를 잘 모르는 사람이니 왜
　　그러냐 하면 여래는 오는 바도 없고 가는 바도 없이 만법에 언제
　　나 함께 하고 있는 것을 여래라고 하는 것이기 때문이다.

모든 것이 변화하여도 오직 한 가지 변하지 않는 것

　몸이 변하는 것을 아십니까? 젊었을 때는 몸이 점점 늙고 병들어간다
는 것을 실감하지 못하지만 어느 정도 나이가 들면 늙어 가는 것에 대해
절감하게 됩니다.

　몸도 변화하고 인연도 변화하게 됩니다. 친했던 사람들도 멀리 있으면
점점 멀어집니다. 잘 모르던 사람도 자주 만나면 정이 듭니다. 사람과의
만남은 그냥 순수한 만남은 드물지요.

　영산에서 기르던 개가 있었는데 그 개는 꼭 무엇을 주어야 좋아합니다.
물건이 매개체가 되어서 좋아하고 싫어하는 것이었습니다.

　여러분! 사람을 상대할 때 어떻게 하십니까?

　"외로우니까 너를 좋아한다."

　"돈이 있으니까 좋아한다."

　결국 사람은 타인을 상대할 때 그 가운데에 꼭 무언가를 끼웁니다. 그

끼운 것의 변화에 따라 관계가 변합니다.

가치관에 따라 달라지고 형편따라 달라집니다. 인연이라는 것은 참으로 무상한 것입니다.

마음도 무상합니다. 굳은 맹세라는 것도 무상합니다. 마음이라는 것이 제일 잘 변합니다. 육신이라는 것은 세월을 두고 변하지만 마음은 순간순간 변화합니다. 굳은 서원도 '변하지 말자, 변하지 말자 계속 해야 변하지 않지, 그렇지 않으면 다음 생에 가면 또 변합니다.

우리의 삶이라는 것은 달리는 기차에 타고 있는 것과 같습니다. 모든 것이 변하여 가고 있는데 변하지 않는 자리가 하나 있으니, 그것이 바로 여래 자리입니다. 그래서 여래 자리란 와도 여여하고 가도 여여합니다. 행복이 와도 여여하고 불행이 와도 여여하고 행복이 가도 여여하고 불행이 가도 여여합니다. 그래서 여래여거라고 합니다.

앉지도 눕지도 가지도 오지도 못하는 여래라
나무부처를 누가 와서 예불할 건가
불자여 똑똑히 들어 알지어다
여래는 오고 가고 웃고 울고 하는 걸세.

여래자리를 지키는 공부

부처님들께서 도를 깨닫고 그 자리를 단련해 나가는 것을 보림공부保任工夫라고 합니다. 그 자리를 지켜나가고 안보해 나가는 표현으로써 부처님은 여래여거라고 하셨고, 노자님은 곡신불사谷神不死 면면약존綿綿若存

(그 자리〈谷神〉를 죽여서는 안된다─그 자리를 단련해 나가는데─실이 주욱 〈綿綿〉 이어나가는 것처럼 지켜나가는 것)이라 하셨습니다.

대종사님께서는 이 말씀을 이렇게 표현하셨습니다. 동정일여動靜─如다 (움직이나 고요하나 한결같이 하나로 계속 이어나가야 한다.) 또 이런 표현도 있습니다. 방이불실放而不失하고 집이불착執而不着이라. (마음을 놓았어도 그 자리를 잃어버리지 않고 그 자리를 잡았어도 집착하지 않는다.)

우리는 마음 땅을 발견해야 합니다. 그리고 언제나 그 마음을 잃어버리지 않아야 합니다.

하지만 중생들은 유감스럽게도 그 마음을 세 가지 이유 때문에 잃어 버립니다. 우선 모르기 때문입니다. 그리고 알았다 하더라도 물들어 감추게 됩니다. 그리고 집착하여 잃어버리게 됩니다. 우리가 생사거래를 할 때에 있어서, 또는 살아가는데 있어서 이 세 가지는 반드시 걸림돌이 됩니다. 이것을 정진하여 극복해야 합니다.

노자는 우리의 심지를 '곡신谷神'이라 하여, 참으로 멋있게 표현하였습니다. 골짜기는 텅 비어 있습니다. 그런데 그것이 신기하게도 영령하여 '곡신이다' 라고 하였습니다. 그 곡신 자리를 죽여서는 안됩니다. 몰라서 죽이고 물들어서 죽이고, 집착하여 죽여 버리는데, 그러지 말고 면면약존하라고 하였습니다. 그렇게 단련을 해 놓으면 영생의 보배가 되고 영단이 뭉쳐지면 이것이 삼세 제불의 목숨이 됩니다. 이것을 모르는 사람은 삼세 제불이 될 수 없습니다. 이것이 있어야만 자유자재하여 복도 짓는 것입니다.

성직자들이 법문을 하려 하여도 잘 잡혀지지 않을 때가 있습니다. 그럴 때면 마음을 모아 좌선을 한다든지 기도를 하여 그 자리를 회복하면 법문이 나오기 시작합니다. 마치 옹달샘에 진흙이 채워져 있으면 그것을 치워내는 것과 같습니다.

어떤 사람은 법문을 하라고 하면 책을 마구 뒤지는데 그것은 남의 등불로 게를 잡는 격입니다. 책을 보더라도 자신의 등불을 가진 사람은 책의 지혜를 자기 것으로 만들지만, 그렇지 않은 사람이 책을 보면 남의 등불로 게를 잡는 것처럼 얼마 가지 않아 어두워지고 맙니다. 도깨비 방망이에서 모든 재화가 나오듯이 여래 자리를 잘 함축해 놓으면 이렇게 쓰고 저렇게 써도 되는 것입니다. 이것을 자성을 떠나지 않는 공부라고 해서 불리자성不離自性 공부라고 합니다.

옛날에 부처님의 십대 제자 중에 사리불이라는 스님이 있었습니다. 그 스님은 대단한 지혜를 갖추고 계신 분입니다. 금강경은 수보리와의 대화이고 반야심경은 사리불과의 대화입니다. 이 분이 성으로 들어가고 있는데, 성 안에서 월상녀라는 공부를 많이한 신도가 나오고 있었습니다.

사리불이 "어디갑니까?" 하고 묻자, "사리불 가는 곳으로 나도 갑니다" 하고 대답을 하였습니다.

"당신은 나가고 있고, 나는 들어가고 있지 않습니까?" 하고 반문하자, 월상녀가 공부를 많이 하셨던지 "삼세에 법 높은 스님들은 늘 어디에 주해서 삽니까?" 하고 물었습니다. 사리불이 "무여열반 자리에 주해서 살지요" 하고 대답하였습니다. 그러자 월상녀가 "그러니 나도 같은 길을 가는 것이 아닙니까?" 하였답니다.

여러분은 어디에 주해서 살고 계십니까? 무여열반인 여래자리를 찾아 그 자리에 주해 사는 것이 중요한 것입니다. 욕심에 주하거나, 못난 마음에 주하거나, 잘난 것에 주하거나, 나는 착하다는 것에 주하거나, 청정한 것에 주하거나, 무엇에든지 주하면 괴로움이 잉태됩니다. 주할 수 없는 허공마음에 주하여 불법을 굴리고 재물을 굴리고 선한 능력을 굴리고 다

307

녀야 합니다.

먹기는 먹었으되 죽 떠먹은 자리로세
억만번뇌 억만지혜 써도 써도 마르지 않는 용천수龍天水여
부처님께 두리번거리고 구걸하지 말거라
다 그것이 거기에 있나니라 쯧쯧쯧.

제30장 진리는 하나로다
(一合理相分)

세계를 구성하는 작은 소小자리인 미진과 큰 자리인 전체에 하나로 통합시킨 진리가 있는데 이것을 일합상一合相이라 제시하시고, 그러나 그것은 모양이 없는 그런 자리라고 가르치셨습니다. 이 장에서 일합상一合相의 의미를 확실히 공부하고 수도인이 이것을 참구하는 방법에 대하여 연구하기 바랍니다.

백지에 그림은 중생제도의 노정표라
알았거든 찰라 간에 지울지어다
그림을 그리는 것도 다시 지움도 무량한 자비
일 없는 사람들 어울려 봄 언덕에나 오를거나.

원문 및 해석

「수보리야! 만일 선남자 선여인이 삼천대천 세계를 부수어 미진微塵을 만든다면 네 뜻에 어떠하냐. 이 미진들〈微塵衆〉이 정녕코 많다 하겠느냐.」

수보리 말씀하되 「심히 많나이다. 세존이시여! 어찌한 연고인가 하오면 만일 이 미진들이 실로 있는 것일진대 부처님께서 곧 이 미진들이라고 말씀하지 아니하실 것이오니,

까닭이 무엇인가 하오면 부처님께서 말씀하신 미진들이 곧 미진들이 아닐새 이 것을 미진들이라 이름하나이다.

세존이시여! 여래의 말씀하신 삼천대천 세계도 곧 세계가 아닐새 이것을 세계라 이름하나니,

어찌한 연고인가 하오면 만일 세계가 실로 있다 할진대 곧 이것이 일합상一合相이나

여래의 말씀하신 일합상도 곧 이 일합상이 아닐새 이것을 일합상이라고 이름하나이다.」

「수보리야! 일합상이란 것은 곧 가히 설할 수 없는 것이어늘 다만 범부들이 그 일에 탐착하나니라.」

1. 須菩提야 若善男子善女人이 以三千大千世界로 碎爲微塵하면 於意云何오 是微塵衆이 寧爲多不아 甚多니이다 世尊이시여 何以故오 若是微塵衆이 實有者인댄 佛이 卽不說是微塵衆이니 所以者何오 佛說微塵衆이 卽非微塵衆일새 是名微塵衆이니이다.

2. 世尊이시여 如來所說三千大千世界도 卽非世界일새 是名世界니 何以故오 若世界一實有者인댄 卽是一合相이나 如來說一合相도 卽非一合相일새 是名一合相이니이다.
須菩提야 一合相者는 卽是不可說이어늘 但凡夫之人이 貪着其事니라.

구절풀이

1. 須菩提야 若善男子善女人이 以三千大千世界로 碎爲微塵하면 於意
云何오 是微塵衆이 寧爲多不아 甚多니이다 世尊이시여 何以故오 若
是微塵衆이 實有者인댄 佛이 卽不說是微塵衆이니 所以者何오 佛說微
塵衆이 卽非微塵衆일새 是名微塵衆이니이다.

> 수보리야! 선남자 선여인이 이 우주 전체를 가는 티끌로 부수었
> 다면 너의 생각에 티끌 무리들이 많다고 생각하느냐?
> 엄청나게 많다고 하겠습니다. 세존이시여! 방금 말씀하신 미진
> 무리들이 실다웁게 있는 어떠한 것일진대 부처님께서 티끌 무리
> 들이 진리를 떠나서 존재하는 것은 아니기 때문에 단순히 티끌이
> 라고 할 수는 없습니다. 이름을 티끌 무리라고 할 뿐입니다.

번뇌가 모두 다 도리道理이다

여기 금강경의 티끌이란 만물을 이야기 합니다. 세상의 물건 가지수는
참으로 많습니다. 그 만물이라는 것은 개별적으로 놓고 보면 많습니다.
그러나 티끌이라는 것에는 진여의 불성이 갚아 있습니다. 만물 자체는
많지만 그 비롯함을 보면 진리의 발현이기 때문에 진리의 티끌이라고 말
할 수 있습니다. 다시 말하자면 진리적 티끌이라고 표현해야 맞지만 세
상 사람들이 만물이다, 티끌이다 하니 그렇게 부를 뿐이다라는 뜻입니
다. 만물의 개별자들은 다 다릅니다. 하지만 그 개별자에게 흐르고 있는
진리는 하나입니다. 이 장에서 깊이 알아두셔야 할 것은 만물은 만물이
로되 하나의 진리가 갚아져 있는 만물이라는 것입니다.

여러분들의 마음나라를 살펴보십시오. 마음속에는 수많은 무량無量 중
생심衆生心 즉 번뇌망상이 출몰出沒합니다. 마치 바다의 파도처럼 일어났
다 가라앉습니다. 그러한 번뇌망상도 어디로부터 일어났는가 하면 바로
진여본성眞如本性에서 생겨난 것입니다. 그리고 그 번뇌망상이 기멸起滅하
는 것도 모두 이치의 발현인 것입니다. 이치의 나타남입니다. 그러므로
번뇌로되 번뇌가 아니요 다만 지금 이 곳 이 때에 맞지 않은 마음일 뿐입
니다.

이 세상 만물도 이름은 각각 다르지만 그 존재 속에 법신불法身佛이 갊
아 있고 만물의 변화도 모두 법신불의 작용에 의하여 되어 가는 것입니
다. 그러니 티끌과 같이 많은 만물과 번뇌가 모두 법신자리이니 하나도
소홀히 할 수 없는 존재들이요, 법화法華가 아닐 수 없습니다. 그러나 세
상에서 만물을 티끌이라고 하니 그냥 그렇게 부를 뿐이라는 것입니다.

구절풀이

2. 世尊이시여 如來所說三千大千世界도 卽非世界일새 是名世界니 何
以故오 若世界-實有者인댄 卽是一合相이나 如來說一合相도 卽非一
合相일새 是名一合相이니이다.
須菩提야 一合相者는 卽是不可說이어늘 但凡夫之人이 貪着其事니라.

세존이시여! 여래께서 방금 말씀하신 우주 전체라는 것도 실은
티끌들이 모여서 된 것이니 우주 전체라고 고집할 수가 없습니
다. 우리가 일상적으로 부르는 명사로서 세계라고 할 뿐입니다.
그런데 우주 전체가 실다운 원리에 바탕할진대 진리세계와 현실

세계가 하나로 뭉쳐진 모습이라고 할 수 있을 것입니다. 그러나 이 일합상—合相이라는 것도 무엇이라고 고정되어 있는 것도 아니며 강연히 이름지어 부르기를 일합상이라고 하나이다.

수보리야! 일합상의 원리는 가히 말로 무엇이라고 형언할 수 없는 것인데 범부들이 탐착으로 그 자리를 구하려 하고 있다.

그림으로 그릴 수 없는 그림을 보라

대종사님은 소小자리인 작은 개별자들이 모여지면 대大자리 즉 전체자리 라고 하셨는데 부처님은 이 전체를 세계라고 하셨습니다. 다른 각도에서 이야기하자면 이 대자리는 진리자리를 이야기 한 것이고 소자리는 현상을 나타내는 것입니다. 이 대자리와 소자리를 다 합쳐 설명을 하자면 바로 일합상이라는 말씀을 하셨습니다.

반야심경을 보면 색불이공色不異空 : 색色이라는 것은 현상, 소小 자리를 말하는 것이고, 공空자리는 진여 즉 부처의 대大자리를 말합니다. 진리자리나 현상자리가 다른 것이 아닙니다.

색즉시공 공즉시색色卽是空 空卽是色 : 진리자리와 현상자리가 다른 것이 아니라 그것이 그것이라는 말인데 말하자면 진리를 떠나 현상이 없고 현상을 떠나 진리가 없는 것입니다. 그것을 통털어 금강경에서는 일합상—合相이라고 하였습니다.

어떤 분이 "부처님의 적적대의寂寂大意가 어떤 것입니까?" 하고 물었습니다. 그러자 "뜰 앞의 잣나무다"라고 설명하였습니다.

또 어떤 분은 "똥 치는 막가지이다"라고 하셨습니다.

대산 종사님께서는 그 표현이 불성자리를 아주 잘 설명한 것이라고 부연 설명하셨습니다.

진리라는 것이 현실과 따로 떨어져 있는 것이 아닙니다. 하늘에 계신 하느님이 아니라 우주 전체에 깔아있는 하느님입니다. 우리가 번뇌망상을 내고 여러가지 불필요한 마음을 많이 내는데 사실은 번뇌 즉 보리라 번뇌가 보리이니 마음이 번뇌와 다르지 않다는 것입니다.

우리는 불공을 두 가지로 합니다. 전체를 놓고 불공을 하는 것을 진리불공이라고 합니다. 소자리를 상대로 해서 불공을 올리는 것을 당처불공이라고 합니다. 여기서 우리가 당처불공과 진리불공을 다 합해서 이야기하자면 그냥 불공이라고 합니다. 부처님께서는 현상과 진리를 하나로 모았다 하여 일합상이라고 하였습니다. 소태산 대종사님께서는 일합상을 그림으로 그렸습니다. 그것이 일원상—圓相입니다. 불법을 현대적으로 발전시켜 나갔다고 생각하시면 됩니다.

제가 청주에 살때 가끔 달마대사를 그렸습니다. 청주는 속리산이 가까워 불교가 참으로 성했습니다. 한 스님이 그림을 청하여서 그려드리며 달마 뒤에 동그란 그림을 그렸습니다. 달마가 방광放光을 한다는 의미에서 원을 그렸습니다. 둥근 것이 좋다고 하셔서 제가 화제를 하나 써보았습니다.

일원상 부처님은 형체가 없으나	圓公無形體
천지에 못하는 일이 없으니	乾坤無不能
일원상 소식을 어디에서 듣겠는가?	消息何處知
창밖에 눈이 현란하게 올 뿐이구나.	窓外紛紛雪

일원상이라는 것은 저렇게 그림일 뿐이고 그것을 통해서 그 자리를 보는 것이 중요한 것입니다.

제31장 부처님의 견해
(知見不生分)

여래는 언어명상에 얽매이지 않고 지견을 내시는 분이니 이렇게 표준하고 공부하여야 함을 보이신 장입니다. 중생들의 언어는 집착에 의하여 표현되고 부처님의 언어는 가르치기 위하여 표현됩니다. 그런데 중생들은 그것을 모르기 때문에 부처님의 말만 듣고 견해에 집착한 것이 아닌가 하고 의심하였던 것 같습니다. 집착함이 없는 순수한 필요에 의하여 사용하는 언어를 익히고 이해하기 바랍니다.

공자가 오시매 개들은 사납게 짖어대고
대붕大鵬이 날으면 뱁새는 먹이를 감추나니
두어라 이런들 어쩌며 저런들 어쩌랴
대해장강大海長江에 달빛만이 가득하여라.

원문 및 해석

「수보리야! 만일 어떠한 사람이 있어 말하되 "불타가 아견과 인견과 중생견과
수자견을 말하였다"하면

수보리야! 네 뜻에 어떠하냐. 이 사람이 나의 말한 뜻을 안다고 하겠느냐.」

「아니옵니다. 세존이시여! 이 사람이 여래께서 말씀하신 뜻을 알지 못함이오니,
어찌한 연고인가 하오면 세존께서 말씀하신 아견과 인견과 중생견과 수자견은
곧 아견, 인견, 중생견, 수자견이 아닐새 이것을 아견, 인견, 중생견, 수자견이
라 이름하나이다.」

「수보리야! 아뇩다라삼먁삼보리심을 발한 이는 일체 법에 마땅히 이와 같이 알
며 이와 같이 보며 이과 같이 믿어 알아서 법상을 내지 말지니라.

수보리야! 말한 바 법상이란 것은 여래가 곧 법상이 아니라고 말할새 이것을 법
상이라고 이름하나니라.」

1. 須菩提야 若人이 言호대 佛說我見人見衆生見壽者見이라하면 須菩提야 於意
云何오 是人이 解我所說義不아 不也니이다 世尊이시여 是人이 不解如來所說
義니 何以故오 世尊說我見人見衆生見壽者見은 即非我見人見衆生見壽者見일
새 是名我見人見衆生見壽者見이니이다.

2. 須菩提야 發阿耨多羅三藐三菩提心者는 於一切法에 應如是知하며 如是見하
며 如是信解하야 不生法相이니라 須菩提야 所言法相者는 如來說即非法相일새
是名法相이니라.

구절풀이

1. 須菩提야 若人이 言호대 佛說我見人見衆生見壽者見이라하면 須菩提야 於意云何오 是人이 解我所說義不아 不也니이다 世尊이시여 是人이 不解如來所說義니 何以故오 世尊說我見人見衆生見壽者見은 卽非我見人見衆生見壽者見일새 是名我見人見衆生見壽者見이니이다.

수보리야! 만약 어떤 사람이 말하기를 부처님께서 혹 어떤 경우에 '나'라는 견해, '너'라는 견해, '중생·수자'라는 견해가 있어서 말씀하였다고 한다면 그 사람은 부처님의 말씀하신 의중을 알았다고 할 수 있겠느냐?

그렇지 않습니다. 그는 부처님의 용심법用心法을 잘 모르는 사람입니다. 왜 그러냐 하면 부처님께서 말씀하신 '나'라는 견해 '너'라는 견해 '중생·수자'라는 견해는 상에 집착하여 말씀하신 것이 아니고 법을 가르쳐 주시기 위하여 이름으로 사용한 것이기 때문입니다.

부처님의 자랑은 자랑이 아니요 교육이다

부처님이 설법說法하면서 너·나의 이야기를 하시고 때에 따라서는 자식들을 매우 사랑하고 걱정을 많이 하셨습니다. 그것을 본 범부 중생들이 부처님도 저렇게 아견, 인견, 수자견에 얽매인 것이 아닌가? 하고 의문을 내니 그것에 대해 대답을 한 것입니다.

부처님에게는 라후라라는 아들이 있었습니다. 라후라란 말의 뜻은 걸림돌이라는 뜻입니다. 라후라가 출가를 하고서도 계문을 자주 어기고 개

구쟁이짓을 자주 하고 돌아다니니까 부처님이 걱정이 되어 아들을 불렀습니다. 그리고는 발을 씻기게 하였습니다. 그리고 나서 세수대야에 발 씻은 물이 남아 있으니 그것을 마시라고 하였습니다. 라후라가 더러우니 안 마시려고 하였습니다. 왜 안마시냐고 묻자 아무리 부처님의 발이라도 씻은 물은 더러우니 마실 수 없다고 하였습니다. 그러자 부처님은 그 물은 버리고 대야를 가져오라고 하였습니다. 그리고는 거기에 밥을 담아서 먹으라고 하였습니다. 라후라가 더럽혀진 그릇에는 밥을 담아먹을 수가 없다고 하자 부처님이 말씀하셨습니다.

"네가 계문을 많이 범하지 않았느냐?"

"그랬습니다."

"네가 계문을 범한 것은 세수대야가 더럽혀진 것과 같은 것이다. 그래서 너의 주위에는 사람이 없다. 너는 이렇게 더럽혀지고 싶으냐? 계문을 잘 지켜야 깨끗한 사람이 된다."

이렇게 아들을 사랑하는 모습을 보고는 제자들은 부처님도 자식에게는 집착을 한다고 생각할 수 있습니다. 사소한 이런 일이 부처님 주변에 있을 수 있습니다. 그러기 때문에 부처님의 사랑법과 중생들의 사랑법이 다름을 알아야 합니다.

금강경에 보면 부처님의 자랑이 많이 나옵니다. 자신의 말씀은 틀림없고 거짓이 없는 말이라고 누누히 말씀하십니다. 어떻게 보면 자화자찬을 하셨습니다. 하지만 여기서의 말씀은 제자들을 가르치기 위한 것이기 때문에 중생들의 자랑과는 다른 것입니다.

제가 어떤 분과 이야기를 하는데 아들 걱정을 많이 하는 것이었습니다. 그래서 같이 걱정을 했더니 이야기가 슬며시 돌면서 '그래도 우리 아들이…' 하며 아들 자랑으로 바뀌는 것이었습니다. 또 남편 걱정을 하시던 분이 장단을 맞춰 주니 남편 자랑으로 이야기가 바뀌는 것이었습니다. 말하자면 중생이 자식을 걱정하는 것은 집착이 되어 정견을 못합니다. 그런데 부처님들이 자녀를 걱정하고 사랑하는 것은 정견을 하면서 하는 것입니다.

공자님께서 관직에 있을 때 소정묘라는 사람을 사형시켰습니다. 하지만 공자님이 그 사람이 미워서 죽였을 것인가 하는 것은 생각해볼 일입니다. 중생들이 미워서 죽인 것과 공자님이 나라를 위하여 어쩔 수 없이 죽인 것은 다릅니다. 공자님도 때로는 차별하셨습니다. 부처님도 차별을 하셨습니다. 하지만 차별을 해도 텅 빈 마음으로 그 자리에 맞게 차별을 하십니다.

저는 이 장을 읽으면서 수보리 같은 제자를 둔 부처님은 참으로 행복하셨을 것 같다는 생각을 했습니다.

부처님과 한 마음, 한 생각, 한 호흡, 한 가지 감정으로 사는 수보리가 부럽습니다. 스승되기도 어렵지만 똑똑한 제자되기도 참 어려운 것 같습니다. 우리 한 마음으로 연해서 수보리처럼 심통제자心通弟子가 되어야겠습니다. 심통제자가 되어야만 법이 옮겨 오는 것이 아닌가 합니다. 이해를 초월한 사제간인가를 고민해봅니다. 불연을 맺을 때는 이해관계로 따지면 꼭 멀어질 일이 생깁니다. 적어도 이해를 초월한 부처님의 제자가 되어야겠습니다. 가족간에 이해를 초월하듯이 불문에 인연을 맺을 때는 이해를 초월해야 합니다.

중생도 사랑하고 부처도 사랑하노니
그 둘 사이에 무엇이 다른 것인가

눈에 티끌 하나 들어가니 허공에 꽃이 요란하네

그렇도다 티끌 하나 없애는 것이 불법佛法이지.

구절풀이

2. 須菩提야 發阿耨多羅三藐三菩提心者는 於一切法에 應如是知하며
如是見하며 如是信解하야 不生法相이니라 須菩提야 所言法相者는 如
來說卽非法相일새 是名法相이니라.

　　수보리야! 부처를 이루고자 발심한 사람은 모든 경계에 여래가
　　가르쳐 준 바 있는 무상의 심법을 배울 것이며, 그 자리를 살필
　　것이며, 그 자리를 믿어 깨달아서 무위의 대도를 닦아 증득하되
　　그 법상에도 얽매이지 아니하여야 할 것이니라.
　　수보리야! 말한 바 법상이라는 것이 법상의 근본이 있어서 그런
　　것이 아니라 이름하여 법상이라고 하는 것이다.

부처님의 마음사용법

　모든 부처님이 이 땅에 오신 뜻, 모든 성자들이 이 땅에 오셔서 하시는
일, 모든 종교가 이 세상에서 하는 일은 궁극적으로 사람들이 잘 살도록
하기 위한 것입니다. 여러분이 귀한 시간을 쪼개어 금강경을 공부하는 것
도 따져보면 잘 살자는 것입니다. 잘 산다는 것을 추구해보면 결국 내마
음이 언제 어느 곳에서 안심이 되고 누구와 만나도 반갑고 화평할 수 있
는 것입니다. 이것은 밖으로 학문이나 명예나 권리나 경제력으로 해결되
는 것이 아니고 자기 자신의 마음을 잘 훈련시켜야만이 가능한 것입니다.

그러니 결국 잘 살려면 마음공부를 할 수 밖에 없는 것입니다. 이 구절에서도 부처님께서는 이 세상에서 위가 없이 가장 잘 살려고 하면發阿耨多羅三藐三菩提心 모든 경계를 맞이하여서는 지금까지 가르쳐 준대로 즉 주한 바가 없는 빈 마음을 먼저 챙기고 상황에 알맞은 생각을 일으켜 행동하든지應無所住而生其心, 아니면 하염이 없이 고요한 마음을 회복하여 그 때 그곳의 상황에 맞는 차별심을 내든지無爲法而有差別하는 각성을 가져야 하며, 부처님께서 가르쳐 주신대로 세상일을 판단하고 그러한 상이 없는 마음을 믿어서 깨닫고 그것을 실천하여야 합니다. 그리고 또 그렇게 좀 실천이 된다고 하여 나는 이렇게 불법佛法을 잘 실천한다는 뽐내는 상相을 내지 말 것을 당부하였습니다.

세속 말에 개가 바위 지나가듯이 그냥 금강경을 한 번 들었다고 넘기면 안됩니다. 무엇이 금강경의 핵심되는 심법인가를 깨달아서 그것을 챙겨서 늘 외우고 써보고 기도하면서 실천을 다짐하고 일을 당하여 반드시 그 금강경의 용심법用心法대로 실천하는 과감한 결심과 용기를 가져야 만이 참다운 불제자佛弟子가 되는 것입니다.

믿는 것으로 만족하는 신행信行의 불제자佛弟子가 아니라 본인이 직접 불법을 실천하는 수행修行의 불제자佛弟子가 되고, 이 불법佛法을 나만 수행修行하지 말고 남에게 가르치는 제행濟行의 고등 불제자高等佛弟子가 되어야 하겠습니다.

불조의 비단과 같은 현란한 법문들이여
뭇별은 북극성北極星을 향向하여 있네
북극성은 또한 어느 곳을 향하여 있어야 옳은가
남천의 외기러기 서천으로 날아간다 할.

제32장 교화를 부탁하노라
(應化非眞分)

이 장은 금강경의 마지막 장으로 부처님께서 물질적 가치로 사는 삶이나 물질만을 보시하는 삶은 결코 영원한 행복을 줄 수가 없으며 결국 형상이 없는 마음공부를 하여야 참으로 잘 살 수 있음을 실천하고, 남들에게 집착함이 없는 마음공부를 가르쳐야 함을 간곡히 당부하신 법문입니다. 법신을 체득하였는가 생각해보고 또 이 불법을 전하기 위하여 얼마나 정성들이고 있는가 반성하여 이 법으로 교화할 것을 다짐하기 바랍니다.

님께서 하시는 일 나서서 하라 하시네
영생 영생을 두고 성스런 일 아닐런가
모든 항하의 모래수와 같은 신명信命으로
구멍이 없는 피리소리에 춤이나 덩실덩실.

원문 및 해석

「수보리야! 만일 어떠한 사람이 있어 무량 아승지阿僧祇 세계에 가득찬 칠보를 가져다 보시에 사용할지라도

만일 선남자 선여인이 보리심을 발한 이가 있어서 이 경을 가지되 내지 사구게 등을 수지독송하며 다른 사람을 위하여 연설하면

그 복이 저보다 승하리니 어떻게 함이 다른 사람을 위하여 연설함인고 상相을 취하지 말고 여여하여 동하지 말지니, 어찌한 연고인고

모든 함이 있는 법은 꿈과 같고 환幻과 같으며 거품과 같고 그림자와 같으며 이슬과 같고 또한 번개와 같나니, 마땅히 이와 같이 관觀을 할지니라.

부처님께서 이 경을 설하여 마치시니 장로 수보리와 모든 비구 비구니 우바새 우바이와 일체 세간 천인 아수라가 부처님의 설하신 바를 듣고 다 크게 기뻐하여 믿고 받아 받들어 행하니라.」

1. 須菩提야 若有人이 滿無量阿僧祇世界七寶로 持用布施라도 若有善男子善女人이 發菩提心者-持於此經호대 乃至四句偈等을 受持讀誦하며 爲人演說하면 其福이 勝彼하리니.

2. 云何爲人演說고 不取於相하야 如如不動이니 何以故오 一切有爲法이 如夢幻泡影하며 如露亦如電하니 應作如是觀이니라 佛이 說是經已하시니.

3. 長老須菩提와 及諸比丘比丘尼와 優婆塞優婆夷와 一切世間天人阿修羅-聞佛所說하고 皆大歡喜하야 信受奉行하니라.

구절풀이

1. 須菩提야 若有人이 滿無量阿僧祇世界七寶로 持用布施라도 若有善男子善女人이 發菩提心者ㅣ持於此經호대 乃至四句偈等을 受持讀誦하며 爲人演說하면 其福이 勝彼하리니.

수보리야 어떤 사람이 한량이 없는 세계에 가득한 칠보를 가지고 보시를 하더라도 무상대도에 발심하여 금강경 중에 사구게四句偈 정도만 가지고 읽고 외우고 실천하며 남을 위하여 연설하여 준다 하더라도 이 복이 저 복덕보다 훨씬 많을 것이다.

주가치와 부수적 가치

물질적 삶으로는 영원한 행복을 얻을 수 없습니다. 물질적 가치를 주가치로 여기고 사는 삶은 결코 영원히 행복해질 수가 없음을 또 다시 결론적으로 강조하셨습니다.

신문이나 TV에서 남에게 보시하는 것을 자랑으로 여기고 그것을 사회적인 가치로 부각시키곤 하는 것을 봅니다. 아마도 남을 위하여 자선사업을 하는 분들은 금강경의 이런 법문을 듣고는 당황할 것입니다.

보통 사람들은 우선 물질적으로 부유하기를 고대하며 그것을 구하기 위하여 별스런 일도 마다하지 않고 노력합니다. 그리고 그것을 소유하고는 그것을 지키기 위하여 굉장한 힘을 씁니다. 남에게 주는 것은 정말 무서운 결심을 하지 않으면 할 수가 없습니다. 아마도 남에게 재산을 넘기거나 복지사업을 하는 것은 죽을 결심이 아니면 하기 어렵습니다. 이와 같이 힘들어서 모은 물질〈七寶〉을 영원히 남을 위하여 보시한다는 것은 얼마나 어려운 일인가? 그리고 얼마나 가치가 있는 일인가? 그런데 왜 부처님께서 물질적 보시를 경홀하게 말씀하셨는가를 다시 깊이 생각해 볼 일입니다.

물질적인 것 또는 형상이 있는 명예, 권리, 사랑, 아름다움, 착한 것, 지식 등 이러한 것은 결국 영원하지 못한 것입니다. 또 그것을 모으는데 얼마나 많은 시간을 들여야 하며, 실제적으로 그렇게 많은 재산을 소유할 수는 있을까요. 그것을 모을 때까지의 고통은 얼마였으며, 그것을 모은 후에도 남을 위하여 복지사업을 하면 남이 나를 치켜세워 주겠죠. 그럼 나는 언제나 대접받는 사람이 되고, 따라서 내 마음은 오만하여지고 남을 깔보는 마음이 생기며, 혹 복지혜택을 입은 사람이 몰라 준다면 그 괴로움은 얼마나 많을 것인가를 상상해 보십시요. 명예, 지식, 권리 등도 상대적인 것이 되기 때문에 남과 언제나 비교해야 하며, 비교하면 언제나 괴로움에 사로잡힐 수밖에 없습니다.

부처님은 이 우주를 운영하는 보이지 않고 잡히지도 않는 진리가 물질과 인간의 마음을 움직이는 주인공임을 밝혀주시고 그것을 깨닫고 그것을 내 마음에 길들이는 마음공부를 확실하게 한다면 물질적인 것은 있으면 있는대로 좋고, 설사 부족하여도 그것으로 인하여 괴롭힘을 당하지 않기 때문에 결국 인간의 삶이 물질적이고 외적 명예, 지식, 착함 등을 주가치로 여기고 사는 것보다 진리를 마음에서 찾아 그것을 신앙하고 수행하는 것을 주가치로 여기는 삶이 몇 만 배 더 가치가 있다고 설파하는 것입니다.

진리를 자기의 소유로 길들이면 물질적 또는 밖의 모든 명예와 권리와 진선미를 누리는 능력이 생기기 때문입니다.

진리적 가치를 주로 하여 살면서 물질적 가치를 부수적인 가치로 여기고 살아야만이 영원히 잘 사는 것이며 조화로운 삶이 될 것입니다.

이 광막한 천지자연과 인간사회의 흥망성쇠 변천의 궁극적인 운영자는 누구인가, 그것은 바로 진리입니다. 이것을 신神 또는 도道라고 합니다. 이 법신法身은 보이지 않지만 만물萬物을 모두 복종하게 하고 만물을 변화시킵니다. 그 법신이라는 진리를 마음에 대입시켜서 진리와 함께 하고 그를 소유한다면 천하 만물을 마음대로 소유할 수가 있는 것입니다.

오직 구하는 마음 따라서 고락이 생산되나니
구求하는 마음만 조절하면 언제나 싱글 벙글이요
찾는 마음을 놓으면 극락을 만나게 되리라
누가 불법을 어렵다고 하는가 쉽고 쉬울진저.

구절풀이

2. 云何爲人演說고 不取於相하야 如如不動이니 何以故오 一切有爲法이 如夢幻泡影하며 如露亦如電하니 應作如是觀이니라 佛이 說是經已하시니

어떻게 사람들을 교화教化할 것인가?
사상, 법상, 비법상에도 걸림이 없어서 언제 어디서나 요란하지도 그르지도 어리석지도 않도록 하라.
왜냐하면 모든 현실세계가 꿈같고 환幻같으며 물거품같고 그림자

같아서 그곳에 마음을 머물고 산다면 아침이슬 번개처럼 허망한 인생이 될 것임을 간곡히 가르쳐 깨닫도록 해야 한다.

무엇을 중생에게 가르쳐야 하는가

부처님 가르침의 핵심을 제시하였습니다. 사람을 교화할 때 먼저 그 사람이 무엇을 원하고 있는가를 알고 그것에 맞추어서 법문을 전하여야 합니다. 그러나 궁극적으로 인간의 삶을 어떻게 바꿔주어야 할 것인가? 마음공부를 하도록 가르쳐야 하는데 우리들의 마음은 갖가지 작용을 하고 있습니다. 권리를 보면 잡고 싶은 마음, 돈을 보면 소유하고 싶고, 아름다운 것을 보면 사랑하고 싶은 마음이 납니다. 추악한 것을 보면 싫은 마음이 납니다. 이러한 마음은 끊임없이 생겼다 머물다 달라져 없어집니다.

이러한 마음은 결코 참답고 영원한 마음이 아닙니다. 이러한 변화하는 마음을 진실이라고 생각한다면 얼마나 불행할 것이며 괴로울 것인가. 이러한 변화무쌍한 마음 즉 허상虛想을 취하고자 하는 마음을 버리도록 가르쳐야 한다는 것입니다. 원수는 가까운 데서 생깁니다. 사랑하는 마음이 크게 무너지면 큰 원수가 되고 한이 맺힙니다. 사랑한다는 것은 서로 사랑해야 한다는 기대심리를 갖게 합니다. 그런데 어느 날 그렇지 못한 점을 발견하면 사랑한 만큼 원한도 생기는 것입니다. 보통 사람들은 거의가 자기 마음속의 갖가지 고정관념, 선입견에 의하여 괴로워하고 또는 즐거워합니다. 이러한 고정관념과 선입견에 놀아나고 속아 사는 것입니다. 이것이 꿈속의 나그네 삶입니다.

부처님은 이러한 고정관념으로 살아가는 삶을 청산하고 늘 언제나 변함이 없는 참 마음을 주인삼는 것으로 전환하여야 한다는 것입니다. 인간 모두에게는 변함이 없는 본심本心이라는 것이 있습니다. 그것을 대아大

我라고 하며 이 우주와 함께 하는 절대 자아라고 할 수 있습니다. 변함이 없는 참마음을 찾고 회복하여 산다면 그것이 가장 행복할 것이며, 우주 아宇宙我인 절대적 자아와 함께 할 때 가장 가치있는 지선至善에 머무는 것이요, 극락이며 천국이라고 할 수 있습니다. 이렇게 언제나 대아大我이며 본심자리를 소요하면서 현실적으로 가치 있는 보시심, 사랑하는 마음, 신앙심 등의 분별하는 마음을 적절하게 운용하여야 정말 마음을 잘 길들인 것입니다. 그러나 중요한 것은 먼저 본심을 찾아 회복하는 일이 가장 급한 것이며 기본인 것입니다.

교화를 하는 모든 불자와 성직자는 스스로 여여한 그 마음을 찾아야만 고정관념에 사로잡히지 않고, 가치 있는 마음을 굴릴 수 있는 부처님같은 참다운 자비와 지혜가 생기는 것입니다. 그리고 모든 인연있는 분에게 마음사용법을 가르치는 것이 부처님이 가르치고자 하는 핵심입니다.

이 세상에 불교가 있는 이유가 무엇인가? 사바중생에게 이 불법을 가르쳐서 밝은 세상을 건설하기 위함입니다. 이 금강경을 알고도 남을 위하여 이 법을 전하는 교화에 게으른 사람은 금강경 공부를 잘못하였거나 미숙한 사람입니다. 알았거든 바로 실천하고 그것을 남에게 가르치는 것이 부처님에게 보은하는 길이며 부처님의 대행자가 되는 길입니다.

구절풀이

3. 長老須菩提와 及諸比丘比丘尼와 優婆塞優婆夷와 一切世間天人阿修羅-聞佛所說하고 皆大歡喜하야 信受奉行하니라.

부처님께서 말씀을 끝마치니 장로長老 수보리와 남여 스님과 남여 재가 교도와 모든 천인과 아수라가 금강경 법문을 모두 즐거움에 넘쳐 받들어 실천을 다짐하였다.

지금 실천하여야 빛이 난다

부처님의 법력, 감화력, 신념, 자비로움, 설득력은 금강경을 듣는 대중의 마음에 엄청난 변화를 가져왔을 것입니다. 물질추구의 삶, 선행위주善行爲主의 삶, 욕심만 채우려는 삶을 사는 중생에게 얼마나 장중한 가르치심입니까? 이러한 위대한 가르침을 받은 것은 영생에 있어서 진실로 커다란 광명을 얻은 사람이 아닐 수 없습니다. 아마도 그때 이 금강경을 들은 분들은 세세생생에 부처님의 은혜를 잊지 못할 것입니다. 이러한 성스런 가르침을 입은 분들은 반드시 자기 자신의 삶에 마음의 혁명이 일어났을 것입니다.

세속적인 가치에서 성스런 가치로 자기변혁이 일어났을 것입니다. 그리고 자기의 생활 중에서 이 법문을 실천하였을 것입니다. 이들은 남에게 법문을 전하는 교화활동을 하는 데에 혼신의 정열을 다하였을 것입니다.

우리가 이 우주에 사나니
건곤의 주인공을 만나서 인사를 나누시라
이름인즉 반야요 일합상 여래요
나이는 무량수 무한량이요
거처는 삼라만상 그 속이요
생김생김을 보았다고 하면 틀린 그런 모습이요
하는 일인즉슨 우주 안에 못 하는 일이 없도다

그 님 찾음을 어디서 할 것인가
밖에서 구하면 구한 만큼이나 멀어지나니
반야의 빛을 돌이켜 안으로 비추면
금강의 주인공 중당中堂에 자리하였나니
알겠는가 지금 이 글을 보는 것이 누구인가
보았는가 보는 자는 눈이 없나니라.